检察长

U0850981

南方日报出版社
NANFANG DAILY PRESS
中国·广州

图书在版编目（CIP）数据

检察长 / 喻彬著. -- 广州 : 南方日报出版社,2018.8
ISBN 978-7-5491-1850-2

Ⅰ. ①检… Ⅱ. ①喻… Ⅲ. ①长篇小说－中国－当代
Ⅳ. ①I247.5

中国版本图书馆 CIP 数据核字(2018)第 194250 号

JIANCHAZHANG
检察长

作　　者：喻彬
出版发行：南方日报出版社
地　　址：广州市广州大道中 289 号
责任编辑：刘志一　陈　静
封面设计：肖晓文
责任校对：阮昌汉
责任技编：王　兰
经　　销：全国新华书店
印　　刷：广州市尚铭印刷有限公司
开　　本：787mm×1092mm　1/32
印　　张：8.75
字　　数：200 千字
版　　次：2018 年 8 月第 1 版
印　　次：2018 年 8 月第 1 次印刷
定　　价：38.00 元

投稿热线：（020）87373998-8503　　读者热线：（020）87373998-8502

目录

CONTENTS

检　察　长

0

海水在朝晖的映照下，使这座海滨城市提前进入白天的光景。

橙红色的霞光在海面上洒下了金子般的碎片。水天相接处，点点渔帆在耀眼的鳞波中游弋，有如觅食的水鸟。

一群摄影发烧友，早早地在这码头上占了最佳位置，一字排开支架把镜，拍摄海上日出那喷薄绚烂的一幕。

突然，传来树枝的断裂声，紧接着是一种肉团子砸在地上的巨大的闷响。

这突如其来的一幕，使一个扎着马尾的男子抱着照相机慌乱地窜进了海里，因为，这个从天而降的物体就砸在他的背后。

随即，人群乱作一团、呼声四起：有人跳楼啦！有人跳楼啦！赶快报警，叫救护车……

人是从码头边的望海楼楼顶跳下来的。这些摄影者惊魂甫定，便将镜头对准地上被树枝掩映的那团黑乎乎的人影拍摄，也有人掏出手机拨打电话。

随即，一连串的警笛声，打破了清晨的宁静。警察在望海楼的门口拉起了警戒线，一根被折断的树枝下躺着一个血肉模糊的男子，附近还散落着被摔破的手机零部件、鞋子、手提包等物什。

警戒线就像一道牢固的堤坝，将越来越多的围观市民拦在外面。不少人用手机对着那血泊之中的躯体拍摄，紧接着在自己的微博或微信群里发布。

那个像一只忙碌的蜜蜂的记者，还穿着一身运动服采访目击者，没准是在晨跑的时候赶过来的。

勘查现场的警察在仔细地拍照，似乎不愿放过任何有可能隐藏真相的细节。

实际上，救护车和警车几乎同时赶到现场，医务人员用担架将男子抬进救护车。

看热闹的人群里你一言我一语地议论开了：

“我还当是一只大老鹰扑下来了呢。”

“官场‘大地震’，跳的准是个贪官。”

“跳楼前，我见他和一个姑娘说了话。”

扎着马尾的男子在水里折腾了半天爬上来，落汤鸡一般走近警戒线，他看了看地上的血迹，又望着远去的救护车，骂道：“要找死，还想拿老子垫背?！老子跟你有仇啊？”

…………

一辆写着“检察”二字的吉普车呼啸而来，停在现场。龙兴华走下车，一眼就看见了顾刚。他对于顾刚出现在现场感到诧异，难道你有千里眼、风火轮？他认真地审视顾刚的脸，似乎要找出他幸灾乐祸的成分。

顾刚见龙兴华走来便迎了上去，“陆达成跳楼了。”

顾刚是有意将脸撇开，看着地上那摊血迹说话的，语气十分平静，没有丝毫情感倾向。但心里却在想：说你还嫩了点，你不服气。这不，出大事了吧？

龙兴华是沧海市检察院代理检察长，又是专案组组长，在这件事上他知道自己的责任有多大。

龙兴华问：“陆达成现在怎样？”

顾刚将目光扔向远处闪着鳞光的海面，“不知道，刚送去第一人民医院。”

顾刚尽力掩饰着心里的不悦，身为沧海市检察院副检察长，干了大半辈子反贪工作，而这一号大案竟不让我参与。既然是局外人，你问我又有什么意义呢？

龙兴华匆匆赶到沧海市第一人民医院，在急救室门外的走廊上，陆达成的妻子、母亲、妹妹等人哭成一片。

龙兴华来到陆达成的母亲跟前安抚道：“我是市检察院代理检察长龙兴华……”话音未落，陆母一个耳光扇在龙兴华的脸上，龙兴华的左耳朵立时感到嗡的一声，注进了一股坚硬的冷风。他不但没有避闪，反而将头保持一种凝固的姿势，似乎在等待这位心怀丧子之痛的母亲第二记、第三记耳光。陆母想不到龙兴华如此冷静，她迟疑了一下，那挥举的手耷拉了下来，只是大声哭号着：“你还我儿子！你还我儿子……”顾刚上前劝慰陆母，并支到一旁说话。

陆达成的妻子魏群冲着龙兴华大声哭号着：“你们是不是来看老陆死了没?！死了，你们就走人。没死，就把他拉走?！”

龙兴华隐隐产生了一种从未有过的危机感，但依然安抚说："魏大姐，我们没有把他送回家，这是我们的失误；但是我们询问陆达成全程都有录像，都是依照司法程序进行的……"

魏群不顾龙兴华的劝解，边哭边说："我家老陆下午都是好好的一个人，被你们叫去审了一个晚上，就跳楼了……"

陆母上前指着龙兴华哭诉道："不是你们逼的，他怎么可能跳楼?!还我儿子！"

此刻，最尴尬的是顾刚，他知道自己的一言一行都可能给龙兴华落井下石或兔死狐悲的感觉，但是又不能袖手旁观。

顾刚说："伯母，如果您怀疑可以查看我们询问时的录像记录，陆达成的死因，我们一定会尽快查清……"

魏群打断道："闭嘴！就是你们逼死了我老公……"

急救室的门开了，走出一个身穿白大褂的医生。好家伙，那医生就像是朝鱼群里扔下的一团诱饵，人群呼啦啦涌了上去。

龙兴华挤在前面，拿出工作证件对医生说："我是市检察院代理检察长龙兴华，负责调查陆达成案件的专案组组长。请介绍陆达成的状况。"

医生说："好，请到我们医生办公室去吧。"

魏群怒不可遏地冲上去，说："医生，我是病人家属，陆达成到底怎样？"

人们都将目光聚焦在医生的脸上，似乎想从其表情中读出陆达成的生死状况。

医生说："我们正在全力抢救，但是……情况不乐观。"

医生说完和龙兴华继续向前走去。

魏群悲恸地哭泣着，嘴里含混不清地诅咒："姓龙的，你简直不是人！在救命的节骨眼上，还把医生带走。"

陆达成的家属望着龙兴华和医生的背影，都感到匪夷所思。

1

顾刚怀着忐忑的心情走进会议室，找了个位子坐下。他想，过去，这一号大案的案情分析会都没有我顾刚的份，今天把我叫来，葫芦里装的是什么药?

龙兴华说："老顾，陆达成的死，首先是我的失职，没有派人护送他……"

顾刚说："你是想问，老陆坠楼，我怎么这么快就赶到了现场?"

龙兴华说："不，我是说，老陆死了，案子的调查不能停止，反腐工作还得继续，我们得同心协力、从长计议。"

"老陆的意外，是谁都想不到的事。"顾刚说，"当时，小孙把老陆送出门的时候，我刚好在大门口。我见小孙折回大院里了，让老陆一个人走，我就知道不妥，于是打电话让小杨跟在老陆背后，没准能有些发现。可是，过了一会儿，小杨就打我手机，说陆达成跳楼了。”

小杨说：“我接到顾检的电话，赶到大院门口，就远远看见一个人往滨海路跑。我追上去一看不是陆达成，是个晨跑的人。”

顾刚说：“你是怎么知道陆达成跳楼的？”

“我发现跟错人了，就沿着滨海路漫无目的地寻找。不一会儿，望海楼就有人跳楼了，我立即打电话向顾检汇报。”小杨顿了顿说，“后来，警察把我带去做笔录了。”

顾刚说：“龙检，如果没有问题了，我该回避了。”顾刚说着起身兀自走出会议室。

龙兴华挽留道：“老顾，老顾……”

龙兴华和孙方等专案组的成员继续分析陆达成的死因。

孙方从办案刑警处翻拍了陆达成的遗书，那张遗书的纸是从笔记本上撕下来的。

孙方将遗书的照片放在电视荧屏上播放，遗书的内容是：“我先向经典房地产公司暗示可以改变土地性质搞住宅，后用威胁的手段向他们索贿200万，数额巨大，罪行严重，对不起党的培养和人民的信任，我只能以死谢罪！”

孙方说：“笔迹鉴定结果是，这份遗书是陆达成本人写的。”

“但是，他的死因十分可疑。”龙兴华说，“小杨去公安局调取闭路监控视频……”

话音未落，小杨走进了会议室，“监控视频拿到了。”

龙兴华说：“好！赶紧播放。”

小杨将数据优盘插进电脑里，画面显示：陆达成走在望海楼附近的人行道上，一个身穿运动服的姑娘小跑着追上陆达成，递给陆达成一部手机、说了一句话，之后就沿着海堤跑去。

陆达成接过手机看了看，迟疑了片刻，环顾四周后继续前行。走着走着突然手机铃声响了，陆达成紧走几步闪进一个隐蔽的地方，接通了电话。之后，陆达成走进了望海楼。

不久，望海楼下突然传出尖叫声和喧闹声。

小杨说："我远远听到尖叫声'有人跳楼了'，我跑过去一看，陆达成就躺在地上……"

龙兴华说："陆达成出事前收到的这部手机很可疑。有没有通话记录？"

"查过了。" 孙方说，"陆达成出事前十多个小时，他的手机都没有通话记录。"

龙兴华想，陆达成死得蹊跷，一定有一只无形的黑手在幕后操纵着陆达成，然而，这只幕后黑手又是谁呢？

龙兴华安排专案组迅速查清将手机交给陆达成的那个姑娘的身份，尽快查明陆达成的死亡真相。

邓伟说："经典房地产公司总经理王欢和副市长王喜是亲兄弟，或许……"

龙兴华："我们办案，一定要用事实说话。"

梁秘书走进会议室，神情紧张地说："龙检，省检察院的调查组来了，说要见你。"

大家一听都感到十分诧异。

“大家继续。”龙兴华说完走出了会议室。

沧海市国土资源局局长陆达成跳楼的消息不胫而走，网上传得沸沸扬扬。人们都知道陆达成跳楼前被市检察院传讯，又是从检察院出来再跳楼的，于是对陆达成的死因产生了种种猜测。更多的是猜测检察院在对陆达成传讯过程中，可能实施了刑讯逼供。

省检察院调查组就陆达成之死对龙兴华展开调查。

2

龙兴华刚上任就接到这个一号大案的烫手山芋——沧海市经典房地产开发公司，在原有的市重点工程经典文化创意园区的土地上，开发了15栋35层的住宅楼。由于房产证迟迟办不下来，所以业主抗议，有人服毒自杀，民怨沸腾。国土局、规划局、城建局、招标办等多个部门涉嫌渎职犯罪。

龙兴华对举报材料进行了仔细研究和分析，感觉自己被推进了一条没有退路的黑胡同，吉凶难卜。

在第一次案情研讨会上，龙兴华就碰了个钉子。姗姗来迟的顾刚，打断正在介绍案情的孙方，“小孙啊，我是分管自侦案件的副检察长，这种案子交给我就可以了，不用兴师动众浪费大家的时间了。是吧，龙检察长？”

龙兴华从顾刚的话语中明显闻出了火药味，但是平和地说：“老顾，还是让小孙把案情介绍完。小孙，继续讲。”

孙方接着说：“举报材料还附有视频光碟，下面我就播放给大家看看。”

孙方说着将一张光碟放进多媒体主机里，大屏幕上立即显示闭路监控视频录像：夜幕中的某私人会所，时空中萦绕着缠绵的小夜曲。一对对衣着光鲜的男女，在柔和的灯光下悠闲地踱步、深情地拥吻、暧昧地对视。

突然，一个拎着皮箱的青年男子匆匆走来，与一个托着盘子的服务员相撞，服务员手上的盘子跌落在地，红酒瓶和高脚杯都打碎了，碎玻璃片散落一地；青年男子手中的皮箱也被撞落在地，皮箱盖子打开，撒出一沓沓百元钱钞。服务员连声说“对不起”，同时去帮着捡皮箱，却被青年男子一把推开。青年男子警觉地窥视了四周，匆匆将一沓沓钱钞捡进皮箱里，提起箱子走到一个安静角落里的一张桌子边坐下等人，装着钱钞的箱子就放在桌子底下，用双脚夹着。

青年男子心神不宁地打量着四周的动静，不时地看着手中的手机。一会儿，手机响了，他立即接通电话，低声说了几句，看了看周围就起身离开桌子，向一旁的黑暗处走去……

继而，一名中年男子走过来，提起桌子下面的钱箱子看了看四周，便匆匆离去。

孙方拿着遥控器使视频快退到中年男子正面对着闭路监控镜头的一刻并定格：“经过技术分析，这名提走钱箱子的男子，和市国土资源局局长陆达成神似。”

顾刚说：“‘神似’只能是嫌疑对象。再说，这个拎箱子来的年轻人身份调查清楚了吗？”

孙方说：“经核实，这个拎箱子的人，是经典集团的一个司机，目前已经离职，下落不明，我们正在寻找。”

“经典集团从拿地到擅自改变土地性质，再到非法盖起十几栋高层住宅，到最后非法销售，都一路畅通，如果不是业主抗议闹出了人命，国土局的批文下来后，一切就变得合理合法了。”龙兴华说，“这是个窝案犯罪！我们立即成立专案组，我来担任专案组组长，孙方担任副组长……”

顾刚一听由孙方担任专案组副组长，便怒火中烧，心想我堂堂一个主管自侦案件的副检察长，居然被晾在一边，于是说：“我……”

龙兴华继续说：“孙方兼任调查一组组长，邓伟担任调查二组组长，你们分别对国土局陆达成和经典房地产公司进行调查……”

顾刚突然站起正要发作，又压住火，声色俱厉地说：“龙检，我要和你单独谈谈！”

龙兴华说：“好，散会！顾检，我们谈谈。”

人们纷纷走出会议室，只剩下龙兴华和顾刚对面而立。

顾刚气愤地说：“你怎么能这么分工？我作为副检察长一直分管自侦案件，这个案子应该交给我来处理！可是，我现在连专案组成员都不是？你干脆把我免职算了！”

面对气咻咻的顾刚，龙兴华示意他坐下来慢慢谈：“老顾啊，你是我的老上级，论资排辈，新检察长应该是你……”

顾刚抢白道："别扯远了……"

"但是，"龙兴华将声音提高了八度，"组织上任命我，自有组织上的考虑。我从来没有向组织跑官、要官，纯粹是天降大任！"

顾刚鄙夷地冷笑了一声，心想，姓龙的，你就别把自己当成反贪专家了，去省检察院镀镀金，就跑到我们这里来一手遮天，"龙检，我问你，我作为一直分管自侦案件的副检察长，这一号大案的专案组居然将我排斥在外，你这不是搞独断专行吗?！"

龙兴华依然淡定地说："作为代理检察长，我有权直接指挥部署重大案件的检察工作。顾刚同志，我担心你的情绪会影响工作。"

顾刚就像屁股被锥子猛扎了一下，突然站起来，"我的情绪？我在检察院工作了32年，从来没有因为个人情绪影响任何工作。"

龙兴华知道这是个涉及多个政府职能部门犯罪的窝案，同时了解到顾刚和有关涉案人员关系非同一般，于是说："顾刚同志，这个案子情况特殊、形势紧急，没有和你事先商量，这是工作需要，大家都必须服从！"

"服从？你放心，我一定服从组织的决定。但是，这不代表我会对你俯首帖耳！"顾刚笑了笑说，"龙代检察长，我顾刚在工作上是个喜欢较真的人，我会誓死维护法律的尊严，特别是在执法程序上。请记住，你千万别犯错！"

3

龙兴华身着便服来到经典花园售楼处，他惊奇地发现昔日拉横幅聚集声讨的业主不见了，此处完全恢复了往日的宁静。他感觉这个现象十分可疑，决定向曾经参与抗议的业主了解情况。于是来到金贵鱼档，档主胡金贵原是沧海市郊区的渔民，现在经营海鲜鱼档，他在经典花园一期买了一套130平方米的复式楼。

胡金贵一边卖鱼一边和龙兴华搭话："售楼部的头儿说：'我一口唾沫一颗钉！三个月内房产证一定办下来，办不成给业主退还房款，还赔偿百分之五的滞纳金。'既然把话说到这份上，那就等他们办下来，我们也不闹了。"

"哦，原来是这样。"

"听说开发商手眼通天。"胡金贵说着给龙兴华递上一支烟，龙兴华摆手以示谢绝。

龙兴华在回去的路上一直想，经典公司在对业主采用缓兵之计，同时，对于改变经典花园土地使用性质的批文的批复绝对充满信心。于是，立即派孙方到市国土局调阅经典花园土地项目的批文，打他个措手不及。

市国土局办公室主任皮用兵将孙方安排在接待室，递上一杯茶，"你稍等，我这就去办。"

一会儿，皮用兵抱来一大摞的卷宗材料。

孙方快速翻阅卷宗，可是不见所需要调阅的资料，于是再次强调："我们需要的是15508地块的原始资料。"

皮用兵漫不经心地看着孙方，“这里面没有吗？哦，我再去找找。”

皮用兵显然在故意拖延时间。

皮用兵来到局长办公室，对局长陆达成说：“他只需要调阅15508地块的材料。”

陆达成示意皮用兵出去。皮用兵一出门，陆达成就给沧海市副市长王喜打电话：“王市长，检察院的人来了，要查看经典花园的用地材料……”

王喜打断了陆达成的话，“信号不好，听不清楚你说什么。这样吧，今天晚上老地方聊。”

王喜说完立即挂断了电话。陆达成痴痴地看着手机，心里骂道：“真是个老狐狸！”他犹豫不决地拿起办公台上的电话，拨通了皮用兵的电话。一会儿皮用兵走进了陆达成的办公室。

陆达成说：“检察院的人……”

“还在等，看来不拿出那份材料，他们不会走的。”皮用兵说，“陆局，您看……”

陆达成无奈而又恼怒地说：“给他们吧！”

陆达成心里暗暗叫苦：“程凯旋啊，程凯旋，这回我被你玩死了！”

4

那是一座依山傍海的别墅山庄，陆达成在经典房地产公司董事长程凯旋的陪同下来到了“望海阁”。落日的余晖在海面上铺下了一张硕大无朋的金色地毯。

陆达成打了个饱嗝，空气里弥漫着一股马爹利的气味。

程凯旋说：“回去喝茶吧！”

陆达成说：“良辰美景留人醉啊！我想看看这黄昏的海景。”

“好好好！你慢慢看。读书人哪，就是多愁善感。”程凯旋说着离去了。

陆达成独自留在“望海阁”凭栏远眺，感慨万千，心想同人不同命哪，这么好的一个地方，为什么不属于我陆达成呢？

胸牌上写着“3号”的服务员小芬，来到陆达成身边。小芬说：“先生，天要黑了，晚风很凉，回屋去吧？”

陆达成做了个深呼吸，一袭幽香沁人心脾。他分不清这香气是来自于庭院里的桂花，还是小芬身上。陆达成痴痴地看着小芬，青春逼人的脸蛋在晚霞的照耀下，十分迷人。他心中顿生一种莫名的涌动，他咽了咽口水，握着小芬温软如玉的小手，“谢谢！我该怎么称呼你？”

小芬说：“叫我3号吧。”

“3号？”陆达成问，“那你的真名呢？”

“我叫小芬，芬芳的芬。”小芬说着将被陆达成的大手紧紧捂着的小手轻轻地抽了抽，“回屋去吧，天一黑，潮汐就要来了。夕阳留人醉，熏风催燕归。”

小芬的随意吟诵，让陆达成肃然起敬，“夕阳留人醉，熏风催燕归。”这诗不错，对仗工整，情愫缱绻。这应该不是来自唐诗宋词，是原创的。小姑娘随口而出，真是腹满诗书。

陆达成没有动身，他知道这是个有内涵的姑娘。他分析她将手轻轻地抽了抽的意图，是想抽回去还是想拉他回屋去呢？这种矜持的姑娘就是有着一种让人捉摸不透又令人掉魂的魅力。他试探性地拉了拉小芬，试图将小芬揽进自己怀里，小芬并没有顺势倚靠过来，而是保持一种既不拒绝也不依从的姿态。

陆达成将另一只手轻轻搭在小芬肩上，“你穿得这么少，不冷吗？别着凉了。”陆达成说着将小芬抱在怀里，小芬小鸟依人般地低低地说了一句：“不冷，习惯了。”

小芬的头发撩拨着陆达成的脖颈，陆达成仿佛心口上有一根羽毛在撩拨着，痒酥酥的。陆达成琢磨小芬的话“习惯了”，莫非她在这儿工作有较长的一段时间了？“小芬，你在这儿工作多久了？”

小芬说：“半年多了。”

陆达成问：“想家吗？”

小芬笑了笑，“想又怎样？离家这么远。”

陆达成说：“听口音，老家是四川？”

小芬摇了摇头，“重庆的。”

陆达成借机奉承道：“难怪，重庆出美女。你是重庆的美女加才女。”

小芬看了看渐渐晦暗的大海，“回屋去吧？”

陆达成连声说“好好好”，于是跟着小芬回到了一个宽敞而又温馨的房间。里面有鸳鸯浴池、蒸汽房、贵妃椅、小酒柜……酒柜里摆着轩尼诗、白兰地，一对高脚杯在浅浅的玫瑰红的灯光幻照下，令人产生一种想入非非的意象。那张大床就像一个拳击比赛的擂台搭在面向大海的落地窗边，香薰灯散发着温馨而又暧昧的亮光，屋子里浪漫的小夜曲低低地回旋，暗香浮动。

小芬领着陆达成走进浴室，“先生，睡衣在这儿，浴巾在那里，浴池里放好了水，蒸汽房的温度你可以自己调节，祝你晚安……”小芬正要退下去，陆达成一把将她抱在怀里。他认定小芬是个善良、温存而又本分的姑娘，应该不是搭在鱼钩上用来钓鱼的诱饵，于是说：“今晚，你就别走了，陪着我……”

陆达成说着顺手按下了电灯开关，屋子里一片昏暗，只有地脚灯散发着微弱的鹅黄色的光晕。

小芬说：“酒不醉人人自醉……”

“你就是一杯好酒，我愿意一醉方休！”陆达成说着将一张大嘴盖住了小芬吹气若兰的小嘴。

小芬将嘴挣脱出来说：“这样不好！经理知道要扣我工资的……”

陆达成说：“经理算什么，我可是你们老板的贵客，天塌下来，我来扛着！”陆达成大概发现自己的行为过于鲁莽，变得歉意地说：“小芬，不好意思，我在你面前失态了……”

“别这么说。人生苦短，春光不常。”小芬温柔地自言自语，“我理解。”

陆达成听小芬这么一说，心中的石头落地了，抱起小芬走向浴池……

次日，陆达成回到办公室，后面跟着王欢。

陆达成刚坐下，王欢就趴在办公桌上，凑近陆达成低声私语：“陆局，那份改为住宅用地的批文办好了吗？”

陆达成说：“这事不好办，省里不批。”

王欢说：“省里不批？我的司机给你的箱子，收到了吧？”

陆达成一听，脸色大变，怔怔地看着王欢，没有说话。王欢看陆达成如此紧张，心中暗喜。他点着一支烟，深吸了一口，把脸撇向一边，吐出长长的烟雾，“老板说，这事儿无论如何得办下来！”

陆达成半开玩笑地说：“那得大出血！否则，就是把我杀了，也办不下来。”

王欢说：“哦对了，这还有个东西是给你的。”

王欢说着从包里掏出个信封，摆在陆达成面前。陆达成正想问“这是什么”，王欢转身走出了办公室。

陆达成面对信封，心中油然升起一种不祥的阴云。他战战兢兢地从信封里拿出一张光碟，警觉地看了看门口是否有人，起身将办公室的门反锁上，将光碟放进电脑的碟仓里，显示器立即现出一丝不挂的陆达成抱着赤裸的小芬从浴室来到一张大床边，陆达成将小芬放在床上进行云雨之欢……这高清画面使陆达成顿时眼前一黑，浑身冒着冷汗，似乎感觉天就要塌下来了。他定了定神又将画面快进到后面，显示陆达成和小芬熟睡的情景，除了陆达成偶尔翻身，将一只毛茸茸的大手搭在小芬的酥胸上之外，大部分是静态的画面。

陆达成感觉末日已经来临，一种前所未有的恐惧感犹如汹涌的潮水向他袭来。

5

顾刚对于龙兴华这次分工将他晾在专案组之外十分不满，心想这明摆着是在排挤他、孤立他，让他坐冷板凳。

他第一次走进经典集团的会所，一名服务生将他领进门。他用陌生的眼光打量着一切。突然，一个似曾相识的场景将他吸引住了：角落里的一张桌子，旁边有一根柱子……这个场景和举报材料中光碟里记录的交接钱箱子的场景一模一样。他驻足认真地看了看，服务生也跟着看了看，“您是要上洗手间？”

顾刚笑了笑说：“哦，不。”

服务生继续领着顾刚往里走，来到一个大包房前，敲了敲门再将门推开。空荡荡的包房里只坐着沧海市副市长王喜一个人，见顾刚进来王喜立即起身，“哎呀，老同学，好久不见，请进，请进！”

顾刚坐下，服务生斟上酒就退出并将门带上。

王喜说："近来可好？"

顾刚笑了笑，"不好也不坏。"

王喜举起酒杯和顾刚碰了碰，"哎呀，你就别给我打马虎眼了，有痛说痛，有痒说痒。"

顾刚心想，老同学面前是应该有话直说："不瞒你说，干得不开心！"

王喜说："那个代理检察长龙兴华，提拔得真快啊！"

顾刚苦笑着说："人家是法学硕士、在读博士，我一个大专哪能比啊？"

王喜一脸正色："哪能只看文凭？你三十多年的工作资历，这不重要吗？检察长看的是经验，要的是能服众，比的是能力。就凭他写过几篇文章，拿过几个奖就能当好检察长？我看不一定！"

"你可别小看他，新官上任三把火，第一把火就冲我来了！"顾刚一五一十将心中的苦水倒给了王喜。

最后，王喜安慰顾刚，"你别急，他现在只是一个代理检察长，正式任命还要等人大通过。也有省、市的代理检察长在人大投票中被否决。"顿了顿，王喜话锋一转，"我听说国土局的陆达成，被龙兴华盯上了？"

"这种事龙兴华哪会让我知道？哎，陆达成跟你有什么关系？"

王喜说："我就分管这一块啊，能跟我没关系吗？"

顾刚半开玩笑地说："他要是涉嫌贪污贿赂，是不是跟你也有关系啊？"

王喜面现尴尬："哪能啊？你看你看，你们搞法律的就是危险，上半句话还说得好好的，下半句话就下个套，把人装进去。"

孙方回到检察院向龙兴华汇报情况，将15508地块的土地使用性质改为住宅用地的文件递给龙兴华，"就在昨天下午，市国土局给经典房地产公司颁发了改变土地使用性质的通知书，原15508地块已经改为住宅用地。这是陆达成的签字。"

龙兴华拍案而起，"简直无法无天，擅自改变土地使用性质！陆达成收受的资金来源查到了吗？"

"查到了，"孙方说着将几张银行流水记录递给龙兴华，"这些资金，都是从经典公司董事长程凯旋的私人账户上提取的。"

龙兴华说："好，立即传讯陆达成！"

陆达成被传讯到市检察院接受调查，审讯室里的电视荧屏上播放着陆达成去某高级会所提取钱箱子的视频。

孙方用遥控器将画面定格在陆达成的脸上。

陆达成内心十分紧张，但故意表现得淡定，"这不是我，这真不是我！这是有人扮演我，栽赃陷害！"

陆达成心中暗暗叫苦，知道自己罪责难逃。这时他深深地懊悔，为什么当初不约定在一个没有视频监控的地方交接呢？或者找个替身去帮忙拎这箱子多好啊！这个时代你想保留点儿隐私都难，所有人都生活在一张大网里，一举一动都逃不掉这“天眼”。陆达成越想越懊悔，越想越恐惧。他甚至后悔自己不应该自投罗网在程凯旋的别墅里和小芬共度春宵，他认为这是他走上不归路的第一道门槛……

顾刚走进龙兴华办公室，一脸正色地对龙兴华说：“龙检，你传讯陆达成，我要提醒你，传讯时间不能超过12小时！”

龙兴华说：“提醒得好，我们必须依法办案！还有什么事吗？”

“没事了。”顾刚说着转身要走，龙兴华立即把他叫住，“等一下。”龙兴华来到顾刚跟前，“传讯陆达成，你是怎么知道的？”

顾刚一时语塞，“我……”

龙兴华追问：“你既不是主侦检察官，也不是专案组成员，你是怎么知道的？”

顾刚说：“我是听梁秘书说的。”

龙兴华拿起桌上的电话拨了拨，“你叫梁秘书到我办公室来，把纪检组的老魏也叫来。”

顾刚突然表现得很紧张：“你……你这是要干什么？”

龙兴华意味深长地笑了笑说：“你忘了吗？昨天你还特别提醒我，你在工作上是个喜欢较真的人，会誓死维护法律尊严，特别是执法程序。你这不是喊口号吧？”

顾刚十分尴尬，语无伦次，“我……”

这时，检察院梁秘书和老魏走进了龙兴华办公室。

顾刚颓丧地说：“龙检察长，刚才你批评得对。我打听了不该打听的事，而梁秘书说了不该说的事，我接受组织处理。”

顾刚说完走出了办公室，心里忖想：龙兴华这个人不可小视。

龙兴华看了梁秘书一眼，梁秘书吓得脸色煞白。

龙兴华说：“梁秘书，我们传讯陆达成，顾检怎么知道的？”

梁秘书支支吾吾地说：“是……是我告诉他的……”

老魏说：“梁小明同志，请跟我来。”

老魏说着，就带着梁秘书出了门。

这时，龙兴华接到了孙方打来的电话，孙方说陆达成愿意如实交代情况，但有个条件，在他交代情况之前必须和龙兴华见一面。

龙兴华来到审讯室，与陆达成对面而坐，“你考虑好了？别急着，慢慢说。”

陆达成说：“没错，这视频里就是我，我向经典房地产公司索要了200万好处费，我答应给他们把事儿办了，也就是把园区商业配套用地改成了住宅用地。就这些，我说完了。”

龙兴华说：“你好好回忆一下，你是什么时间、什么地方、通过什么方式联系谁，索要了多少好处费，怎么收取的，现在这些资金在哪里？每一个细节都必须详细交代。”

对于该不该如实招来，陆达成心里没准，但突然想起一句俗语："坦白从宽，牢底坐穿；抗拒从严，回家过年。"他决定避重就轻，尽量少说或者不说。祸从口出，言多必失。

陆达成说，半年前，他得知经典房地产公司擅自改变土地使用性质，将园区商业配套用地盖起了住宅楼进行销售，便通知经典公司负责人来国土局接受处罚。该公司总经理王欢来到自己办公室求情，陆达成义正词严地说，不但要重罚经典公司，还要把现有的建筑物全部拆除。最后，王欢和陆达成达成交易，只要经典公司给陆达成200万元现金，陆达成就负责向省国土局递交"申请改变土地性质报告"，并确保批复下来。

陆达成在自己的供述中始终隐瞒三个事实：一是过去和王欢相识，因为王欢是沧海市副市长王喜的弟弟，他当然不敢得罪王喜；二是他和小芬在程凯旋的别墅里同床共枕的事实，这是导致他铤而走险的直接原因，但是他不敢说出来，因为这将使他无法面对妻儿老小；三是不敢供出行贿人和上级受贿人的姓名。

龙兴华说："你不要以为我们什么都不知道，你可以随意编故事。"

陆达成想，你们什么都知道，还让我说？这种套路太弱智了，只能蒙小学生。"龙检，我已经全部交代了，我说的都是事实。"陆达成说，"只收过这200万。"

龙兴华拿出一张照片，摆在陆达成面前，"你以前不认识王欢？几年前你都和他合影了。"

陆达成支支吾吾地说："哦，对不起，我忘了，现在脑子一团糟。"

龙兴华说："半年前，你就收受了经典公司200万，为什么昨天才将住宅用地批文发给经典公司呢？"

陆达成正想将经典公司使用美人计要挟逼迫他的真相说出来，可是话到嘴边又咽回去了。

陆达成说："其实，我是故意拖他们，希望能从中再捞点好处。"

龙兴华见陆达成闪烁其词，知道里面一定有隐情。

孙方将省国土局对"申请改变土地性质报告"批示同意的文件复印件摆在陆达成面前，"你签字的日期是3月15日。"

陆达成装作想起来了的样子，"哦，对了，我告诉他，省局批准是有难度的，如果要我帮忙就得花钱，于是，我向他索贿。"

龙兴华将一张银行流水记录摆在陆达成面前，"经典房地产公司给你贿赂的200万早在3月10号就已进了你个人账户，你如何解释？"

陆达成一看情况不妙，行贿者王欢已被牵连，连连辩解："不，不是3月10号，是4月20号。你们的那段视频就是4月20号拍的。"

孙方举起电视遥控器再一次播放那段视频，"你看清楚点！"

视频画面里拎皮箱的男人背后的墙壁上挂着一本日历。

一放大，清晰地显示“3月10日”。

此刻，陆达成瞠目结舌，双手发抖，情绪开始失控，大喊：“这视频里不是我，是有人扮演我，陷害我。”

龙兴华说：“事实面前，抵赖是无济于事的，你只有如实地交代情况，争取宽大处理！”

陆达成继续叫嚣：“我冤枉，我被人陷害，我冤枉……”他一边喊着，一边哭号着拍打着自己的脑袋，继而瘫坐在地上，双脚乱蹬。

龙兴华见陆达成耍无赖，便命令道：“把他押下去！”

孙方和邓伟将陆达成从地上拽起来，押到一间询问室。

陆达成依然絮叨：“我冤枉，有人扮演我，我被人陷害，我冤枉……”

邓伟给陆达成倒了一杯水，陆达成愤怒地朝水杯瞅了一眼，把脸撇过去，没有喝，依然气咻咻的样子。

邓伟看了看墙上的时钟是五点半，便贴着孙方的耳朵说：“12小时到了，龙检特别叮嘱时间一到立即放人。我们不能知法犯法。”

孙方说：“哦，昨天下午五点半进来的，好吧，放人。”

孙方和邓伟送陆达成走出询问室。走到检察院大门口，孙方对陆达成说：“你回去吧。”

陆达成狠狠地瞪了孙方一眼，转身就走。

顾刚站在不远的地方，目睹着陆达成离去的背影。

送走陆达成，孙方和邓伟回到龙兴华办公室。

龙兴华问孙方："视频里拎钱箱子的那个男子找到了吗？"

孙方告诉龙兴华，拎钱箱子的男子身份已经查明。他是经典公司的司机，名叫唐波，其父母和妻子都说他已经失踪三个月了；公司里的人说他无故旷工，三个月前就把他解聘了，现下落不明。

龙兴华心想拎钱箱子的男子一定是被经典公司藏匿起来了。突然，龙兴华似乎想起什么了，"派人跟踪陆达成了吗？"

孙方和邓伟不约而同地摇头说"没有"。

"不好了！"龙兴华说，"赶快，派人跟踪陆达成，密切注视他的一举一动。快快快！"

6

陆达成跳楼之后，省检察院调查组就陆达成之死对龙兴华展开调查，上级不再让龙兴华担任一号大案专案组组长。

龙兴华向省检察院调查组的同志汇报询问陆达成的详细经过之后，已是夜阑人静了。他回到家门口，正要用钥匙开门，就听到屋里有哭泣声。他推开门拉亮灯，便见妻子肖倩坐在客厅的沙发上抽泣。龙兴华感到十分歉疚，他来到妻子身边，正要安慰妻子，小卧室里传出女儿小雪呼唤"妈妈"的声音，接着小雪来到肖倩身边。

肖倩立即擦了擦眼泪将小雪揽进怀里。

肖倩问："宝贝，你怎么不睡呢？"

小雪认真地看着母亲，"妈妈，我听到你哭，你为什么哭啊？"

肖倩尽力哄着小雪："妈妈没哭，妈妈眼睛不舒服，就流泪了！"

小雪对龙兴华说："爸爸，我刚才听见妈妈哭了。"

龙兴华只能跟着肖倩继续哄小雪，"哦，是吗？你妈妈眼睛不舒服。她一般不哭的，她很坚强。"

龙兴华说着抱着小雪走进小卧室："宝贝，睡吧，睡吧！"

小雪却一直看着龙兴华。

肖倩说："宝贝，睡吧，怎么不睡呢？"

小雪突然哭起来了："他们说爸爸杀人了！"

肖倩立即将小雪抱起来，轻轻抚摸着，"谁说你爸爸杀人了？他们胡说！小雪乖，小雪睡觉……"

小雪哽咽着说："今天早晨，我去幼儿园，陆涛哭了，同学们都说陆涛的爸爸死了，是我爸爸害死的……"小雪说着说着又哭了起来。

肖倩说："宝贝，他们都是胡说的，爸爸是好人，爸爸不会害人。你睡吧，睡吧……"

肖倩抱着小雪躺在床上，让小雪依偎在怀里，哄着她睡觉……

龙兴华回到客厅，熄灭灯枯坐在沙发上。墙上石英钟的秒针发出均匀的嘀嗒声，龙兴华此刻心里五味杂陈。他感到十分难过，想不到因为自己的工作孩子幼小的心灵会遭受创伤，受到陆达成家人的误解和怨怼，导致社会舆论不公正的猜测和臆想……他决定对陆达成的死因查个水落石出。

这一夜，龙兴华耿耿难眠。

次日，龙兴华回到办公室。孙方进来向龙兴华汇报案情进展。

孙方说："龙检，我已经调查到送手机给陆达成的姑娘，就是住在滨海路的一个女大学生，名叫郝芳。她说给她手机的那个人是一个戴墨镜的年轻男子。现在警方正在排查。"

"戴墨镜的年轻男子？"龙兴华沉吟了片刻，问道，"孙方，我问你一个问题，别问为什么。"

孙方突然一脸正色："好的，请说吧。"

龙兴华说："一旦发生意想不到的情况，你能坚持把这个案子查清楚吗？"

孙方："能！龙检……"

"说过别问为什么。"龙兴华说，"我只想知道你作为一个检察官，心中是否有职业理想。"

孙方眼睛有些湿润了，感动地说："龙检，无论发生什么情况，我都会把这个案子查明白，捍卫社会的公平公正……

这时，顾刚阴着脸走进了龙兴华办公室。

孙方见状主动出去了。

顾刚走到龙兴华的办公桌前，将一个卷宗袋往桌上一甩，说："有人举报你，经典花园门口抗议的业主里面，有一个是你的亲戚！"

龙兴华一听十分震惊："老顾，你说什么？我的亲戚？"

"我说你为什么非得亲手抓这个案子，原来你的亲戚也买了经典花园的房子……"

龙兴华打断顾刚的话："老顾，我们要用事实说话，你说的这个问题我一定会查清楚的！"

"人不为己，天诛地灭啊！"顾刚冷笑了一声，说，"龙检察长，我还是那句话，我在工作上喜欢较真，会誓死维护法律尊严的！"

顾刚说完严厉地瞪了龙兴华一眼，拿起桌上的卷宗袋扬长而去。

内心深处一贯十分要强的龙兴华此刻像被施了定身术，呆呆地看着顾刚离去的背影。

龙兴华心里盘算着，顾刚那气势不可能空穴来风，可是，家里的亲戚谁在经典花园买了房呢？

龙兴华立即拿起电话，急匆匆地给母亲打电话，要求母亲了解到底是哪个亲戚在沧海买了房子。母亲回复龙兴华说现在还不知道，她会尽快打听情况告诉他。

接着，龙兴华又给妻子肖倩打电话，可是电话没人接。他又给肖倩工作的国土资源管理所档案科打电话，接电话的人说肖倩不在，至于去哪里了，对方支支吾吾、闪烁其词。

这使龙兴华顿时产生了一种不祥的预感。

龙兴华立即赶到国土资源管理所，却不见肖倩的人影，有人提醒龙兴华去食堂看看。龙兴华想这都已经过了午饭的时间了，她怎么这么晚吃午饭？

龙兴华于是来到国土局机关食堂，一进门便听见“咣”的一声响，一位穿着炊事员制服的女子抱着一大叠盘子，脚下打滑摔在地上，盘子碎了一地。

龙兴华立即快步上前，将摔在地上的女子扶起，“起来，起来！没事吧？”

摔倒的就是肖倩，肖倩一听声音感觉怎么这么耳熟，回过头来看了看龙兴华，气愤地说：“我没事，只要你没事就好了！”龙兴华扶肖倩起来，肖倩甩开龙兴华的手，忍着疼痛站起来。

龙兴华感到十分愕然，用陌生的眼神看着戴着白帽子、围着蓝围裙的肖倩，立时眼里盈满泪水，“你……你怎么……”

肖倩从龙兴华身边走过，“站开点，别影响我工作！”肖倩一瘸一拐地走到角落里拿起扫把和灰斗，慢慢地扫起地上的陶瓷碎片，每动一下她都双眉紧蹙，脸上写满痛苦。

龙兴华见此情景心都碎了，他含着眼泪欲抢过肖倩的扫把，“你坐着歇歇……”

肖倩不松手，继续扫着，“有什么事快说！”

龙兴华难过地问：“你先告诉我，你怎么来这儿了？”

肖倩愤懑地说：“这不也是国土局的工作吗？哪有你做

检察长那么高大上！”

“不对，这分明是打击报复……”

没等龙兴华说完，肖倩说：“没事你回去吧？我扫干净了就可以下班了。”

“我找你们领导去，简直是欺人太甚！”龙兴华气愤地说着转身要出去。

肖倩立即拦住，“站住！你找人家干吗！这是局里正常的工作调度，你做你的检察长，别管我。”

龙兴华气愤地说：“正常调度？你一个大学毕业的干得好好的资料管理员，现在成了个炊事员，这还有公平公正可言吗？我找你们领导去！”

“你不能去！你是检察长，别人会以为你是以权谋私、仗势压人！”

“好好好，我不去。可是，你这样真让我心疼……”

“别说这些了，”肖倩说，“找我有什么事？”

龙兴华说：“我就想问你，家里有没有亲戚在沧海买了房子？”

肖倩一听，感到有些不对劲，“没有，怎么了？”

龙兴华说：“没有就好。你忙吧，我走了。”

肖倩心想龙兴华一定有什么事瞒着自己，过去这么多年，他从来没有来单位找过自己，今天这么风风火火来找，一定有事。于是追上去拦住龙兴华，说：“到底出什么事儿了？告诉我。”

龙兴华双手抚着肖倩的双肩，轻轻拍了拍，“放心，真没事。你忙去吧，让你受委屈了。”

肖倩沮丧地说：“这检察长，能不能不当了？”

“检察长我可以不当，但是这个社会总得有人维护公平正义吧。”龙兴华顿了顿，“再说，当初你不就是看着我这点进取心，才与我走到一起的吗？”

“维护公平正义，以牺牲家庭的幸福为代价，这样值吗？”

“对不起，这不是我的意愿。相信一切会好起来的。”

龙兴华说着走出了食堂。

肖倩含着泪目送龙兴华走远，继而小心翼翼地清扫地上的碎瓷片。

龙兴华回到市检察院门口，远远看见自己的母亲和一位年轻人正向检察院大门走来。龙兴华急忙跑到母亲跟前，拉着母亲的手，“妈——您怎么来啦？”

龙兴华的母亲见儿子突然出现在眼前，激动不已：“儿呀——，娘给你打听到了……”老人家说着突然晕倒在地。

龙兴华立即抱住母亲：“妈，妈——您醒醒，醒醒啊……”

龙兴华立即将母亲抱上车送到医院救治。

龙兴华深情地看着昏睡之中的母亲，输液管的药液一滴滴地滴落下来，流进母亲的血管之中……

护送龙母来沧海的年轻人是龙兴华老家的村支书。他告诉龙兴华，龙母接到儿子电话问是否有亲戚在沧海买了房子，就马不停蹄地向所有的亲戚、宗族打听，挨家挨户地敲门询问，直到晚上才打听到同村的一个年轻人龙浩子，做水产生意赚了些钱，在经典花园买了一套房子。

“昨天晚上，你娘找到我，一定要我开个证明，证明你家和浩子家是什么关系，我就陪她去找了派出所所长，所长连夜查档案，至少可以证明你爹和浩子他爹三代之内都没有直系血缘关系。哎，我们这个小村庄，往上十代八代都是一家人呢？”村支书说着拿出一份证明交给龙兴华，“你看这证明，有用吗？”

龙兴华看了看证明，向村支书说：“辛苦了！感谢你！给你添麻烦了。”

村支书憨厚地笑了笑说：“你娘辛苦，连夜坐火车来找你，说怕你着急。老人家夜里一个人进城我不放心，我就送她过来。”

就在龙兴华和村支书交谈的时候，顾刚在病房的窗外偷听，他开始意识到在这件事上自己误会了龙兴华。

7

龙兴华等母亲病情有了好转迹像，就去省检察院向杜磊检察长汇报工作。首先他对未派人护送陆达成，导致陆达成跳楼事件的发生做了诚恳的自我检讨。

其实，杜磊对事件的真相早有所闻，陆达成跳楼事件发生后，省检察院调查组就已经介入调查，他对调查结果了如指掌。

但是，杜磊依然批评龙兴华说："你这么一个有丰富的办案经验的检察官，发生这样的失误是不应该的。"

"是的，我也在深刻地反思自己。"龙兴华说，"杜检，我想辞去代理检察长的职务。"

杜磊说："这个案子错综复杂，牵涉面很广，一定要坚持到底。在这节骨眼上你提出辞职，那正是中了对手的计。"

龙兴华低声对杜磊说："杜检，我想来个将计就计。"

龙兴华和杜磊窃窃私语了一番之后，便告辞了。

龙兴华回到市检察院，在案情工作会议上，向专案组成员说："我的一个亲戚在经典花园买了房子，还参加了业主集体抗议。根据条例，我应当避嫌，不再担任陆达成案专案组组长，由顾刚副检察长担任，他全权负责这个案子的调查工作。"

顾刚心想龙兴华葫芦里卖的是什么药？那个买房子的明明和他八竿子打不着，只是同村同姓而已，怎么就打退堂鼓了呢？既然他把这个烂摊子推给我了，我必须迎难而上，让他看看我顾某人的能耐。

于是，顾刚突然站起来说："好，我服从安排。专案组成员全部去805集合。"顾刚说着走出门，专案组成员纷纷跟着走出了会议室。

只有孙方没有走，他来到龙兴华跟前："龙检，到底发生了什么事？怎么突然就退出了？接下来我们怎么办？”

龙兴华说：“你答应过我，无论出现什么意外、发生任何情况你都会忠于职守，坚持到底！现在你动摇了？

“没有动摇。”孙方说，“只是感觉您退出专案组，有些突然……”

龙兴华拍了拍孙方的肩膀：“快去开会吧，你是专案组副组长！”

8

副市长王喜和经典公司的董事长程凯旋、总经理王欢以及规划局李局长、招标办何主任、城建局吴局长聚集在某高级会所。大家围坐在一张大圆桌旁，大抵因为陆达成的跳楼，大家脸上都写满沉重。

何主任端起酒杯庄严地说：“达成为了我们牺牲了，我提议，这第一杯酒，敬达成！”

大家纷纷起身举杯：“敬达成！敬达成……”将各自酒杯里的酒洒在地上祭奠陆达成。

王欢一直认为陆达成的死和龙兴华有直接关系，于是对王喜说：“哥，这个龙兴华死死咬着我们公司不放，你看怎么办？”

王喜轻蔑地一笑说：“放心！龙兴华折腾不了几天了！再说，达成已经把事情全揽下了，没什么好怕的。但是，这笔账，要算在龙兴华头上！”

“找几个弟兄把他给废了。”王欢说着眼里闪着阴毒的光。

何主任说：“用不着，他现在是泥菩萨过河自身难保。”

李局长说：“龙兴华现在还是代理检察长啊！他不下来，我们就没有好日子过。”

接下来，大家开始讨论即将举行的重点工程项目招投标的问题。他们已经将围标的公司找好了，就等着开标。只怕在开标之前或之后，龙兴华介入调查，坏了大家的美事。

王喜信心十足地说：“没问题，放心好了！龙兴华是兔子尾巴长不了了，威胁不到我们。我的老同学顾刚，就要接替他的位子了。”

程凯旋说：“那太好了！”

大家纷纷说：“太好了。”

王欢举起酒杯：“大家干杯！祝大家好运！”所有人都杯底朝天一饮而尽。

这时，王喜的手机突然响了起来，王喜接听电话，脸上立即充满笑意，“好好好！太好了！龙兴华早该滚蛋了！好了，知道了。”

这个电话是市检察院梁秘书打来的。王喜接完电话乐不可支而又郑重其事地说：“龙兴华已经退出陆达成案专案组了，由顾刚副检察长接手。”

大家纷纷叫好，有的拍手称快。

9

龙兴华把母亲从医院接到家里调养，星期天他在家里陪伴母亲，亲自下厨给母亲包饺子。龙兴华心想母亲把儿子养这么大，还真是难得吃儿子为她做的饭。他端着和好的鸡蛋韭菜馅给母亲看，“妈，我知道您最爱吃鸡蛋韭菜馅饺子。看看这馅怎样？”

龙母闻了闻，“嗯——很好！再加点香油吧。”

正在玩积木的小雪说：“我也要闻。”

龙兴华说：“好好好，小雪闻闻，香不香？”

“香，好香好香哦！”

龙母将孙女揽进怀里。龙兴华一边和面一边和母亲聊天。

肖倩将熬好的药汤端到龙母跟前，一边用调羹摇匀吹凉，一边说：“妈，药好了，喝吧。”说着把小雪从龙母怀里拉开，“宝贝，奶奶喝药，你一边玩去。”

龙兴华深情地看着母亲，发现母亲的鬓发白了许多，明显变老了。他说：“妈，来也不给我打个电话，您有心脏病，您看这次多危险！以后千万不能这样。”

肖倩见龙兴华用责备的口吻对母亲说话，感觉不舒服，明摆着婆婆是为了龙兴华才这么操劳的，于是对龙兴华说：“你就别说妈了，还不都是为了你？打听亲戚买房的事，还非急着要听回话，妈能不着急吗？”

龙母说：“小华，你媳妇儿说得对。你平时忙得都没空给我打电话，这回打电话一定是急事、大事，我就急急忙忙赶过来了。”

龙兴华这时感觉自己真对不起家人，因为自己的工作给她们带来麻烦和忧虑，想着想着眼眶湿润了。

龙母对肖倩说：“小倩，兴华让你受委屈了，你多担待点。”

“妈，您别这么说，我都好好的，都习惯了。我就是不明白兴华他为什么非要干这行。”

“有些事，你不知道。”龙母长长吁了口气说，“兴华他爹是在一次煤矿重大事故中去世的。上面追查事故的责任，抓了十几个失职的贪官，这些贪官让兴华他爹39岁就去世了！”龙母说着就伤心地抽泣起来：“那年，兴华才11岁。自打他爹去世那时起，他就决心做一个检察官……”

肖倩安慰道：“妈，别难过，都过去这么多年了，别难过。”

10

王喜、程凯旋、王欢，以及沧海市规划局、招标办、城建局的负责人在经典集团私人会所露天酒吧聚会，密谋沧海市重点工程项目招投标暗箱操作事宜。

王喜一直坚信“只有永恒的利益，没有永恒的情谊”，大家就像一根绳子上的蚂蚱，为什么聚在一起？归根到底就是为了利益。于是说：“我们把招标的时间和地点定下来，最重要的是把标的的数字搞清楚。亲兄弟明算账。”

何主任插话道："我补充一下，数字，包括底价、围标价、成本价、成交价都定下来，免得今后有分歧。"

程凯旋说："我就担心龙兴华盯上咱们这事，因为他现在当着代理检察长。"

王喜说："放心，他蹦跶不了几天了。"

王欢说："一切都安排妥了！好戏在后头！"

王喜无时不担心一旦东窗事发前途尽毁，于是再次强调："我再提醒大家，一定要做好保密工作，不能走漏半点风声，否则后果不堪设想。"

王喜说着盯了王欢一眼，心想，王欢啊王欢，上一次就是因为你们房地产公司走漏风声，使得业主抗议、群众举报，产生了一系列的严重后果。这种情况再也不能发生了！

次日，王喜约老同学顾刚打高尔夫。纯净的阳光照着一碧如洗的草地，王喜和顾刚拿着球杆在草地上边走边聊，远远的两个漂亮的女球童背着球囊走过去。

顾刚说："听说你现在忙着咱们沧海市重大工程项目的招投标工作？"

王喜说："是呀，这可是咱们沧海市的民生工程啊！"

"招标会什么时候开？"

"这个月5号，大师说5号这天是个黄道吉日。"

"5号？这没几天了，时间来得及吗？"

王喜说："我们做好了充分的准备，我从来不打无准备之仗。"

市检察院梁秘书向王喜告密说顾刚和龙兴华之间关系紧张，且龙兴华怀疑顾刚是检察院内部的奸细。

王喜说："老同学，听说龙兴华向你开炮了？"

顾刚问："开炮？你怎么知道？"

王喜大笑："这市里的事，哪有我王喜不知道的？龙兴华都怀疑你是检察院内部的奸细了。"

顾刚笑了笑，没有吱声，长长地叹了口气。他在想，龙兴华退出陆达成案专案组是他自愿的，为什么要在背地里搞阴谋诡计，把自己妖魔化呢？

顾刚回到市检察院正是下班时间，龙兴华和年轻的检察官们在训练场上打篮球。

顾刚手拿大喇叭气冲冲地走进球场，用喇叭大声喊道："大家别打了，别打了，回去，回去！快，都回去……"大家都停止了运动，不解地看着顾刚。

龙兴华感到莫名其妙，"老顾，老顾，什么事呀……"

顾刚狠狠地瞪了龙兴华一眼，继续对大家喊话："别打了，回去吧！别打了，都散了，回去！都回去……"

龙兴华来到顾刚跟前，急切地问道："老顾，出什么事了？老顾！"

顾刚不理他，依然喝令："龙检察长留下，其他人回去，回去，都给我回去！"

龙兴华忍无可忍地说："老顾！你到底要干什么？！"

顾刚冷笑了一声说："我要干什么？你难道不知道?!我

没日没夜地查案，累死累活，你在干什么？背地里捣鬼！你居然怀疑我是奸细！你有什么证据？今天当着大伙儿的面说清楚。为什么要整我?! 为什么?!”

龙兴华顿生一种被误会的委屈感，顾刚居然在大庭广众之下大放厥词，于是气愤地说：“老顾！你还懂不懂纪律?! 我提醒你，说话要注意场合！”

顾刚怒斥道：“搞阴谋诡计的人还配讲场合？！少来这套！”

龙兴华感觉顾刚对自己的误会太深了，这里面一定有隐情，否则，顾刚的语气不至于这么决绝。于是用缓和的语气说：“老顾，如果你觉得我有问题，你可以去告我；如果你觉得组织上的决定有问题，你可以向更高一级组织去反映。但是我提醒你，你是一名共产党员，你应该有最起码的组织纪律性。希望你冷静点！否则，你再这样下去，一定会犯错误的！”

11

王喜和王欢兄弟俩在经典集团会所的后花园散步。王喜的手机突然响了，他掏出手机接听，突然眉开眼笑地说：“太好了，太好了，检察院乱成一锅粥了。呵呵呵！正好我们开招投标会，通知下去，5号，对对对！就这么定了。”

王喜心想，市检察院闹得越乱越好，免得龙兴华虎视眈眈盯着招投标会。他笑了笑，对王欢说：“现在，检察院闹起来了，我的老同学终于向龙兴华开火了。”

王欢说：“哥，我们也该趁热打铁了吧？”

王喜点点头，说：“我看，是时候了。”

小雪生日那天，龙兴华夫妻俩带着女儿来到儿童公园放风筝，龙兴华拉着风筝线，蝴蝶风筝在空中越飞越高，一家三口仰望风筝，快乐地奔跑着、嬉戏着，其乐融融。

一番尽兴之后，三人来到一棵大树下休息，树荫下铺着布毯，布毯上摆着水和零食，小雪喝着水，吃着零食。

龙兴华忽然想起自己的手机丢在车上了，于是向停车的地方走去。就在龙兴华从车上拿了手机往回走的时候，一个陌生的青年男子抱着一盒蛋糕走到大树下，递给肖倩，说是一位龙兴华给她订的蛋糕。

肖倩没多想就接收了。她将蛋糕放在布毯上，打开盖子。小雪看见蛋糕十分高兴，惊喜地说：“哇，好漂亮的蛋糕！”

肖倩笑了笑，心想龙兴华真是个有心人，还给孩子订了生日蛋糕。

龙兴华远远看见陌生的年轻人将蛋糕递给肖倩，就感觉不对劲，怎么会有人把蛋糕送到这公园来？他怀疑蛋糕里可能藏有定时炸弹，于是疯狂地跑过去。

可是，肖倩正拿着蛋糕刀要切蛋糕。

龙兴华大喊一声：“住手——危险！”

听见龙兴华的叫唤，肖倩立即停下了手里的刀子。

肖倩和小雪都被惊呆了，不约而同地看着疯跑而来的龙兴华。

龙兴华跑到大树下，端起蛋糕就向旁边的草地上狂奔，一边跑一边喊：“赶快趴下，有炸弹！”

龙兴华使劲地将蛋糕扔得远远的，迅速匍匐在地。蛋糕一着地，“轰”一声巨响，爆炸了……

这时龙兴华的手机突然响了，龙兴华抖了抖身上的尘土，从裤袋里掏出手机，接通电话：“喂——”

对方传来经过变声处理的声音：“龙兴华，如果我提前引爆，你们一家全报销！你应该知道怎么做了吧？”

对方说完挂断了电话，龙兴华感到十分震惊，深切体会到了斗争的残酷性与复杂性。他感觉有一个强大的黑恶势力正在逼近他。

12

市政府会议中心正在召开沧海市重大工程项目招投标大会，主席台上坐着一排衣着光鲜的领导，他们是沧海市副市长王喜、市规划局李局长、招标办何主任、城建局吴局长。台下最前排坐着经典公司的董事长程凯旋、总经理王欢，以及一些企业代表、媒体记者。

王喜在台上振振有词：“……在过去的一年里，我市有效地应对了错综复杂的国内外经济发展形势，坚持稳中求进，统筹增长。新的一年，我市将秉承文化兴市、金融强市，进一步完善交通枢纽工程规划，兴建一批利国利民的关键工程。在此，我预祝沧海市重大工程项目招投标大会圆满成功！”

王喜话音未落，台下响起了骤雨般的掌声。

顾刚在一片热烈的掌声中，走进了会场，快到主席台边时，王喜看到了他。王喜补充道：“同志们，我市检察院顾刚副检察长也来到了招投标会议现场，请用掌声欢迎他来为我们保驾护航！”

面对掌声，顾刚向大家点头致意并绕到主席台的一角，向王喜招了招手。这时，王喜正好发言完毕，他来到台角与顾刚握手，可是顾刚没有和他握手，这使王喜感到不爽。王喜想，这可不是你一贯的风格，至少在我面前，你还没有这样过。难道是没有注意？

顾刚说：“我找你有点事，到休息室说吧？”

王喜心头掠过一丝阴云，有话就说，干吗要到休息室去说？王喜牵强地应和道：“哦，好吧。”他边走心里边念叨，老同学到底什么事啊？搞得这么神神秘秘的。

顾刚和王喜走进休息室，就看见几名检察官站在里面，龙兴华面朝窗外。待王喜走进休息室，他转过身来，王喜一看是龙兴华，突然脸色大变。

王喜明显感觉到了情况不妙，印证了刚才顾刚不和他握手这一微妙的细节。但，他依然问顾刚：“他怎么在这儿？”见顾刚没有直接回答而是报以冷笑，王喜感觉自己走进了一个被人精心设计的圈套里，转身就要往外走，可是两名检警拦在他前面。

王喜此刻感到十分震惊，哆嗦着说："老顾，这……这是怎么回事？"

顾刚说："王副市长，你被拘留了！"

王喜色厉内荏地质问道："凭什么拘留我？"

龙兴华说："就凭这个——"说着，龙兴华挥了挥手，检警将门打开，孙方推着一辆轮椅进来，轮椅上坐着陆达成。

王喜一见陆达成，大惊失色，下意识地脱口而出："嗯？你怎么没死？！"

围着护颈一脸病容的陆达成轻蔑而仇恨地看了王喜一眼，"你太希望我死了吧？我命大，被树挡了一下，没摔死。"

王喜立刻舌头僵硬了，"你——你……"

王喜似乎从来没有体验过这种恐惧与窘境，他脑门上迅速冒出细密的汗珠，顿觉视界恍惚。

陆达成继续梗着脖子艰难地说："你还记得你派人给我的那部手机吗？那是一部再简单不过的老人手机，没有录音功能，也留不住证据。你当时一定会想，即便是神仙也没法追查到你。可是这部手机却有免提功能，而我的手机却有录音功能。当我第二遍给你回拨的时候，我按下了我手机的录音键——你说：'你放心，你的家人我都会照顾好的……'"

龙兴华说："要不要把录音放给你听听？"

王喜恼羞成怒地说："不用了。"

顾刚拿出一张白纸，"这上面写着沧海大桥八五四二标段招标后，你们分赃的比例。”

王喜一看这张纸，大为震惊，“原来是你拿走了字条？你——你这个卑鄙小人！恩将仇报！”

顾刚笑了笑，说：“检察官办案，可不能没有证据啊！”

王喜恼羞成怒，“呸——算我瞎了眼！我是真心想让你当上检察长的，没想到你暗暗收集我的材料……”

顾刚说：“那天在高尔夫球场上，你的手机响了，你伸手从裤袋里掏手机接电话，这张字条也跟着掉在地上。你接通电话就走到一旁说话，我就将这张字条保存起来了！”

这时候，王喜才恍然大悟，原来龙兴华和顾刚演了一出双簧，表面上看他们在争权夺利，实际上他们巧妙地利用这种假象，给自己放了一个烟幕弹。

这时王喜看穿了龙兴华和顾刚的“狼子野心”，过去这两个居心叵测的人有意地激化矛盾、扩大对立的假象，目的是想让自己对老同学更加信任，放松戒备，然后，他们背地里悄悄地给自己挖坑，将自己活活推下去……

王喜无奈地骂道：“姓顾的，你卑鄙！无耻！居然出卖老同学。你明明对龙兴华不服，还要委曲求全。拿我的血铺路，无耻小人！”

顾刚笑了笑说：“没错，起初，我对龙兴华确实不服。可当我听了他的全套计划之后，我彻底服了！这个检察长，他比我更合适当。”

王喜说：“人心不古啊！想不到你变成这样！真让我寒

心！”

顾刚长叹了一声，感慨道：“是啊，沧海桑田，一切都在变。上学时，你是我的班长，高中毕业后，你考上了大学，我当了兵，我一直敬佩你，把你当榜样。可是，当我参与调查你的案件时，我才发现你变了，彻底变了！为了你肮脏的交易，为了逃避惩罚，拉拢我，利用我，排挤龙兴华。你万万想不到，我们来了个将计就计！”

王喜瞪着眼睛骂道：“卑鄙！无耻！”

龙兴华对身边的检警说：“带走！”

王喜在两名检警的押送下走出了休息室。

王喜走出市政府会议中心，临上车时阴险地朝着龙兴华笑了笑，说：“你们别高兴得太早了，有你们哭的时候！”

警车押着王喜鸣笛呼啸而去。

这时，市检察院梁秘书驾着车赶来，眼看着王喜被警车押走，心里十分焦灼，胆怯地看着迎面走来的龙兴华一行人。

龙兴华说：“梁秘书，你的头被抓了，你也想溜对吗？”

梁秘书顿时满脸窘态：“龙检，您这话的意思，我听不明白。”

龙兴华说：“听不明白？别装了，我们都知道了……”

顾刚愤怒地说：“小梁，你就是咱们检察院内部的奸细！”

龙兴华说：“带走！”

梁秘书被两名检警押着向警车走去。

龙兴华正要上自己的车，顾刚将他拦住，“龙检，我想借你的车用一下，到看守所办个手续。”

龙兴华感到不解，因为顾刚自己是配了车的。

顾刚笑了笑说：“你的车比我的快。”

龙兴华说：“好吧，快去快回。”

顾刚立即上车，将轿车启动开走了。

这时，梁秘书在正要进警车时，得意地乜斜了龙兴华一眼，嘴角挂着阴毒的笑意。这个细节，使龙兴华立即警觉起来。这时想起王喜被押上警车时，阴险地对他说：“你们别高兴得太早了，有你们哭的时候！”想到这些，龙兴华心里越来越不踏实，一种不祥的预兆油然而生。

龙兴华立即让司机停车，他走下车将后面押着梁秘书的那辆警车拦下来，质问梁秘书：“你是不是在我的车上做了手脚？”

梁秘书支支吾吾，龙兴华突然揪住梁秘书的衣襟，逼问道：“说！快说！”

梁秘书沮丧地说：“龙检，我实在是没办法，王市长他……”

龙兴华说：“追！赶快追上顾检！”

两辆警车向着看守所的方向呼啸而去。

顾刚驾着轿车在公路上驰骋，他不断减速，减速装置却失灵了。顾刚大为震惊，难道梁秘书在车上动了手脚？应该没这么大的胆子吧？

顾刚一直踩着刹车板，可是轿车犹如脱缰的烈马兀自向前狂奔。顾刚紧急地打着方向盘，一连避闪过前面多辆汽车，那情景称得上险象环生。

龙兴华焦急地拨打顾刚的手机，可是一直没人接听。顾刚的手机放在副驾驶位上响个不停。由于刹车装置失灵，车速减不下来需要不断地避让前面的车辆，所以顾刚根本没办法接听电话。

当轿车一路狂奔来到一个三岔路口时，顾刚突然一打方向盘，拐进一条滨江大道，轿车箭一般冲进了海里。

就在轿车冲海的一刹那，顾刚迅速打开车门，随着一声巨响，轿车扎进水中……

龙兴华等人所乘的两辆警车随即赶到现场，车上所有工作人员都下来，焦急地望着吞没了顾刚以及轿车的大海，拼命地呼唤着“顾检”。

轿车冲进海里的一刹那，咸涩的海水迅速灌进轿车，顾刚迅速解开安全带、爬出车门，浮出水面向岸边游去。

龙兴华大喊：“快快快！救顾检！”

龙兴华率先跳进海里，接着大家纷纷跳下海向顾刚游去。

大家七手八脚地把顾刚拉上岸。

龙兴华紧紧地拥抱着顾刚，深情地说：“老顾，我就知道你死不了！”

顾刚抹了抹脸上的水，憨厚地笑着说：“死不了，死不了！”

龙兴华说：“老顾，你是不是预感到我这车有问题？”

顾刚点了点头，“确实有这么个预感。”

龙兴华问：“那你当时为什么不说？”

顾刚说：“我没证据，说什么？”

龙兴华恍然大悟：“对，要有证据！咱们办案，一定要有证据！”

顾刚附和道：“办案，一定要有证据！”

13

龙兴华带领专案组在刀尖上行走，历尽艰难险阻，最终将以副市长王喜为首的沧海市腐败窝案的犯罪分子一网打尽。一个月后，沧海市第十二届人民代表大会第一次会议选举龙兴华为沧海市人民检察院检察长。龙兴华成了沧海市历史上最年轻的检察长。

2013年1月初稿

2014年2月二稿

2018年2月三稿

（根据此小说改编的电影《检察长》已于2015年公映）

天　劫

1

三天前，慧灵寺传来一个死亡到来的消息，磐石般砸在石棺寨人的心口上。

人们如关闭在风箱里的老鼠，翘首凝望着溟蒙的中天那轮被黑暗所吞没的太阳。一张张被神秘的传说和死亡的恐惧扭曲的怪异的脸上，凿刻着对生的希冀和对死的绝望。

远山、村舍以及惊恐万状的人们都隐没在无边的黑暗之中，变得混沌而又模糊。

河边那棵许多年前被雷火烧过的古槐树，树顶有一个大豁口，此刻突然冒出了一盏火光。笼罩在黑暗和死讯中茫然失措的寨民们，恍若在死亡隧道的拱顶发现了一点新生的亮光，纷纷朝那火光奔去。

快！快！神灯，神灯，照着我们上天去。

不！不！天火，天火，世界就要完蛋了！

人们对这一诡秘的火光感到匪夷所思。

…… ……

土场子上剩下困兽般的老人和小孩以及死鼠般的布鞋和木屐，在这个昏黑的晌午，惶恐地等待着一个灭顶之灾时刻的到来。

当人们快要走近古槐树时，双脚霎时如铁水浇铸一般，无法动弹，都愣住了：古槐树顶的大豁口冉冉升起一位白须仙翁，左手举着一个桐油火把，右手提着一个褐色的葫芦。在火光映照下，仙翁童颜鹤须，葫芦和他的头顶一样亮晃晃闪现着一种禅慧的灵光。仙翁举起葫芦吸了一口，然后朝火把噗的一声喷出，立时，他嘴中射出一道巨大的火柱，游龙一般在漆黑的天幕上飞舞。仙翁的嘴巴翕张着，寨子上空隐隐回荡着一种空灵的声音，仿佛自焦土之下、天籁之外、时空之缝，如隐雷海潮般荡来：

天狗吞日，灭顶来临。今夜子时，上天油火齐降，世间万物涅，大千即为汪洋，生死轮回，万劫不复。

既然生死轮回，何来万劫不复？除了族长公之外，所有的寨民都没有发现这句话的矛盾处。族长公完全听明白了这句话前后相悖之处，但没往心里去，他从来没有怀疑过这位高僧的预言。

此刻，罡风骤起，犬吠牛哞，枝断瓦碎，人们在地窖一般的黑暗中乱作一团，鬼哭狼嚎般的喧嚣声与山野的林涛形成一种悲壮的混响。人们看见仙翁随着那布道般的声音停顿，倏然消失在晦暝的天穹，那火把流星般地坠落在古槐树旁的河里。刹那间，河面闪烁着一片血红色的鳞光。

人们在狂风中犬奔豕逐，鸟兽般散去。在生命的最后几个时辰里，人们急于做自己必须做的一些事情，圆自己一生未圆之梦。

2

族长公回到屋里正在翻阅一部褐黄色的线装本《金刚般若波罗蜜经》——既然生死有轮回，何为万劫不复？族长公说着继续翻阅着经书，脸上深深的恐惧神色被一种莫名的惶惑所代替。

族长婆双手不停地搓着麻线，嘟囔道："天神的主意是错不了的，要错也是你的神志错乱。"她催促族长公说，快去挖金井吧，怕来不及了。接着，族长婆唠叨起来："今天初一，这个雨季都过去了，可还没有下过一滴雨，土墙都烧得着，井里面水都变桐油味了，老天早有安排了……"

潮水般的咆哮声刮过屋顶，地上卷起呛人的气味古怪的尘埃，纷纷扬扬满世界飘荡，蝗虫般卷进屋里。房顶那些结满瓦松花、青苔和瓦蛆的瓦片叮叮当当雹子般砸下来，砸得楼板一片轰响。族长婆说：那耗子真讨厌，逃到哪去呢，哪儿都要给天火烧死。

族长公的儿孙们都被死亡的恐怖攫紧了，脸上布满了押赴刑场的死囚所特有的神色。他们齐崭崭跪在族长婆身边，绝望地哀泣着。族长婆依然半瞑着眼睛搓着麻线。屋外呼啸的狂风中渐渐游离出一种竹笛的声音，在这个被天狗吞没了光明的世界里，这哀婉动听的笛声成为生命挽歌的绝唱。

"多好听的笛声。"族长婆说，"好久没有听过这么好听的笛声了。"小孙子闹着，"奶奶，我饿我饿。"小孙子拽着族长婆枯枝般的手臂晃着，"奶奶，我饿。"族长婆抚摸着小孙子的头，阴沉的脸写满了痛苦而无可宽慰的忧伤。“乖宝宝，忍忍吧，”她半瞑着眼说，“不久大家都要死了，死了就不饿了。”

族长公正在厅堂里打金井，突然重重地一甩镢子，说：“要死也不能做饿死鬼呀。”他猫着腰走向屋角的鸡埘，从鸡埘里摸出一只鸡。那是一只大公鸡，族长公把它杀了之后丢在地上，公鸡突然把头竖了起来，眷恋地望了鸡埘一眼，惨叫一声倒下去了。此刻，一只母鸡已战战兢兢地来到了公鸡身边。族长公拿着菜刀走近母鸡，母鸡连本能的退缩都没有，只是咯咯地叫了几声。

族长婆见此情景，似乎被感动了，对儿孙们说：“看见没，鸡多有灵性，要死，两公婆一块儿死。”族长婆将手从小孙子头上挪开，小孙子头上立时出现一块殷红的血迹。儿孙们都惊愕了，族长婆在每一个儿孙的眉宇间都抹上一点血，苦笑着说：“都打上个记号，下世我们又三世同堂。”

鲜血的腥甜气息和饭菜的香味在屋子里氤氲。小孙子咂着嘴，眸子里闪现着一种节日般的欢乐和幸福光彩：“奶奶，死是不是过年啦？”族长婆的手停止了搓动，混浊的泪水潸然而下，茫然地望着小孙子，思忖了片刻说：“是过年，乖宝宝。过年了，我们都换上新衣服，就像蛇一样，蜕去一重老皮换上一重新皮。”族长婆想，这么说似乎还显得深奥了一些，很想用一种极其通俗而又乐观的比喻来给孩子们解释死亡这个概念。这时头顶隆隆地滚过一阵雷声，一道炫目的闪电犹如刚出炉的利剑，刺破天空，从窗口刺进屋里。

在这瞬间的光照下，人们发现彼此的面目竟是如此狰狞可怖。族长婆半瞑着眼说："完啦！天神在滚油瓮。"儿孙们说："不，天上打雷了。"族长婆不高兴儿孙们跟她争嘴，她唠叨着："这哪是打雷？很久没有听到雷声了，这个雨季就从来没有打过雷。这不是打雷，是天神在滚动那一个个大油瓮，这些油瓮到头来都要被撞破，把油洒到凡间。刚才那火光，是天神在敲着火石……"族长婆说着说着，合上了眼睛，脸上枯皱的皮肉痛楚地抽动着，双手仍在不停地搓着麻线，鲜血从手指尖上滴下来，搓好的麻线被染得红蚯蚓一样盘在地上的竹筛里。儿子和儿媳都劝族长婆不要搓了，"娘，别搓了，搓那么多麻线干吗？手都搓出血来了。"族长婆兀自搓着，喃喃自语："出血就好，血脉相传，无血不灵。"

族长公将做好的饭菜摆上桌，青油灯光在碗碟里的菜肴上生动地跳跃着，尽情地点亮诱惑。几个孩儿趴着饭桌各霸一方，那如狼似虎的吃相，令大人们煞是心痛，想想这种幸福的时光不长了，大人们都没了食欲。族长公挥动着镢子在厅堂中央一下一下地挖掘那年代久远的坚实的泥土，那神情酷似在翻找着一件埋藏多年、早已遗忘的宝物。儿孙们都莫名其妙地望着威严的族长公忙碌着，不敢多问，只是看着。大儿子说："爹，我来帮你吧。"族长公没吱声，仍然专注地挥动着镢子。

这时，大门推开了。进来的是顺婆。

族长公一看是顺婆，便继续挥动镢子挖掘着。顺婆拄着拐棍上前两步说："在挖啥呢？唉，人都要死了，金银财宝有啥用呢。"顺婆顿了顿又说，"慧灵寺要做大法事了。每个寨子都供上一个18周岁、身子囫囵的黄花闺女祭天神，我们寨上，除了你大孙女桂枝，再没有合适的了。"族长公撂下镢子，摇了摇头，"没用。"族长公说，"我昨天听到一位云游高僧说，此劫难逃，筑坛祭神也只能修来世因果。"顺婆说："那就修个来世好因果吧，我今生孤孤单单，指望来世也和你们一样儿孙满堂。"族长公一家人都沉默了。

谁都不忍心让桂枝去做祭女成为剁头鬼。

族长公始终认为这种杀戮生灵的行为不应该是佛家所为，释迦牟尼佛祖是主张仁爱憎恶杀生的，怎么会将好好的生命给杀了，来祭天神呢？这绝非佛家所倡，除非邪门异教。这世界全变了，人妖颠倒。

顺婆说："子时一过，人人都要死，不如把桂枝供给天神，修个来世好因果，积积阴德吧。"族长婆故意岔开话题说："老天的意图我早就看出来了，这个雨季没有下过一滴雨，井里的水都有桐油味了。今天，天狗吞日还刮起了龙卷风，比60年前的那场天灾还厉害百倍。"

族长公这时发现桂枝不在屋里，焦急地喊着："桂枝，桂枝！"

桂枝被刚才那天乐般美妙的笛声引领，步入一座混沌初开的辉煌的生命之殿。

桂枝是个懂事的好闺女。族长婆絮叨道："让她去吧，怎么都是死，在劫难逃呢，比60年前那场大灾还厉害百倍。”族长婆说着说着停下手中的活计，双眼瞑闭。60年前那一幕如烟似雾地从悠远的历史和记忆的屏风背后飘出，浮现在眼前。

那日，天狗吞日，世界如地窖一般昏黑。慧灵寺的大殿前，并排的三口大香鼎中燃烧着冲天的柏木神火；9盏天灯是由9炷巨大的桐油火把摆成的方阵，把天空烧成一汪锈铁红。钟鼓声、木鱼声以及诵经声汇成一股圣乐之流，在浩浩天地间回荡，在人们灵府深处缭绕。

慧灵大殿的天井中央并排摆的三口大陶缸里，三位芳龄18、身子囫囵的黄花闺女亭亭玉立，个个珠圆玉润、雪肤花容，脸上凝固着一种复杂得近乎没有任何表情的神情。她们经过无根之水（天水）净身，晶莹的水滴在胴体上滴溜溜珍珠般滚落，跳荡着一串串美妙的音乐般的弧光。

那时，族长婆刚满6岁，她分明看清了站在中间那口陶缸里的是她的大姐姐翠花。她一个劲地扯着母亲的衣袖说：“姐姐，那是姐姐。”此刻，她很兴奋，为姐姐感到自豪，因为，现在姐姐做上祭女了。但祭女究竟是怎么回事，她还弄不明白。

在一片潮水般的诵经声中，三个高大威猛的和尚平展着双手，托着一丈二尺长的白绫子，一步一步地走近三位出浴的祭女。左右两个年轻的和尚高昂着头，眼睛死盯着空的西天冥冥之中那轮祥光中的释迦牟尼佛，脸上刀劈斧削般冷峻。祭坛下如蚁般涌动的寨民喧闹的凡尘之音、聒噪的钟鼓笛箫之声以及祭女那早春甜润的芬芳气息的流韵，均无法使他们空净的心田萌动远去的俗念。他们禅心不动，佛意如铁地朝祭女一步步走近，全神贯注地静听令鼓之声。

夹在两个年轻和尚中间的是一个较为年长的和尚。他昂着头和两个年轻的和尚并排走着，但不时用眼睛的余光瞄着水平线以下的风景。他听到自己的骨子里、筋脉里、喉管里有一道久储于岩层的甘泉汩汩漫过的声音，这种声音蛊诱他俗念荡漾，方寸渐乱。

令鼓一响，左右侧的两个年轻和尚将白绫子托着祭女稳稳地走向祭坛。而那个年长的和尚目光和意念还迷失在面前一片风光旖旎的生命的峡谷中，茫然地逡巡。当他猛然间回过神来，猝然张开双臂抱起祭女翠花时，白绫子飘落在地。他仿佛听到一把柔如糍粑一般黏黏而温柔的声音，紧贴着他的胸腔说：救救我，我不想这样……霎时，他感到被电击般全身痉挛了一下，闪了闪身子，感到胯下这块亘古的山岩圣地已裂开了一道深邃的沟涧，炽热的岩浆一个劲地往外冒，几乎要把自己痛苦的肉体和虚胀的灵魂熔化，把整个寺庙以及尘世间的一切充满欲望的肉体和灵魂都统统熔化，直到万物化为虚无。他头顶上空一对互相依偎的受伤的玄鸟正穿过乌云，向西飞去……

大殿上的方丈摇了摇头：“阿弥陀佛，晚节已渎，前果尽废。”

这时，另一个手执白绫了的和尚上前接过祭女翠花。这位俗念未净的年长的和尚当即被赶出佛门，流落红尘。

三位祭女被托上高高的大祭坛。一位身披黄袍、头裹红巾的马脸法师，从神灯背后幽灵般闪出。左手沾着猪血般的朱砂神水、右手沾着胆汁般的雄黄符汤在祭女身上的每一个部位轻抚着，法师庄严地履行着法事既定的每一道程序。祭女们如三根嫩白的大葱，以一种植物的姿态虔诚地迎接着这一切的洗礼。

十几个小和尚手端木钵，钵里盛着硫黄，他们一个劲地用手撮着硫黄朝柏木神火和桐油火把上撒去，硫黄在火的焚烧下频频爆响，火光四射。一种刺鼻呛人的青烟弥漫于祭坛。

春心萌动的小和尚，因全神盯着祭坊上的祭女，往往把硫黄撒偏了，误撒在对面小和尚饥饿的眼睛里，蜇得小和尚如离水的老虾跳个不停，哇哇直叫。

法事接近尾声，法师嗖的一声抽出那把浸染过无数处女的鲜血的法刀，用神水符汤净沐三遍。在一阵高过一阵的钟鼓笛箫的乐声中，人们惶惶然乱作一团。当法师将法刀高高举起，砍向中间的那位祭女时，族长婆看见中间那位祭女恍惚间变了，并非60年前的姐姐翠花，而是自己的大孙女桂枝。“桂枝——！”族长婆悲切地大喊了一声。

族长婆陡然间的大喊，儿孙们都一头雾水，他们总觉得族长婆一天来的神志明显反常，譬如，一股脑儿地搓着麻线，嘴中念念有词说一些令人费解甚至完全听不懂的话，还冷不丁地大喊大叫。大儿媳哭泣着摇晃着半瞑着眼的族长婆，族长婆苦着脸说：“好，桂枝去了，上祭坛了。”

族长婆突然想起什么事似的继续搓着麻线，自言自语地说："桂枝去了就好，怎么都是死，为咱石棺寨人修个来世好因果，值得！我姐妹9个，大姐姐翠花给天神献祭，老天就保佑我们八姐妹共生了48个儿子，100多个孙。唉，儿孙满堂啊。"这时，族长婆那干瘪的嘴角挂着一丝满足的笑意，她不停地搓着麻线，人生中那些点点滴滴零零碎碎的往事，好像都随着麻线一件件一桩桩清晰地搓了出来。

"娘，你就别搓了。"儿子和儿媳都劝着说，"搓那么多麻线有啥用呢，手都搓出血了。"族长婆又唠叨开了："出血就好，无血不灵，血脉相连……"

时间如隐匿于深土中的潜流，无声无息地载着惶恐的人们，穿过黑暗和喧嚣，默默流向冥冥死海。族长公总觉得打更和尚的梆子不停地在他的耳畔敲着，一更，二更，三更……他握紧了镢柄，使劲地挥着，在厅堂中掘着那散发着霉腐气息的泥土。不时翻出一些古钱币、牙齿、骨头和女人用的银簪子，他一一拾起来，在镢柄上敲了敲泥土，看了看又扔了，脸上依然布满一种肃穆的神色。青油灯光在这翻起的土坷垃上涂抹着各种具有象征内涵的图案。族长公嘀咕着："既然生死有轮回，又为何万劫不复？"他忽然又想了桂枝："桂枝，我们死在一块，来世同堂啊！"

桂枝早已被天乐般美妙的笛声引领，步入一座混沌初开的辉煌的生命之殿。

3

漏斗嘴背上牛皮褡裢，在黑暗的风中茫然地穿行着。褡裢里的屠宰刀具叮叮当当地碰撞作响。他翻过石棺山198磴，摸进石棒寨，一群龇牙咧嘴地狂吠着的狗子，把他撵出了石棒寨，他悻悻然走回家。狗肏棍子，今夜我宰不成你，你也要给天火烧死。他骂着，但又希望亲眼看着棍子死在自己的手上才解恨。

石棺山横亘于石棺寨和石棒寨两寨之间，传说山顶某处有一方龙穴风水，谁家若能葬于此，其后裔必状元及第。为此千百年来，石棺山便成为世居于东西两侧石棒寨和石棺寨的王刘二姓的必争之地。两大家族的鲜血洒遍了石棺山梁。

漏斗嘴19岁那年，两寨发起了一场械斗。那是秋后的一个下午，这对漏斗嘴来说是一个极不吉祥的日子，是令他终生痛苦和仇恨的日子。午后的阳光在林子里弄出一些生动而凌乱的画面。19岁的漏斗嘴带着新婚期的缱绻与慵懒，扛着一把大刀，像第一次出猎的猎狗一样雄赳赳地穿梭于林子里，气昂昂地闯进了这刀光剑影、血肉横飞的场景之中。他勇猛地冲上前阵，叉开双腿正要挥刀出击，不料，对方一把虎叉捅进了他的裤裆，裤裆破了；接着又是一虎叉，攫走了他的两颗蛋蛋。他顿觉有只可恶的坚硬无比的利爪，飞快地探进自己的胸腹，将五脏六腑都掏得干干净净。他看到自己的两颗蛋蛋如红枣一般挂在虎叉上，被对方一个叫棍子的男人高高举起，在斑驳的阳光中兴奋地晃悠着，那情景酷似拨浪鼓上的两个小锤锤。他凄惨地叫了一声新婚妻子的名字，就倒在地上不省人事了……

这鬼天气，日他妈怪怪，大白天黑成这样子，狗肏的天气。漏斗嘴在狂风中骂骂咧咧深一脚浅一脚，跌跌撞撞摸回家，伸出脚猛力一踹门。门是开着的，他一脚踹空，趔趄了几步摔倒在地，牛皮褡裢甩在一旁，刀具碰得叮当作响，一只小矮凳在其裆里顶了一下。他爬起来两手捂着胯下，嘟囔道："两个蛋子给摘了，险些管子又给折了。"

风呼呼地从门洞灌进来，漏斗嘴侧着耳朵听了一会儿，听到厢房里妻子在哭泣，那声音凄楚而喑哑，如风中的一根游丝在颤响。这野种又在作怪。他骂了一声推开厢房门，如豆的油灯透过灯笼罩将房内一些老式家具镀上一层古森森的光晕，风从一些小墙眼里穿入，发出野兽一般的呜号，小窗门不停地拍打着窗棂。漏斗嘴的妻子冬兰就在这吧嗒吧嗒的节奏中辗转翻滚在木床上，嘶哑着嗓音哭泣。哭啥呢？漏斗嘴说："死就死呗，哭有啥用？"冬兰背朝着漏斗嘴，哭着说："我肚里痛得厉害，怕是要生了，去庵里给观音娘娘还个愿吧，许了愿不还愿，我会不得好死的。"漏斗嘴一听心里就烦，世上的人都马上要死光，还生下来干吗？这野种就是生下来也是死，憋着吧，别生下来。他吼着走到厨房间揭开鼎锅盖，伸出一个手指试探性地一摸，摸到空空的锅底，又将锅盖重重一甩，锅盖车轱辘一般滚出老远。他失神地站了一会儿，便到厅堂去摸到牛皮褡裢，往肩上一扔，牛皮褡裢就稳稳地挎在他的肩上，两个褡裢袋像两个蝙蝠的翅膀贴着他的前胸和后背。他正要出门，踩着了一条狗腿，狗子汪汪地吠着，吠得他心烦意躁。他飞腿朝狗子就是一脚，狗子打了个滚哀哀地叫着出屋了。大概是踢着了狗的嘴巴，他觉得脚趾上有两枚铁钉猛地扎了一下继而使劲划拉似的痛感。

狗肏的棍子，断了我家的香火不算，还日了我女人，种下个孽种。漏斗嘴骂骂咧咧地走出了家门融入深幽的黑暗之中，屠宰刀具在旷野中发出风铃般的乐韵。

当漏斗嘴跨出家门时，就隐约听到妻子呼叫棍子的声音。他骂着：“狗肏的。”

冬兰就像热锅上的一条泥鳅，全身都在痛苦地扭动和抽搐，嘴里凄凄地呻唤着棍子。风拂着油灯，晃晃悠悠的光晕使风化斑驳的楼板上舞动着形形色色诡异的图案。冬兰在有气无力地呻唤着棍子，全身被汗水湿透了，阵痛过去之后，平躺在床上喘息着，感应着腹中那个寻找生命之门的孩子的躁动。疲惫而迷离的双眼，看见楼板上影影绰绰的图案正向她蠕蠕游移而来。渐渐地，她看见走在最前面的一位精壮的男子就是棍子，正拿着一把大砍刀从夕阳中走来。她嘶哑地大喊了一声：“棍子——！”

那年春天的某个黄昏，冬兰在石棺山砍柴。冬兰把砍好的柴担放在路边，又钻进树丛里去，想采些竹笋或蘑菇什么的带回家。

这时，冬兰眼前有一团红晕在晃动。离她不远处的芦萁草丛中有一对火狐正在交媾，在殷红的晚霞中，那对火狐如一堆篝火，熊熊的火苗在跳荡着。冬兰此刻浑身胀胀的，似乎被这团欲望之火炙烤着、焚烧着，使她从遥远的尘封的记忆中，拾回那些远去的春夜里的故事。她手中的篾篮子自然滑落在地，那对机灵的火狐立时一分为二，失望地环顾了一下，它们看见冬兰便用厌恶或谴责的目光瞪了冬兰一眼逃远了。冬兰双手捂着胀鼓的胸脯，有一种郁闷或被淤塞的感觉。她心里骂了一句："天杀的棍子。"她爬上山顶朝山界那边望了望，她看到夕阳中有一个人蹬着石磴走来，那人手拿着一把大砍刀，低着头一步步走上来。冬兰这时心在怦怦地跳动，她只看见那人的头顶和双肩，看不到那人的脸。她心中产生了一些莫名的预感从而心神不宁。

这时林子深处传来一阵伐木声，那人突然停住了脚，警觉地抬起头环视了一番。冬兰在这一刹那间看清了那个人的面目，便疯也似的越过山界，呼喊着扑向那人："棍——子——！天雷劈地火烧的棍子，还我男人的身子！还我男人的身子呀！你害得我们断子绝孙啦！"她像一条被逼疯了的母狮，双手撕着、抠着棍子的脸皮、鼻子、耳朵和胸膛。棍子被突如其来的一幕惊呆了，但马上认出这女人就是漏斗嘴的老婆冬兰。他把手中的大砍刀扔在一旁，身子如一尊青石罗汉一般纹丝不动，任冬兰怎么抓抠，鲜血直往下流。棍子觉得自己的胯下被什么东西濡湿了，滑腻腻的。冬兰像一只啄木鸟似的在棍子身上撕着、抠着、咬着，直到声嘶力竭，十指僵木地嵌入棍子胳膊上的腱子肉里。

棍子依然纹丝不动地站着："你他娘的，怎么不动了？打呀？撕呀？啃呀？把我活吞了呀？"

冬兰抬眼疑惑地望着棍子那木刻般的面容、青石般的身躯，觉得这句话不是他说的，他的嘴压根儿没动过。于是她那仇恨的火焰立即被一种深深的畏惧所湮没。棍子把她揽进怀里，“打死我也没有用，打阵的时候人长眼，家伙不长眼。”棍子说着把冬兰按倒在地。冬兰感到自己和棍子已变成两根倒在一块的红蜡烛，渐渐地熔化着，呼呼地燃烧着，燃烧着……冬兰梦呓般地呻吟着：“自打你废了我男人的身子，我的日子……棍子，你也命苦，老大不小了，娶不上个老婆……”

棍子说：“好久不下雨了，种子没法播啊。”

冬兰说：“旱久了，地里就长不出蘑菇。”

秋后，地里的庄稼被拾掇得干干净净。山里的野柿、山楂等野果稔熟蒂落，一片如火如荼的景象，林子里氤氲着一种野果霉腐的醇香，山鸡、野兔、红狸、火狐、獐子、麂子等野物都从庄稼地里迁徙到林子里。这些天然的丰美的食物把它们喂养得羽丰皮亮，正是狩猎的好时节。漏斗嘴和族长公扛着老铳，猎狗般地在金黄的林子里巡弋，一是狩猎，二是看山，以防石棒寨的人偷越山界过来使坏。他们照例先上山顶看看，然后择一块好石头坐下来抽一袋烟，等到太阳西斜，林子里渐渐暗淡而恬静，野物们都悄悄出来觅食，他们再行动。

他们登上山顶刚坐下来，便听到山界那边不远处有一种压抑的类似于母猫叫春的声音。漏斗嘴觉得这声音听起来有点耳熟，而且令他的春情冲破记忆的冰层荡漾于水上。一种微妙的启示使他站起来，并踮着脚尖朝声音传出的地方望去，由于他所处的地势太低，什么也没看见。这个十分耳熟的声音，使他像一匹发现了猎物的狼一样，猫着腰屏息静气沿着山界偷偷接近目标。他爬到一个高地，拨开树枝一看，他首先看见的是他的仇敌棍子。棍子那黑熊般的背脊在疯狂地颠动着，他说，你这个狗肏的又在糟蹋民女，看老子怎么收拾你！他再往前走，爬到一个高地往前一看，他想看看棍子身子下的那个要死要活的女人到底是谁。这时他看清了冬兰那张仰着的依然青春秀丽的脸，在颠荡和呻吟的节奏中左右摇晃。夕阳从树冠的枝柯间漏下来，照在冬兰红润的脸上，如火苗在跳动。漏斗嘴立时感到自己的胯下猛地被锥子扎了一下，脸上的肌肉痛苦地颤动着，狗肏的，这回你死定了！他凶恶地骂道："废了我还不够，还干我的老婆，老子送你上西天。"漏斗嘴端起老铳贴着仇恨的眼睛，一扣火，轰的一声巨响，震得林子里的树叶瑟瑟发抖，天空中立刻飞翔着一群惊悸的鸟。一切生命都在这猩红的晚霞中战栗。就在漏斗嘴扣动扳机的瞬间，族长公将铳杆向上一托："别让铳子儿伤着冬兰，让他帮你留根苗子传个香火也好。对你来说，老婆被人干了不一定是件坏事。"

漏斗嘴听了这话，痛苦得不能自已，蹲在地上呜呜地哭泣起来。

风停了，被龙卷风洗刷过的寨子，又复归于沉静，有一些啜泣之声幽魂般在夜空中悠荡。漏斗嘴在这无形无声的夜幕中梦游般地行走，时而跌倒在水沟或土坎上，时而碰撞在树干或柴垛上，但他依然在行走着，哞哞地呼唤他的小牛犊。他是在河边找到他的小牛犊的。小牛犊听到呼唤声便走过来。因为小牛犊尚未穿鼻，没有拴绳子，所以不容易逮住。小牛犊奶声奶气地哞了一声走过来，距漏斗嘴丈把远，呆呆地望着隐晦的黑夜背后叵测的一切。漏斗嘴朝那团黑乎乎的东西走过去，伸出手去一抓，本想抠住小牛犊的鼻子，结果抠在小牛犊的眼睛上，小牛犊翘起尾巴狂跑起来。漏斗嘴也尾随着黑影奔跑着。漏斗嘴在水沟里、土坎上摔了几跤，最后他坐下来喘息，有一声没一声地哞着。小牛犊也不跑了，依然距他丈把远，扭过头来亲切地望着他。

漏斗嘴从地上爬起来，挽起裤腿，掏出那阳具，一边哞叫着，一边走过去尿着尿。小牛犊最终敌不住热尿的诱惑，走过来用舌头舔着尿，津津有味地咂巴着嘴。漏斗嘴铁钳般的手指迅速掐入小牛犊的鼻孔，他嘿嘿笑着从牛皮褡裢中取出宰刀向小牛犊的脖子抹去。

漏斗嘴把小牛犊的头、脚以及下水和皮骨都扔下，把剜下的几大块精肉拿回家。他又听到冬兰在呻唤着棍子。漏斗嘴心里烦躁，这野种怕是要出生了。他嚷道："憋着吧，生下来也是死。"

冬兰是一阵阵地发作，发作时，臃胀的身子葫芦一般在床上翻滚。阵痛过后，渐渐平静下来，精疲力竭地呻唤着棍子。她听到厨间刀铲瓢盆的响声，便知道漏斗嘴回来了。她憋足气力近乎哀求道："快去还愿吧，去谢恩吧，我快要死了，我受不了啦……"

“憋着吧，都要死的。”漏斗嘴说着在锅台前忙碌着。大半锅的牛肉正煮着，满屋子都飘着桂皮炖牛肉的香味，还夹杂着屋后栀子花的芬芳，引得一群狗子在屋里窜来窜去，狺狺地馋叫。

漏斗嘴把那瓮陈年老酒抱出来，启开泥封斟上一瓦壶，一大木盆的热腾腾的牛肉端上桌来。他用手抓上一块牛肉往嘴里塞，嚼着走进厢房对冬兰说：“吃点吧，不要做饿死鬼。”冬兰这时脸色煞白，双唇和手臂都被自己啃出血来了，用蜂子一般微弱的声音说：“我快死了，肚子里的仔就是出不来，神明在罚罪我……”漏斗嘴咽下嘴中的牛肉，吼了起来：“憋着！憋着！别让这孽种出来。”

漏斗嘴回到饭桌边，张着大嘴狂饮大嚼起来。他觉得他今生从未有过，以后也永远不会再这么美美地吃一顿，吃饱了喝足了去死也值得。他兴味盎然地吃着吃着，他听到有呜呜的哭声，他朝窗外深邃的夜空望去，看到一张阴森的大脸正贴着西厢房的窗棂，被木窗格分割成几个方块，一闪即逝。漏斗嘴走到门外看了看，不见任何踪影。撞见鬼了。他想人要死了，鬼魂都失散了，满世界都是孤魂野鬼。

漏斗嘴像死囚吃刑餐一样，将大块大块的牛肉、大碗大碗的老酒一个劲地往漏斗般的大嘴里塞着灌着。

冬兰在床上打滚，哀哀地呻唤着。漏斗嘴不停地嚼着，猪猡似的哼哼唧唧地说着：“憋着吧，子时一过就好了，大家都全死光，快了！”他趴在桌上，将饭菜酒统统往嘴里倒。他想，过去的日子过得太冤屈了，这回恨不得把过去失去的口福统统补回来。他吃着喝着，脚下有几条狗跑龙套似的窜来窜去，他踢了一脚，一条母狗惨叫着从饭桌底下溜出来，舔着自己的屁股。这时，漏斗嘴正咬牙切齿地嚼着一块柔韧的牛筋。他油然想起了令他终生遗憾和愤慨的一件事——吃狗的情形是惊人的相似，口中之物一样柔而不断、韧而不烂。他抬起头将那块牛筋吐出老远，引得一群狗子蜂拥而上。

一种含混的哭泣和呻吟声在夜空中隐荡。漏斗嘴听到门口有响动，抬头一看，一袭黑影站立在门口，他揉了揉醉意蒙眬的眼睛，一看是顺婆："顺婆，帮你摆好了棺材还有什么事？"

顺婆拄着拐棍一摇一晃走了进来。"借碗饭吃。"顺婆说，"要死也不能做饿死鬼。"

漏斗嘴啪的一声将筷子朝桌上一甩："不借！你绝婆子做绝事，捉弄我吃狗，忘啦?!"

顺婆说："亏你还记在心里，过去好多年的事了。"

顺婆从16岁守寡至今50年了。她家的两亩地一直是靠着族人帮她耕种和收割。她养了几条公狗和母狗，春种时便宰了公狗以飨为她效力的族人。夏天，母狗生了仔之后渐渐长得膘肥，到了秋收时节，便宰了母狗用来犒劳为她帮工的族人。

那年秋天，顺婆家请来了和她同族的几个年轻人为她收割谷子，其中有一位和漏斗嘴平辈而且同岁的年轻人，名叫金贵，留在家里帮助顺婆宰狗做饭。他把狗宰了之后，用菜刀把母狗的生殖器剜下来，烫去绒毛，套上一截狗骨头，沾上一些狗肉汤摆在一大瓦盆的红烧狗肉上面。

帮工的族人挑着谷子收工回来，早早就闻到了顺婆家的狗肉香味了，他们一进门就馋得咕咕地咽口水，一放下扁担，未来得及拾掇农具，便团团围上饭桌。人们都讨厌漏斗嘴的吃相，他嘴大齿利，嚼肉快，吐骨快，咽得快，一般快过人家两三倍。

漏斗嘴第一个上桌，操起竹筷："狗肉滚一滚，皇帝站不稳，吃喽！"说着就老鹰叼鸡似的迅速将瓦盆上面那团大的狗肉夹上往嘴里送，那鞋底般的舌头早早地伸出来迎候，远远地托着狗肉进嘴，继而用舌头一卷，那截骨头落在地上，这几乎是一个非常利索的连贯动作。他鼓着腮帮含混地说："好，好，骨头都脱了，烂熟！"

其余的人都憋着一肚子的笑，呼呼啦啦地吃，谁都不吭声。漏斗嘴拼命地咬着那团东西，但总是橡皮一般韧，他眼看着大瓦盆里的狗肉一圈圈地陷下去，心急如焚，试图强咽下去，一到喉结处又哽住了，眼睛给哽得翻白，险些背过气去，只好又回出来，使劲地用牙齿研磨了几下，还是不烂不断。他想吐掉又觉得太可惜了，这么上好的皮肉不吃那还吃什么呢？再说吐掉会遭别人谴责的。他无可奈何地在心里咒骂着："这畜生的皮还这么韧，头一回把我漏斗嘴难住了。"他努力咀嚼着，他就不信这邪，老子鸡骨头都嚼得碎还啃不烂这狗皮？他每嚼一下，腮帮上便凸现牙床的轮廓，他像一头反刍的老牛不停地捣动着牙齿，满嘴的肥皂泡似的白沫一团一团地掉下来。其余的人都有着一种阴谋得逞的喜悦，欣欣然跃跃然，有着说不出的快慰和庆幸。几双筷子都幸灾乐祸地在大瓦盆里捕来捞去，几张油光闪闪的嘴巴滋滋咯咯得意扬扬地翕动着，不时打着嗝儿，爆出一两声忍俊不禁的笑，将饭菜喷了一桌。金贵嘲弄着说："哈哈，你真是好运气呀，挑上这么一大团狗肉吃。"漏斗嘴对金贵的话不大在意，更没有往深里去寻思，他总是记得当年被鱼骨头哽着喉了，咽下了一个糯米团子把鱼骨带下去，那糯米团子比这还大呢。于是他把口里这团东西使劲往下一咽，又哽在喉结处，他试图强咽几下，那团东西还是下不去，而且似乎还在不停地膨胀，挤压着他的喉壁。此时他慌了神了，完全处于进退维谷的两难境地，他有生以来第一次真正品尝到了窒息的痛苦，眼前有一群密匝匝的金色的蜂子在盘旋着，在聚拢和扩散着，头皮上每一根毛发的根部都叮满了黑蜘蛛的嘴巴，他痉挛了几下，沁出了一身虚汗。这时他心里非常明白事情的严重性，他想人总不能给饭撑死，他憋足了丹田之气，像吞吐铁球的江湖魔术师那样，大吼了一声，塞在喉咙里的那团东西飞出老远，撞在神案上又掉了下来。漏斗嘴顿觉自己的五脏六腑都呕了出来，像被吸空的柿子，有一种空洞而轻飘的解脱感。他看到人们正龇牙咧嘴地发出一种怪诞的笑声，他们正虎视眈眈地瓜分瓦盆里所剩无几的狗肉汤。漏斗嘴急了，猛然操起瓦盆朝自己那变形的嘴脸倒了个底朝天……

漏斗嘴操起筷子夹了几块牛肉扔在地上，让狗子吃，

“吃吧，吃饱了一块儿死，不要做饿死鬼。”他说着打了个响嗝，喷出许多油星子。他斜视着顺婆：“你捉弄我吃狗的事，忘啦？我可没忘，险些丢了老命。”

“那事都怪金贵，”顺婆哀求道，“你也吃不完，就借一碗给我吃吧，我一天都没吃饭了。”

漏斗嘴端起酒碗往嘴里倒，咕咚一声咽下之后说：“借给你，啥时还？”

“下世吧，”顺婆说，“都说这世穷下世富嘛。”

漏斗嘴恍然明白了什么似的说：“好吧，把碗拿来。”他接过顺婆的碗，盛了一碗饭还夹了一些牛肉。他捂在手心里掂了掂，足有二十两呐。他说：“下世你可要记得还我，也给我这么满的一碗牛肉饭。”

顺婆鸡啄米似的点着头，连连应着：“记得，记得。”一瘸一拐地走出了漏斗嘴的家门。

顺婆出门时，漏斗嘴说：“下世见吧。”他突然看到西厢房的窗口贴着一张阴森可怖的大脸，被窗棂分割后变得怪异而骇人，他总觉得这张脸似曾相识，而且好像许多年前这张脸一度令他刻骨铭心般难忘过。他想这一定是父亲，他老人家阴魂现形，一定是来叮嘱我去把古槐树下埋的元宝带去下世用。

漏斗嘴想起7岁时的一个月黑风高的夜晚，父亲带着他到河边的古槐树下挖了一个深深的土坑，把祖上积攒下来的一些元宝用陶罐装着。漏斗嘴蹲在土坑边扔着新翻出来的土坷垃，“爹，罐里装的是什么？”

“财宝。”父亲说着拉过漏斗嘴的小手放进自己胡子拉碴的嘴里一咬，漏斗嘴痛得哇哇地大哭起来。父亲赶紧一把捂住漏斗嘴的嘴巴，“别哭，让人知道就糟了，会给人掘走的。”

漏斗嘴很听话，果然不哭了。父亲捉住漏斗嘴那滴血的手指教写毛笔字似的，在每一个元宝上画上个“×”作为标记。“仔，这是祖上留给你的财宝，祭上你的血，这就是你的了，变不了。”父亲说着欣慰地笑了笑，拍拍漏斗嘴的小脑瓜，“仔，记住，不到万不得已的时候，都不要动用它。”

父亲抓着漏斗嘴的血指头逐个画完之后，便盖上陶罐盖子埋进土坑里，嘴里念念有词地壅土，然后用锄头夯实，再在上面烧上一堆篝火。

许多年来，漏斗嘴牢牢记着父亲的话，从来没有去想过这罐元宝。此刻，他想刚才窗口那一晃而过的人影，无疑是父亲来提醒他把那罐元宝带在身上，留给下世享用的。

西厢房里传来冬兰虚弱的呻吟声，夜空依然回荡着一种悲怆的啜泣声。

漏斗嘴依恋地看了看饭桌上的饭菜和老酒，打了个饱嗝。酒瓮里老酒的香气如无数小甲虫从漏斗嘴的鼻子里爬进去，继而往喉咙里钻。这瓮酒是漏斗嘴的母亲在世时亲手酿制的，十多年来，漏斗嘴从来不舍得吃。无数次酒瘾发作时，也只跪在地上用鼻子贴着酒瓮的泥封盖儿嗅上一阵，然后打个盹做个酣畅酩酊的美梦。这时，他抱起这瓮眼馋了十多年的老酒，将瓮口贴着自己的嘴巴咕咚咕咚灌了起来。簸箕般的大嘴咂巴了几下，自骂道："狗肏的，今儿个撑死也值得。"

漏斗嘴明白，三更梆子就要敲响，死亡一步步地逼近了，必须在这不可抗拒和逃遁的死亡来临之前，做好一件务必做的事。这时，他眼前又晃悠着那个熟悉而又陌生的模糊的脸影，晃悠着那只装着元宝的陶罐。他吸完最后几口烟，把烟媒掐灭，站起身，肚皮如垂了个沉重的米袋子似的使他又坐了下来。他憋足劲站了起来，脚步踉跄地走到门背后扛起一把锄头一摇一晃地出了门。他听到冬兰凄楚的喊叫声，便僵着舌头说："憋着吧，别生下这野种。"他哼着一首谁也听不懂的歌谣，高一脚低一脚地走进了黑夜。他看到一个似曾相识的影子在他面前时隐时现，这个影子引领着他在寨子里漫游，如一个懵懂孩子追着一只蝴蝶的影子。后来，梦游般又回到了自己的屋檐下，他觉得这个过程非常漫长而坎坷，似乎一路上都有人为他设着路障，使他磕磕绊绊摔得头破血流。他看到厢房里那被呻吟和泪水濡湿的灯光，幽暗地照着那张阴森的大脸。他已看清那分明是棍子的面目，但一转眼一缕阴风似的隐没在黑暗之中无影无踪了。他认定自己撞见棍子的鬼魂了，他心里骂道："狗肏的，人还没死，三魂七魄就满天飞了。"

屋后的山梁上有一只啄木鸟正啄着一棵空心香樟树，发出咚咚的瓮响，传得很远。漏斗嘴一听大惊失色，完了！完了！三更梆子响了。他扛着锄头跌跌撞撞向河边的古槐树仓皇跑去，向着他生命的坟墓跑去……

4

顺婆端着满满一碗饭菜，一瘸一拐地回到自己的家，只见厅中的白坯棺材边坐着一个老人，面对神龛背朝大门，嘴里冒出一团团青烟，烟火忽明忽暗。顺婆知道这个人是谁，似乎她早料到这个时候他一定会到来。子时快到了，顺婆说："我们不能一块活，可以一起死。"

顺婆走过来，将那碗从漏斗嘴家借来的饭菜送到老人嘴边。老人只有一只手、一只耳朵。顺婆用筷子将饭菜拨进老人的嘴里，老人嘴巴不动，牙关紧闭，铜铸般冷峻。

老人忽然站立起来，那只左手提着一把老铳，旋风般走出屋子，那条干瘪的右袖子酒幌般飘忽着。顺婆一摇一晃赶到门口，惊恐地叫道："传根！传根！别去呀！你别去呀！冤冤相报何时了啊！再忍一忍大家都死了，何必作孽啊！"

顺婆嫁到石棺寨的那年秋天，她的丈夫在村前的河里淹死了。在临死的前几个晚上，顺婆都听到丈夫反复梦呓说："仙女！仙女！河里有仙女。"

出事的那天晚上，顺婆做好饭搬张小竹椅坐在门口，等着丈夫回来吃饭，从断黑一直等到深夜都不见人归。这时有个过河的匠人路过寨里说河里淹死了人，族里人这才打着松明子火把赶到河边，下水把死者打捞上来。把死者摊在河岸用火把一照，人们大吃一惊：是顺婆的丈夫，其尸体早已僵冷了，但脸颊桃花般红润，蕴含着一丝神秘的笑意。

按照族规，凡孀妇三年满孝可以改嫁。三年，对怀春韶华的顺婆来说是何其漫长，于是，那桩令她终生痛苦和绝望的事情，就在次年春天的一个早晨发生了。

顺婆在自己屋后的菜园里为南瓜、豆荚、茄子、葱蒜松土和浇水。清晨的阳光暖暖地夹带着野花香味，潮水般袭来，开阔的田垄上已铺满了金黄色的油菜花和紫殷殷的红花草，甜丝丝的泱泱大气中游弋着以蜜蜂的鸣唱为主旋律的天籁之声，春情勃发的公狗母狗们在这个生命蘖荣的季节里快活地嬉戏着。田野里不时传来汪汪的吠声，狗子浑身落满了沾着露珠的红花瓣、黄花瓣和绿叶片，如满身彩纸的新郎新娘那样兴高采烈、春风得意。顺婆痴痴地想人不如狗。熏馨的晨风以一种不可压制的蠢动撞击着心扉。顺婆家的花母狗刚和一条黑公狗交欢过，回到顺婆的身边，团在地上如一位少妇在懒洋洋的阳光下梳理着青丝，梳理着酸酸甜甜的紊乱的心事。它伸着猩红的舌子喘着粗气，优哉游哉地舔着自己的皮毛，不时踮起一只后腿，翘起尾巴，把头埋进胯下舔舐着自己的屁股，哼哼唧唧发出一种满足或不满足的呻吟。

这时，菜园里的桃树李树的花儿开得正旺。清风徐拂，一朵桃花粉蝶般地飘落在顺婆头上。她不知道自己头上有一朵花，更不知道菜园子的竹篱笆外面有一双火把般炯亮的眼睛正盯着她头上的花儿看。顺婆愣愣地望着花母狗，17岁的眼神里没有艳羡，没有嫉妒，没有伤感，没有任何表情，仿佛蒙上了一层灰蒙蒙的岚雾。她心中平静地叹息一声：人活着真不如狗。

竹篱笆外那双饥饿而疯狂的眼睛从顺婆的头顶渐渐往下滑，顺婆感到浑身燥热而鼓胀，羞涩地转过身，背着那人说："你这人真是的，怎么这样看人？"

那人说："我乃相命先生，知过去与未来，断生死与祸福，灵验若神，人称半仙。姑娘，愁云笼罩着你的天庭，眼皮经常跳个不停，必有大喜大悲降临。"

顺婆听了怦然心动，眨了眨迷惑的眼睛腼腆地说："那你说我有什么喜又有什么悲呢？"顺婆抬起头转过身来看篱笆外的那人，那人已微风般悄悄飘进了菜园，站在顺婆的背后。那人上身穿着一件黑色的马夹，里面是一件藏青色府绸长袍，晨风掀动着长袍下摆猎猎飘动，英俊倜傥。他从容地拉过顺婆的手，顺婆本能地抽动了一下，脸上潮起了红晕。

相命先生看了看顺婆的手说："姑娘，你的命相深藏不露，看来还须相骨。"说着便拉着顺婆走进一间柴房，随即把门关上。顺婆此时乖乖地听任相命先生的摆布。

柴房里堆着一些柴火和稻草，相命先生拉着顺婆坐在稻草上。阳光透过布满蜘蛛网的窗洞照在黄灿灿的稻草上，泛着金子般的光芒，稻草里散发着沁人肺腑的艾草香气。相命先生认真端详了顺婆那玉兰花般的脸容之后，一言不发。继而相骨。他右手贴着顺婆的前胸，左手按住顺婆的后背，自上而下抚摸着、捏拿着顺婆的每一根骨头、每一个关节、每一根骨节间连着的筋络和敏感的神经。相着相着，顺婆已闭上了眼睛，仿佛又躺在了新婚的洞房里。她感到红蜡烛在摇曳，婚床在晃动，蝴蝶窗花在翩翩飞舞，一切熟悉而陌生的情景都在早春的记忆中以一种生命初始的动态再现。顺婆感到有一道山泉漫过她那久渴的嘴唇和心田，她一个劲地吞咽着，眼角挂着幸福的泪珠，伴着急促的喘息，失声地呻唤着丈夫的名字，一声高过一声。

柴房门突然被撞开，一片早晨的阳光晃进了柴房。门口站着族长公，双手叉腰，断喝一声，闯进五六个精壮大汉，七手八脚地将这对一丝不挂的青年男女五花大绑，架到古祠，按族规处以极刑。

族长公一挥手，雪亮的大片子刀闪电般晃过，相命先生的右胳膊，突然间和身体分离了，右耳朵掉在地上。

接着，族长公榔头一抡，顺婆的一条腿骨发生脆响。从此，顺婆一瘸一拐地在石棺寨蹒跚了一辈子。

这位被顺婆唤作“传根”的独臂老人，便是当年那位风流倜傥的相命先生。此刻他正提着一把老铳走出了顺婆的家门。四十多年过去了，独臂老人当年创口的伤痂早已风化成老皮了。但当时那种剧烈的阵痛化为不了的仇恨和耻辱，如今穿过漫长的时间和记忆的夹缝，阴风般袭进他的骨子和心灵里。他紧紧抓着手中这把老铳，牙齿咬得咯嘣直响，眼睛在这个死亡降临的黑夜里闪烁着复仇的火光。

5

族长公一家哭得十分哀戚。哭什么呢？族长公把镢子一扔，大怒道："子时快到了，还不快去换衣服。"一想到生离死别的时刻就要到了，儿孙们哭得更加凄婉，表情异常惊恐而凄惶。

族长公终于将两口金井挖好，让儿子们把两副黑漆棺材抬下金井里。

族长婆依然不停地搓着麻线，麻线上都染着鲜血。她半瞑着眼极其痛苦而依恋地端详着跪在自己身边痛哭流涕的儿孙们，嘴唇无声地抖动着，似乎在絮叨着什么。

族长公焦灼不安地说："子时马上到了，快把身上的衣服换了。"族长婆突然被惊醒似的睁大眼睛，从怀里掏出一串钥匙递给大儿媳说，快把新做的衣服都拿出来穿上。

大儿媳从厢房的老式衣柜里，抱出那些早已准备的寿衣和孝衣，儿媳们给族长公、族长婆穿上宽大而冗长的寿衣，儿辈、孙辈大大小小都穿上缁黑的孝衣。族长婆端出竹筛里盘着的那一根长长的麻线，给大儿媳说："给每个人的扣眼里都穿上麻线，这样，一家人在这场劫难中同生共死不会失散，下辈子我们还是一家人，三世同堂。"族长婆说着眸子里闪现着希望和新生的光芒。

儿孙们哭丧着脸你看着我，我看着你，茫然失措的眼里都刻上了生离死别的悲情。

族长公拉着族长婆说："来吧，三更梆子就要响了，咱俩赶紧睡到棺材里去，让子孙们都围着咱俩。"族长公说着长长叹了一气说："就缺桂枝了。"

族长婆说："桂枝不是去献祭了吗？"

族长公惋惜地说："桂枝去坟地了。"

桂枝最初是被黄昏时的笛声引领着来到这片坟地的。

这片坟地位于石棺山的南麓，石棺山山脊上的山界延伸下来，把坟地一分为二，东片为石棒寨王家的坟地，西片为石棺寨刘家的坟地。刘王二姓为争得这片风水宝地，世世代代干戈相向，世冤相承，血浆和尸骨浸染了这片土地，秽沃的土里蠕动着的肥硕蚯蚓和地鼠，把这片坟地梳理得像蛋糕一般松软。春天里，花繁草茂，蘑菇、竹笋长得肥胖圆溜。桂枝就是在这年春天的傍晚跟着族长公来到这片坟地的。

"爷爷，这地方真好玩。"桂枝拎着篮子如一只花蝴蝶在夕阳浸染的林子里穿行。族长公在一块大石头上坐下来抽着烟。春天的黄昏潮潮的地气氤氲着坟地，族长公感到一丝沁凉，静静地回想发生在石棺山的许许多多血腥的往事。

星星点点的蘑菇小精灵一般拱出丰腴光滑的小脑袋，引诱得桂枝欣喜不已。她像一只追捕着红蜻蜓的懵懂女孩，在童话般的世界里徜徉，竹篮里已堆着满满的蘑菇，再也装不下了，便撩起衣裳的下摆做兜兜儿，用来装蘑菇。袒露出一圈嫩白的腰腹，被幽暗的夕阳蒙上了一层粉红色的薄纱巾。

林子深处有笛声，幽谷灵溪般流淌过来，静静地漫过叶脉、草尖和花蕊，月辉一般渗透于浩浩天穹里，使聒噪的小鸟和虫子都戛然噤声。桂枝循着笛声的源头走去，她跨过了许多馒头似的坟包和荆蓬，都浑然不觉，兀自前行。

这时，夕阳已从笛声中隐遁，林子里流溢着一种腥甜的玫瑰色的岚气。

桂枝走过山界看到两座坟墓前坐着一位少年，撮着嘴儿在吹笛子，暗褐色的竹笛呈现出一种被岁月打磨出来的古典的光泽。

桂枝如一位朝圣的信徒一般，虔诚地走近少年。“我从没有听过这么好的笛声，”桂枝说，“你的笛声让我想流泪。”少年仿佛没有留意桂枝的到来，依然专注地吹着，那长着米黄色的嫩髭的上唇，房檐一般伸出盖着下唇静静地吹着。

桂枝站在少年面前，投下一片阴影，少年抬起头，目光羞涩地躲过桂枝袒露的腰腹。桂枝恍然意识到什么似的赶紧拉下衣服的下摆，一兜儿的蘑菇全落在地上，她失措地捂了捂滚烫的脸，一只地鼠从她脚背上爬过，她惊叫着跳起来跺着脚。地鼠从墓碑边的一个洞里溜了进去。

“你从哪里来？”少年问，“怎么还不回家？”

桂枝说：“我是刘家人，来采蘑菇。”

少年说：“那你过我们王家山界了，让人知道咋办？”

桂枝说：“知道怕什么？闺女家不使坏。”

少年继续吹着笛子。凄婉而悲怆的笛声在傍晚的墓地疲惫地回旋。渐渐万籁之声喑哑，大千生灵都屏息倾听着这如泣如诉的笛声。

桂枝抹了抹眼角的泪水，“你这不是吹《孤儿上坟》吗？”

少年甩了甩笛子里的水汽说：“我在吹给我爹我娘听

呢。”

桂枝好奇地朝四下里环顾了一番说：“你爹你娘在哪儿？”少年用笛子指了指他身边的两座坟墓：“这是我爹，那是我娘。”桂枝的眼睛突然瞪得圆圆的，正好看见墓碑边的一个小洞里，有两点蓝幽幽的萤火虫般的亮光忽明忽暗。她猛然躲在少年的背后，怯生生地抱紧了少年的双肩。“你看你看！”桂枝指着那两点亮光说，“你看那是什么？”

少年说：“那是我父亲的坟。”

“不！你看那光，蓝晶晶的。”桂枝胆怯地说。

少年说：“每当我来给我娘我爹吹笛，那亮光就一直伴着我。”少年思忖了片刻说：“我想这一准是我爹的眼睛。”

桂枝警觉地巡视着另一座坟墓说：“那你娘坟头咋没光？”

少年说：“我娘生前就是瞎子。”

桂枝一听倒吸了一口冷气，浑身瑟瑟，饱挺而柔韧的酥胸紧贴着少年的背脊，少年浑身痒酥酥的。

少年继续手执竹笛，全神贯注地吹着。桂枝听到这笛声后面潜匿着酷似老人凄切的哭声。晚风拂过林梢，发出一种拉锯的响声。

桂枝如团在秋阳下的憨猫一般坐在少年的身旁，静静地听着少年吹笛，听少年讲述一个悲伤的故事。

少年出生后一个月，他母亲便患产后风猝然死去。按当地的迷信说法，生下来未满百日的婴儿，母亲死了，婴儿的魂魄即被母亲带走，这婴儿注定养不大，通常是和母亲一并埋葬。少年的母亲入殓时，族人让少年衔着母亲的奶头，打算一块葬了。在钉棺盖的一刹那，少年的父亲哭吼着推开棺材盖，把少年抱了出来。少年的母亲死了之后，父亲常常带着少年来到妻子的坟前吹笛，有时直吹到夜深人静才回家。

后来，少年的父亲在一次刘王两族的械斗中丧生。当时少年才满11岁。

少年端详着竹笛说："这笛子是我爹传给我的，曲牌也是爹教我的。"

少年又认真地吹了起来，用这苍凉如水的笛声与另一个世界的亲人进行无言的对话和心灵的交流。

这时天空由玫瑰色转为玄褐色。

此后的日子里，这天乐般的笛声引领着桂枝走向坟地，走入一道混沌初开的辉煌的生命之殿。

族长公的儿孙们都悲痛欲绝地哭泣着。族长婆颤巍巍向厅中央的棺材走去，不无遗憾地叹息说："我们一家只差桂枝了。"

"别磨蹭了，"族长公催着族长婆说，"赶紧睡进棺材里去，桂枝就别指望了，就算不是我们家的人。"

桂枝的父亲焦急地说："爸，桂枝咋啦？"

此刻，全家人都停止了哭泣，不解地望着族长公。族长公说："桂枝去坟地了，那里有一个吹笛子的孤儿迷着她了。"他将烟斗在棺材盖上敲了敲，重又装上一窝烟叶，用火媒子点上连吸了几口，继而缓慢地吐着长长的烟雾说："水过三丘田了，让她去吧。"族长公是在死亡到来的消息传到石棺寨的第二天傍晚，才发现桂枝和那吹笛的少年相拥躺在坟地草地上的。那时已暮色苍茫了，天空中最后的一抹淡淡的锈铁红已从林子里完全褪去。

族长公扛着一杆老铳，正沿着石棺山脊一路巡视下来。到了坟地，他听到有一种感觉异样的声音，便猫着腰踮起脚尖悄没声儿地走了过去，这时他的心紧张地蹦跳着，他边走边警觉地朝四下里察看，唯恐斜刺里冒出个石棒寨人，一刀捅来或一铳崩来。他弄不明白自己为什么要来到这个危险的地方，为什么要朝那个声音走去，似乎是为了证实冥冥之中某种微妙的预感。

族长公沿着一条土沟向声音渐渐靠近，接着爬上一道土坎。这土沟和土坎都是两寨对阵时用的战壕和炮台。他站在土坎上侧耳倾听，这声音仿佛是从身边的地窖中传来的，他拨开草丛朝坎下一望：两段剥得精光的身子扭在一起，不停地晃动。族长公想，这又是漏斗嘴的女人和棍子在弄那事。狗肏的，肏不死的东西。他心里油然产生一种莫名的冲动，某一根神经绷得直直的，热热的。他准备往回走，又朝那晃动的地方看了一眼。这时，月光已从云层中露出，地上如撒上了一层薄薄的米粉。揉了揉眼睛，发现上面那男人不像棍子那样虎背熊腰，而是身子单薄瘦小；同时，他听到压在下面那女人的呻吟声圆润清脆，而且有点耳熟。他把眼睛睁得大大的，注视着那对野合的年轻人。

那两人停止了晃动。

女的说："你怪可怜的。"

男的好像恍然记起了什么事似的说："哎，刚才说到我爹死了，嘴巴和眼睛都张得大大的，怪吓人。有人在我爹的眼皮上摸了好几次，都没闭上，把我爹的嘴巴拢了几次也没合上。我看到我爹那支笛子还插在他的腰带里，我从小就喜欢这支笛子，我就把它抽了出来，这笛子上沾着许多血。这时，我爹的嘴巴和眼睛都合上了。

"有人说，笛子传给我，正是我爹的心愿，他才心满意足地闭上了嘴巴和眼睛；也有人说，我爹活着爱吹笛子，就让他带着去吧……"

这对年轻人说着站了起来，两人赤裸的身子被月光照得明晃晃的。女的一根粗长的辫子垂在洁亮的后背，一直拖到臀部，将一个女人的背脊平分为两爿。这时，族长公可以肯定这女人不是冬兰，冬兰的头发应是绾着髻儿，长辫子应是没有出嫁的闺女才留着。他心中顿然浮生一种不祥的阴云，他觉得这闺女好像自己的大孙女桂枝，他把手中的老铳抓紧了，眼睛一动不动地盯着那女人。

那两个人依偎着坐在一起，男的吹起了笛子。一曲《寡妇葬儿》吹罢，女的问："你爹是谁杀的？"

男的嘘了一口气说："长辈人都说是你们刘家族长公的大儿子——大蛮杀的。"话音未落，女的突然大声哭叫起来。哭叫声在傍晚的林子里传得很远。

这时，族长公完全证实他刚才的预感是正确的，那女的果然是自己的大孙女桂枝。

他把铳杆端起来眨着一只眼睛瞄了瞄，心想斩草必须除根。但瞄了一阵都无法下手，桂枝把少年的身子挡住了。他又把老铳放下来，担心铁砂伤着桂枝。他想等他们分手回家时，再一铳把那浑小子崩了。但一想起那个死亡到来的消息，想到再过一天，这世界将要被天火烧毁，要是一铳干了他还欠上一条命债，下世这条老命还要给那小子讨去。放他两天的命吧，两天过后都要死。再说，那小子的爹就是死在自己的大儿子手里。

族长婆唠叨着：“这个雨季都过去了，没有下过一滴雨，头发和骨头都干得叽叽响，井水都变桐油味了，土墙都烧得着……”

族长公勃然大怒：“还不赶紧躺进棺材。”厅屋里新翻出的泥土弥漫着一种霉腐气味。儿孙们都催促族长婆赶紧躺进棺材里去。这时屋檐下的干柴里发出嗖嗖的声音。

独臂老人从干柴垛里探出一个蓬垢的头来，贴着窗户朝里面窥视，眸子里迸射出两道仇恨的火光，把老铳对准了当年剁了他胳膊和耳朵的冤家——族长公。

儿孙们都催促着族长公躺进棺材里去。族长公却怔怔地望着窗口那黑洞洞的铳管，望着那张只有一只耳朵的被仇恨扭曲的面孔。屋子里回荡着一个苍老而又空灵的声音：子时就到了，你不杀我，我也是死。你杀了我，下辈子我又会杀了你。冤冤相报何时了啊！

儿孙们一时间被族长公的话弄糊涂了，都朝窗口望去，对着独臂老人齐崭崭跪拜在地，高声哭喊着、哀求着：“饶了我爹吧！饶了我爷爷吧！饶了他吧！……”子时的更声已敲响，这个上天命定的死期准时来临。独臂老人面对着老老少少的哭泣声、求饶声、死期的更声，眸子里复仇的火焰渐渐熄灭了，那被仇恨和痛苦所扭曲变形的脸上蒙上了一层绝望和悲哀的神色。独臂老人忽然哈哈狂笑，那掺和着痛哭似的笑声，具有一种摄人心魄的力量，震得屋子里的灯光摇曳，地皮颤动，震得这四壁萧然的老屋里的尘埃都纷纷扬扬地翻飞。此刻，独臂老人透过一片晕红的血光，看到了四十多年前自己的胳膊和耳朵被一把雪亮的大刀卸了下来；同时也看到末日之后的来世里，族长公的胳膊和耳朵在自己仇恨的大刀之下，朽木般脱落的情景。他的笑声越来越坚硬，越来越干燥和阴冷，仿佛那声波就要把这老屋子掀翻或湮没。

独臂老人已完全把自己终生的痛苦和复仇的欲望统统寄托在来世的因果报应上，而且似乎这折磨他许多年的积冤夙恨都随着这古怪的声音化为乌有，他有一种前所未有的轻松、快慰和解脱感。在过去艰难的岁月里，他无数次梦见自己手持老铳翻过石棺山，过小河，找到族长公，把老铳顶着他的胸口或戳进他的嘴里开火，但毕竟是须臾间聊以自慰的南柯梦境。他恣肆地狂笑着，自己的肉体和灵魂一样被羽化为一缕青烟，一朵红云在冥冥天地间悠然飘然。他感激老天给了冤家一个不杀自灭的复仇的机会，他激动地把老铳从窗口抽回来。这时，子时的更声依然在响，而且愈来愈近，仿佛就在他的耳鼓中敲响，在脑壳里嗡嗡回荡。在这一片喧响之中，他看到自己从这万物涅的天火中走人一道全新的红晕浩荡、金碧辉煌的生命之门。他的整个身心都沉醉于一种获得新生的兴奋之中，那只抖个不停的失控的手已将老铳对着自己的胸口，陡然间歇斯底里长吼了一声，脚趾踩动了扳机，轰的一声爆响，干柴垛被铳管喷出的火舌呼啦啦燃烧起来了，独臂老人倒在火堆里被柴烬覆盖了。熊熊大火很快将族长公的房屋吞没，小孙子们拼命地扯着穿在衣扣眼里的麻线，死命地撕着身上扣得死死的孝衣，狂叫着、挣扎着企图逃出这座屋子，但都被大人按住，说："这是天火，逃不脱的。"族长婆安详地躺在漆棺里不死不活地说："不要跑，不要跑散了。到了下世，我们还是一家人，三世同堂。"然而，求生的本能使族长公的儿孙们都挣脱了那根血染的麻线的束缚，逃出了火海，齐崭崭地跪在场子上痛哭着。

族长公和族长婆在火光中，像透明的琥珀里两只振翅扑腾的美丽的飞蛾，扭动着，挣扎着……

过去，要是谁家着火了，族人都纷纷提着木桶瓦盆来浇水扑火；这回人人都面如土色，心如死灰，袖手旁观等待自己灭顶之灾的来临。他们知道，天火是首先从族长公家烧起来的，接下来便应该是各房长公家，再接下来就是各支长公家，最后轮到自己家了。所以，在这末日到来之际，在一片死亡的喧嚣声中，缘于与生俱来的恋生惧死心理，有的人躲进红薯窖里，有的人把孩子放进瓦缸里或扣在大铁锅下，有的女人闭着眼睛蒙进被子里……都诚惶诚恐地咬紧牙关、绷紧神经，尽力使自己的一切感觉神经都麻木起来，承受这隐晦莫测的死亡的痛苦。族长公的屋子已完全湮没在一片火海之中。老墙坍塌，轰隆隆地爆响，冲天的火光在漆黑的石棺寨上空，将整个天宇烧得通明。空气中弥漫着一股浓重的刺鼻烧焦的蛋白质的腥臭，夹杂着烧鸡烤鸭的香味。

6

大火一直烧到第二天清晨。

一轮鲜红的太阳从石棺山坳里拱了出来。桂枝和吹笛的少年手拉手从山坳里走来，从猩红的太阳的光源中走来。

这时，石棺寨的上空回荡着一个新婴的啼哭声，那声音如第一声春雷，震得房舍颤动，牲口惊跳，人心蠢动，万物欣然。

就在太阳喷薄而出新生来临的刹那间，漏斗嘴的妻子冬兰在生与死的隘口徘徊了一个漫漫长夜，生下了一个红色的肉团团。这肉团团一骨碌滚下来便拳打脚踢，哇哇直叫。棍子双手托着婴儿贴在怀里，一个劲地叫喊：“宝宝！宝宝！我的仔。冬兰冬兰，你看是个牯的，牯的！”

人们纷纷走出户外如囚鸡一般，歪着脑袋将信将疑地愣望着初升的太阳，带着一种余悸未消的复杂的神色，打量着这个经过一场天劫的虚惊的世界。寨里人一个个如虚弱的梦游者，风飘柳絮般晃晃悠悠地走着，好奇地察看着这熟悉而陌生的梦幻般的寨子。人们簇拥在一起观看着族长公那幢化为土灰的房子，脸上带着一种神圣而麻木的表情。

人们在谈论着一些话题，大致与死亡有关。诸如：族长公房屋被烧时的目击者谈其烧毁的经过，死亡来临之际的体验和感觉以及对于这次天劫的绝境逢生之转机不可理解，等等。

人们望着远远走来的桂枝和那位少年——石棺寨人世世代代的仇族人，不再怀有敌意和仇恨，而是用一种友善、祥和、理解或平淡的目光望着他们走来。人们似乎经过这一场死亡的虚惊之后，对昨日以前的一切往事包括恩怨情仇等等都已失去了记忆。人们都怀有一个共同的心理，为能侥幸活下来而感动得不能自已甚是欣喜若狂。千百年来的一切积冤夙恨都在这一夜之间泯灭得干干净净。

7

人们从河边的古槐树下找到了漏斗嘴，他躺在地上，头歪着，脸贴着地面，双手捂着鼓圆的肚子，绷紧的肚皮在早晨的阳光中折射出蜡质的光泽，腰里缠着一袋沉甸甸的元宝，旁边掘了一个深深的土坑，被砸烂的陶罐片如西瓜皮一般散落在土坑里。

第一个发现漏斗嘴的是金贵。他起初还以为漏斗嘴睡了，推了推没动，便拍了拍漏斗嘴的脸，心想这家伙，又喝醉了。便把他抱了起来，可一松手他又倒下去了。那张咧开的大嘴里淌着饭菜和哈喇子，里面蠕动着许多蚂蚁。

这时，金贵忽然膝腿酸软，着魔似的疯跑起来：死了！死了！他死了啊！

8

两个小和尚沿着河岸从下游走来，远远闻到一种焦煳怪味；看到空气中飘悠着灰白色的烬末，在阳光里闪着碎银般的光点。其中一个小和尚说：这寨子烧屋了。另一个小和尚摸着那个小和尚的头起哄：啊——你的头发都给烧光喽。他们一路打打闹闹地来到了古槐树下，只见一群人乱哄哄地簇拥在一起，或互相盯着彼此的面容，仿佛一夜之间，就变得无法辨认了，或绘声绘色地叙说古槐树顶那位仙翁传达上天旨意时那神话般的一幕。他们都神经兮兮地说着一些让小和尚莫名其妙的话题，这些话题都与死亡密切相关。

这时，有人指着小河的回水湾说：河里泡着一只死猪。

人们都朝回水湾里望去，接着叽叽喳喳争论起来了，有的说那湾里泡着的不是猪，有的坚持说那就是猪，有的说或许是人或许是别的，于是拉钩打赌，喋喋不休。

四个男子跳进河里向那浮物游去，凑近一看，都怯怯地叫着，淹死人啦，不是猪，是人！

岸上一片哗然：啊，不是猪，是人?!

四个男子把那具尸体抬上河岸。那是一具男尸，鹤须童颜，光着一个受过戒的脑袋，袒露着一个肩膀，左手举着一个熄灭的桐油火把，右手抓着一只褐色的葫芦，脸上挂着一丝带有嘲弄意味的诡秘的笑意。

在鲜亮的阳光照耀下，人们终于认出那正是古槐树顶举着火把、吟诵末日预言的白须仙翁。

（刊于1995年第2期《小说界》）

死 亡 情 结

楔子

落了霜，这南方多年不遇的霜，像米粉薄薄地撒在清晨的旷野里。

冬天的日头，照得峡谷炫人的惨白。

几间小草房，挤挨在铜锣径的峡谷尾，如深幽的狗洞里依偎着睡着的几只小狗。袅袅炊烟在蜃气中飘飘悠悠。

土场子上，一对交媾的狗子，拔河似的背道而立，相持不下，两柱白雾从狗子的嘴里间歇泉般地喷出。

傍依小溪的一间草屋的蕉叶门子开了一道窄缝。接着，半开着的黑魆魆的门洞里如牛犊出生般一骨碌挤出一个女人。白晃晃的阳光照着她那清癯而不乏秀气的脸蛋，使她眯缝着眼睛朝四下里张望。她万万不会料到，这是她最后一次看到这苦难而又依恋的大千世界的光景；一会儿之后，这世界在她的脑海里将是一片混沌而又模糊的记忆。

女人趿拉着布鞋绕着草屋转了一圈，除了几只水鸟向大鹏湾飞去，甩下一串啾啾的鸣叫之外，好像没有什么意外的响动。女人心里说了句菩萨保佑之类的话，便裹着潮润的晨雾进屋了。她提出一只木桶到小溪边汲水。

峡谷里的日子一如小溪的水，不动声色地兀自流逝着，寂静得叫人懒洋洋的，直想打瞌睡。

仍是楔子

女人返屋，警戒地环视了四周，然后把蕉叶门子关上。顷刻间，狗子吠声遽起，汪汪的叫声如巨大的红木槌子敲着铜锣径峡谷两侧的崖壁，发出回天巨响。从那急剧的、暴雨般的喧响声中，女人惴惴不安，隐隐预感到了在劫难逃的灾难已降临。

女人正要把门启开，向外窥视，门霎时赫然敞开，女人被柱子似的硬物劈面砸来而重重栽倒在地。

草屋里的瓦壶陶罐等各种杂物的碰击声、碎裂声伴着女人气息微弱的呻吟，如黄昏宁馨的教堂里唱诗班的孩子在轻轻地歌吟。

狗子们都夹着尾巴跳过小溪，蹲在小溪的彼岸，如不甘示弱的孩子，仰起脖子眯着怯懦而又愠怒的眼睛，冲着那略带几分暖意的冬日汪汪直吠。

马背上跳下两个匪首，一个是连长何文彪，一个是排长余人也。他们把马拴在场子上的一棵榕树下。马儿冲着暮冬的晴空喷了个响鼻，地上旋起了一团尘埃，吓得几只狗子东奔西突地撒了一地尿。有只小狗慌不择路逃进小溪里。

天翻地覆的草屋里窜出一个士兵向匪首报告，说是几间草屋全搜遍了，没有发现可疑的人。

一个匪首朝地上狠狠地跺了一脚，“循着地上的血迹，快追！”

那一脚仿佛是踩在那士兵的胯下，他顿时两腿筛糠般颤抖，哭丧着说：“那血迹，进了村就不见了。”

“赶快到附近的林子里搜——”

“是！”

二十几个匪兵作鸟兽散，窜进那片草木葳蕤的林子里，惊起一群飞鸟在岚气氤氲的空谷里盘旋。

草屋里最后拱出一个匪兵，抹了一脸的锅炉灰，黑不溜秋的嘴里冒出了一句将那不幸的女人置于死地的话：“报告，这是我从那女人的灶膛里搜出来的。”说着那只黑爪子递过一块沾有血迹的白褂布。

一个匪首接过血布片，在空中抖抖灰尘，尔后在眼前审视了一下，“妈的，把那婆娘拉出来，房子统统烧掉。”

两个匪首对视了一下：看来，越狱的两名共党要犯就是那婆娘给藏了。

两个匪兵把女人从草屋里拖了出来，向匪首跟前猛力一推，随着女人那白皙的脸蛋如流星一般倏然滑落，划下一道美丽的弧线，一声沉闷的坠落声已响起。两个匪首的目光顺着这道转瞬即逝的弧线清楚地看到了一张熟悉而又陌生的脸伴着遥远的记忆在他们眼前闪过，尤其那女人脸上两道令他们终生不安的疤痕，使他们顿觉往事清晰如昨。

女人四仰八叉地卧在尘土飞扬的土场子上，如空蒙的天幕上凝固着一只巨大的玄鸟。女人似乎昏厥了过去，蓬乱的乌发把头面遮得严严实实，连同那一身缁衣，在那乳白色的场地衬托下，俨若在宣纸上写下一个硕大的“火”字，两只五指挺挺的蜡黄的手，仿佛两炬正在燃烧的火苗。

两个匪首此刻都感觉到了被火烤炙的灼痛。他们相互用狐疑的目光睥睨对方的表情。一匪首上前用脚拨了一下女人的右手，女人袖管里忽然露出一只镶嵌着心形红玛瑙的银手镯。他们的目光都紧贴着那枚在阳光下泛着鲜血般光晕的心形玛瑙。

两个匪首的心里几乎同时在呼唤一个女人的名字："秋——菊——！"

秋菊与何文彪

深秋的晚风，拂去了夕阳最后一丝光晕，浓密的黑暗把山峦、村庄、树林混沌成一片玄色的阴影。寂静的横龙镇，让人想起深山幽涧中的一座香客稀少的寺庙。偶尔，有一两个补锅或者染布什么的挑担的行人匆匆走过，甩下一串吱纽吱纽的声音；打更老头趿拉着木屐，有气无力地打窄窄的石板巷道走过，橐橐的更声仿佛从遥迢的古陌荒阡飘来，更添几分沉寂和苍凉，使这小镇的夜充满禅意的闲适情调。

阿豆就是趁最后一抹夕晖从何家院子遁去，爬进何家院子的。他如折了一条腿的青蛙，每前行一步，屁股就痛苦而吃力地撅起和扭动着。他顺着秋虫唧唧的墙根爬进院子西头的柴房，时已夜色葱茏了。

何家女佣秋菊推开柴房门，一个枯燥而又沉闷的男人的声音使秋菊大惊失色。"秋菊，别怕，我是阿豆呢。"退却到门口的秋菊一听是阿豆，猛地闪进柴房，把沁凉的夜气带进这晦暗、潮湿而氤氲着柴火苦艾味的小屋里。白莹莹的月光朗照着一张憔悴的男人的脸庞。

阿豆在秋菊的百般追问下，都没有告诉自己断腿的原因。直到许多年后的一个夏日的晌午，阿豆在大鹏海滩被剖腹而死，秋菊才明白了这一切。

秋菊轻轻抚过阿豆那条被折断的右腿，看见阿豆咂了咂干裂的嘴唇，她才恍然想起什么似的，起身蹑手蹑脚地走了出去。宁静如水的院子里晚风摇落树叶的声音阿豆听得清清楚楚，他想起童年的仲夏，正是荔枝红熟的时节，他爬上家门口那棵糯米荔树上用枝条拍打着荔果，看着那浑圆的荔果如红雨般飘落，打在正忙着俯拾荔果的阿菊的背上，心里有说不出的愉悦，他记得那时的天空都是荔红色。想到这，阿豆那干涩的喉咙蠕动了一下。忽闻柴房门外不远处一声揪心的皮鞭的抽打声，紧接着是一只瓷碗落地的碎裂声。秋菊觉得那砸烂的瓷碗碎片拌和着白花花的米饭如雪花般在眼前翻飞。管家狠命地挥动着鞭子，如放出一条条噬人的响尾蛇在秋菊的周身缠绕。

“别打她，要打就进来打我吧。”柴房里传出嘶哑而又凄厉的喊声。

管家大声地骂着：“你这贱货，看你还假装正经不。这回我饶不了你。”骂声和鞭声在这宁谧的深秋的夜空里飘得很远。

此刻，书房的门开了，红烛的光芒自书房射出，在漆黑的院场里扯起了一片昏黄的屏幕。

何家少爷何文彪匆匆步出书房，喊着：“蛮仔，住手！”何少爷把灯笼凑近管家的脸：“蛮仔，阿菊又做错了什么事？”

管家嘴角那黑痣在灯火前如苍蝇般丑陋地跳动了两个，他搔了搔那油光的大分头，点头哈腰地说：“嘿嘿，少爷，是这样……”

少年责令管家回去休息，并嘱秋菊给自己做碗莲子汤送来。尔后回书房，横躺在床上，双手枕着头，直直地凝视着朱红色的天花板，那雕龙画凤的木板恍然幻化成一扇陌生而神秘的门，徐徐敞开，艳阳夹杂着早春甜润的气息流溢于书房。一位窈窕少女，端着铜盆，低着头彩蝶般飘了进来，金灿灿的阳光照着她那蓬勃着春意的猩红的衣衫，整个书房的每个旮旯都弥漫着令人骚动不安的红晕。一阵暗香习习而来，少爷明确感到一种怡神的芬芳之韵的律动。少女说一声“少爷，请！”便妩媚而羞怯地抛下一个撩人心魄的秋波，走了。那绺扎着红头绳的黑油油的长辫子，如晴空里的风筝飘带，那么优美地一摆一摆，渐渐远逝。那扇陌生而神秘的朱红漆门在少爷的眼前掩上了。书房复归于平日的幽静。

少爷揉了揉双眼，努力地企盼着天花板上那扇神秘的门再次洞开。当他发现这是一种幻觉时，明显地觉察到自己脉管里的血液曾进行过一次心照不宣的大循环。在这深深的夜里有一种渴求和期待深深嵌进他的灵府深处。

少爷从一只髹漆红木匣子里摸出一个红缎子包包时，他已听到了一种熟悉而又遥远的脚步正从一道冰冷的栅栏之外向他渐渐迈近。他打开红缎子包包，里面裹着一对制作精美的银手镯，那两枚嵌在上面的心形红玛瑙底面都铭刻着“白头偕老”和“民国二十九年”字样。这是何家老爷给少爷与表妹结为百年好合的定情之物。

“少爷，莲子汤送来了。”

“进来吧。”

秋菊那浑圆而又丰满的臀儿熟练地轻轻地推了一下房门，双手端着滚烫的莲子汤，小心翼翼地放在茶案上，麻利地从腰间抽出洁白的手绢朝少爷坐的那把红木太师椅象征性地掸了掸灰。尔后用银簪子挑亮油灯，昏黄的光环罩着她那俏丽动人的脸，这在少爷看来是他生命中绝无仅有的美妙的风景。

“少爷，请用汤。”按照惯例，秋菊说完这句该索性离去，可此刻，彼此灵犀相通，似乎都有多逗留一会儿的愿望。

少爷把门闩上，秋菊警觉到那门闩在自己的心尖上顶了一下，鼻尖上沁出一些汗珠。夜风撩动窗帘。灯光在秋菊生动的脸上兴奋地跳跃。秋菊双手拢成一个灯罩，挡住袭人的凉风，灯火大弧度地摇曳了几下。和秋菊对面而坐的少爷不禁打了个冷战，握着秋菊那柔嫩的手，“阿菊，你冷不？”

秋菊像被针扎似的猛然抽动了一下，灯光下，那白藕的手上已布满了纵横交错的鞭痕，紫殷殷地沁出血星。

“少爷，我七岁进你家的门，十年来你待我比亲妹妹还亲，你的恩情……”

少爷把莲子汤端到秋菊的跟前：“别说了，你趁热把它喝了吧。”见秋菊正要起身告辞，少爷恳切地挽留说：“你喝完了我有话对你说。”秋菊执意要走：“少爷，我走了，万一让老爷看见……”

“不，老爷睡了。”少爷说着把汤匙送到秋菊的手上。秋菊温顺地低着头，把一颗白莲子送到嘴里，眼睛仍愣愣地望着这熟悉而又陌生的少爷。少爷终于沉不住气了，便掏出十几块大洋塞在秋菊的手里，“今夜里，你和那打更和尚一起把阿豆送到坪岗的‘跌打李’康复铺去治疗，让他找条生路。”秋菊的泪水顿时如喷泉般在眼眶里荡漾着，“拜谢少爷，我这就去？”

“慢。”少爷说着从壁橱里端出一只铿亮的红木匣子，取出那红缎子包着的一对银手镯，“阿菊，这是送给我心上人的，你拿着吧。”秋菊被这突如其来的一幕惊呆了，只是不住地摇头。她知道，这世界只有少爷的表妹娟娟小姐才有福分收下这对手镯，她万万想不到这个曾一次次在眼前浮现，又一次次被自己否定的梦幻，终于实实在在不容推诿地摆在自己面前，汹涌的泪水使她的眼前汪洋着一片变幻莫测的瀚海。她耳畔响起一个令她心灵永远战栗的声音：“菊妹，你别哭，好样的。记住我的话，我将要带着你逃出这个家庭，到一个很远很远的地方去重建家园。”

秋菊此刻感到特别怕冷，浑身打着哆嗦。在这个孤寂、悲凉而又备受凌辱的漫漫长夜，梦寐以求的一个春雷般的声音终于在茫茫的心域中回荡。她感到自己的心脏和脉搏都前所未有地撞击着胸腔和肌肤，她感到自己浑身灼热如一个火球，而此刻的少爷竟是泊在眼前的一片迷人的静海，她忘情地投入那海的怀抱，亦悲亦喜地哭了起来："少爷，我们逃到哪里去呀？"

"天无绝人之路嘛，这么大的一个世界，难道就没有我们的立足之地吗？"少爷把这对手镯放在秋菊的手心里，并嘱咐她现在不要戴，好好收藏在怀里，那上面的两个心形玛瑙，正是他们两颗永远一起跳动着的心。

何文彪、余人也和秋菊

苍鹰在峡谷的上空啾啾地穷叫，凶悍的眼睛俯视那在火海中摇摇欲坠的小草屋。它悬在空中几乎一动不动，巨大的荫翳投影在土场子上。鹰的背后，大团大朵的白云如一座座冰山，在浩渺无垠的蓝色海洋上漂移。

鹰的鸣叫使机警的战马仰头望了望天日，打了个响鼻，蹄子不耐烦地朝地上刨着。

两个匪首也看了看苍鹰或者天日：不早了。

秋菊在这震得地皮抖动的响鼻声的感应下，呻吟了一声，那声音极其微弱。因疼痛和寒冷，双手在瑟瑟颤动。手镯上那枚红色的心形玛瑙也在颤动，在这苍白的冬日的照耀下晃晃然，一如在晚风中哭泣的生命的烛光。

站在这个苦难的女人面前的两个匪首都用诡谲莫测的

目光互相警视着。余人也猛地一把揪起秋菊散乱的头发往上一提，他心里暗暗地“咯噔”了一声，但佯装愠怒状：“娘的，还装死。我问你：‘两个负伤的共党分子哪去了？’”

……秋菊的眉心被枪托重击，整个面部都肿成猪肝色，白眼膜里充满了紫红的血丝。她无法辨认眼前是什么人，只隐约感到有无数的重重叠叠的魔鬼的影子在向她张牙舞爪。

余人也见秋菊那不省人事的样子，无奈地放下那把头发，软沓沓跪着的秋菊，又栽倒在地上，发出一声如南瓜坠地般的沉闷的响声。那乌黑的后脑勺，酷似那只使余人也再生的药罐，多年来，那只被火熏得黑乎乎的药罐，一直炙烤着他那永不得安宁的心。

何文彪面对镯子上灼眼的红光，感到有一只无情的爪子在死死地攫住他的心脏，以至窒息。

阳光越来越暖和，地上的霜早已化了，潮潮的土场子上蒸腾着地气。两个匪首都感到了这地气之中游离出一种死亡的气息在他们的周身萦绕。

秋菊与何文彪

闷热的夏夜，下过一场暴雨，暑气已明显降下去了。火辣辣的鼻孔里有着潮润的清爽的感觉。稻田里的青蛙和田鼠都跳到田埂上乘凉。有晚风拂过，它们便舒心地鸣唱。夜路人匆匆走过，愣头愣脑的青蛙时而碰着行人的脚，踢毽子一般踢出老远。有的甚至被踩在脚下，如踩着西瓜皮，冷不丁叫人打个趔趄。

朦胧的上弦月，斜斜地照着夜幕拥抱下的横龙镇。镇子东头的东江码头被暴雨洗得干干净净，在月光的朗照下，泛着幽幽的寒光。何家少爷何文彪坐在濒临江水的一级石阶上，凝神望那汤汤流逝的江水，月下的江波如无数过江之鲫翻着白肚，闪闪烁烁，又如往昔所有空白的日子从记忆的深处重新泛起，若隐若现。

腥腥的红风夹着丝丝凉意自黑夜的尽头袭来。何少爷下意识地交臂抱胸，正想起身回房。一件夹袄披在他身上，“少爷，别着凉了，回去吧。”少爷回头一看是秋菊，便拉她坐下、他们掌心相抵依偎而坐，缄默不语，各自想着心事。

那自夜幕下静静漫过的灰白的江水，如这块苦难的充满母性的温情的红土地深处流出的一线奶泉，滋养着一代代忧患绵绵的人民。两点荔果般大的渔火在辽远的源头明明灭灭地游移，少爷想起了童年时母亲最亲近的温馨的部位。秋菊心有感触地对少爷说：“那两盏渔火，不正似我们手镯上的两颗永远跳动的红心吗？”月辉流泻在秋菊那清丽而生动的脸上，透出一种豆蔻年华的少女迷人的气韵。何少爷情不自禁地搂紧了秋菊，并把自己的脸贴在她那发烫的脸颊上。

一只久囿于樊笼之鸟，忽得回归大自然，尽情地感受和歌唱春光的明媚。

秋菊依在既敬畏又仰慕的少爷怀中，第一次感受到人间情爱的丰富性和复杂性。她甚至突然产生了一种不真实抑或不踏实的感觉。她抬起头，理了理额前几绺紊乱的头发，向深邃的夜的尽头眺望，忽然发现两盏渔火熄灭了一盏。这使她油然想起父亲生前常说的一句话：“这世界往往会突然间变得一半是红的，一半是黑的，这天和地，还有人和禽兽……”这是和一个令秋菊终生难忘的血腥的故事联系在一起的。那是一个有雾的早晨，善良的父亲从一只狐狸的嘴里夺回一只受伤的鱼鸟，捧回家，将烟囱里的“百草霜”拌着荔枝肉敷在鱼鸟受伤的腿上用布条扎好。父亲把鱼鸟托在手心里，站在户外对它说：“去吧！放你一条生路。”谁知，这鱼鸟“依恋”地侧过头乜斜了父亲一眼，掉转尖利的喙子把父亲的右眼珠啄去咽进肚里，就像啄一只鱼目那么利索，尔后，扶摇而上飞向那初升的太阳。父亲顿时觉得天地间一半是红的，一半是黑的，这天和地，还有这人和禽兽……

白天的闹剧把何家院子搅得鸡犬不宁，这在每个家人的心里都留下不快的阴影。大清早，老爷派人到西乡把娟娟小姐接过来，还特地请来了方圆百十里闻名的张半仙为少爷和娟娟看相算命合八字，并择了个订婚的黄道吉日。少爷拒从，惹得患有高血压的老爷一怒之下，打了少爷一记耳光，老爷便昏厥过去了。最终，在母亲、媒婆和家人的劝导下，少爷只得委曲求全。最后，定下八月初八为订婚之日。

“你答应了，下月初八订婚？”秋菊心里略有一丝不安地问，少爷肯定地点了点头，脸在秋菊的前额轻轻地摩挲着。少爷待秋菊一片真心，秋菊是心领神会的，但她一直认为他们的结合是绝对不可能的。少爷轻轻地叹息了一声把秋菊搂得更加紧了。秋菊说："下月初八就是你大喜的日子，我只能为你祝福。我甘做你的下人，服侍你一辈子，我什么都依你。"说着，秋菊把手伸进腋下，解开布扣子……

"菊妹，别，别这样……"

少爷心中有着一股难忍的冲动，他那战栗的手伸进秋菊怀里排开秋菊那只解纽扣的手，"菊妹，别这样，咱们回书房去"……少爷的手无意中碰着了一种极富弹性的、令他揣摩多年而又回味终生的东西。

秋菊还是执拗地从那贴身的肚兜儿下面，解下了一个小香包交给何少爷，"少爷，拿去吧，手镯就缝在里面，到了下月初八，你送给娟娟小姐吧。"何少爷又把手镯放回秋菊手里，并告诉她，"不等到下月初八，咱俩就偷偷溜出去。"

秋菊温顺地偎在少爷怀里，如月黑风高的原野上一只迷途的小羊羔，经过漫长的苦苦寻觅，终于回到了母羊的怀抱，那般踏实，那般惬意。耳朵紧贴少爷的胸脯听他的心跳，仿佛隔着一堵厚厚的土墙，有人在用锤子一下紧接着一下地敲着墙基，那么浑厚，那么稳健。秋菊已忘却了少女那种羞涩的遮掩，身子大幅度地依偎在少爷的怀里，开始细细地品味着少爷的话："菊妹，咱们回书房去。"她的心湖里有着一股按捺不住的春潮在汹涌着情感的栅栏，以一种不可遏止的力量撞击着生命繁荣之门，迷乱的眼睛依稀看到的两团辉煌的火烧云，渐渐地聚拢在一起，相互渗透、糅合，最终坠落在空蒙的西天……

有水鸟打江上飞过，苍凉而空灵的叫声在水面上久久地萦回。那弯西沉的新月，如一把磨得白晃晃的镰刀掉入黑魆魆的地窖里。霎时，世界陷入一片昏黑之中。远远的乱坟岗上，便亮起了星星点点的蓝幽幽的磷火。秋菊感到那火光是一种不祥之物，心里不免有些悸动，小兔子般把头埋在少爷怀里。“那是鬼火”。少爷说是人的灵魂永不熄灭的光焰。少爷想起了在这非常岁月里丧生的人们，心里滋生了一种岁月倥偬、生命无常的感慨。他隐隐感觉到人生存的困惑的苦难，死亡的悲哀和无奈。他把秋菊的手紧紧贴进自己的心窝里。忽然想起了哪幕戏里的一句台词：“身不同母心同热，生不同衾死同穴。”也许是对青春年华的过于珍惜，对生命、爱情的完美的强烈渴望，每当这种激情平息之后，心中总有一种难言的沉重。面对着这世俗、门第等残酷的现实，他们都感觉到有一场叵测的悲剧向自己步步逼近。

夜气沁凉如水，少爷和秋菊定好八月初六私奔的具体计划。尔后手拉着手，沿着那条熟悉的石板路，高一脚低一脚地摸索着返回家。忽然，秋菊惊叫了一声，扑倒在少爷的怀里，双脚如擂鼓般跺个不停。秋菊急忙解开裤腰带，接着少爷的手插进秋菊裤裆里。少爷的手摸着一坨冰凉的软物，猛地一惊。那冰凉的东西随即从秋菊的裤管里钻出来，是一只青蛙。他们心中的惊惧释然了。少爷开始为自己刚才那身不由己的不雅之举而感到羞愧难当。然而，彼此都有着这样一种微妙的心绪，希望再有一只傻乎乎的青蛙从秋菊的裤管里跳进去。甚至期望这迷人的夜，无限地延续下去。没有布谷鸟的鸣叫，没有更声敲响。这样，只能在这熏风徐拂、暗香浮动的夜里属于自己的那份美好的东西，就永远为自己所拥有，不再失去。世俗之杂欲、天地之万籁皆随疲惫的人们睡去，永不醒来。人间便无所谓离散和团聚、如愿和失意。

回到书房，已是夜阑更深了。充满着海腥味的潮气隐隐袭来，无声地浸漫着这幽雅的书房。隐约传来打更老头趿拉着木屐踢踢踏踏地走过的声音，伴着不死不活的更声。更声远了，书房的灯光也熄灭了。少爷和秋菊完全沉浸于混沌初开的情爱之流中，浑然不觉时光荏苒。

黄灿灿的朝晖透过红漆窗棂涂抹在书房里的朱红色的壁板上，泛着金子般的光芒。

精瘦的管家穿着肥大的纺绸对襟便衣，打回廊匆匆走过。那不停地扇动着的衣服下摆和褶腰裤裆如古时的酒幌在风中猎猎而飘。他边走边搔着那大分头，高喊着秋菊。管家明知道秋菊在少爷的书房里，因为昨夜秋菊是从管家的眼皮底下走进书房而一直未见出来。快到书房他不叫了，踮着脚尖猫步溜到书房的窗下，窗子高过人头。管家瞅瞅四周没人，纵步一跃双手攀着窗台，一口急促的喘息把窗台上的积尘吸了进去，呛得他眼冒金花，而不敢咳嗽。他朝房内扫瞄了一眼，发现床前平摆着少爷的布鞋和一双绣花鞋；挂衣钩上悬着一块鲜红的肚兜，在艳阳的折射下，泛着一种令人浑身灼热的光泽，管家不自然地眨了眨眼，感到有些晕眩。所见一切直到许多年后，他都要联想起一棵殷红的纯种糯米荔果剥去皮之后露出白嫩而鲜亮的肉脯的那馋人情景。

娟娟穿着一件粉绿的旗袍拉着妹妹乐陶陶地从后花园走来，手里采着一些不知名目的花儿。旗袍、脸蛋、花儿的色素在晨光中汇成一种浮动的彩晕，在院子的四壁如水影般漾动。娟娟看见管家蜗牛一般贴在那墙上便收住了脚步：“蛮仔！想偷小爷的东西，是吗？”此刻，管家吓得像一只被小虫诱惑得腾空而起的蛤蟆一样掉了下来。翻身正要撒腿跑，见是娟娟，赶快整了整蓬乱的头发，凑近娟娟耳语了一阵。娟娟陡然间着魔似的哭着、叫着、闹着，寻死觅活。顿时，何家院子如捅炸的蜂窝，阳光被乱作一团的鸡犬人群搅得斑斑驳驳。何少爷拉着秋菊趁乱从后院门溜出，仓皇地向码头奔去。他们双双跳上了一条小船。

码头上，何老爷一只手捂着胸口，一只手挥动手中的水烟管叫着：“抓住她，把那臭丫头拖下来……”因不留心，一脚踏空，老爷如柏油桶似的顺着一级级石阶往下滚，一直滚进江里。那只瓜皮凉帽一堆干牛屎一般浮在江面随水而漂。

就在小船离岸的那一刻，管家猴一般轻捷地跳上小船，小船急剧地颠荡了几下。管家迅猛地抱住了秋菊，如老鹰叼小鸡似的向岸边跳去，结果两人都掉入江里。小船被管家这么一蹬，箭一般地向江心漂去。

秋菊被家人七手八脚地拖上了码头。

何少爷五内俱焚地呼喊着菊妹。

何老爷从水中抬上来如落汤鸡瘫在码头上不省人事，何太太一怒之下拔下发髻上锋利的银簪子朝秋菊的脸上狠狠地划了一下，“看你这贱货还敢不敢勾引少爷。”

何少爷蒙眬的泪眼仿佛看到自己的心突然绽开了一道鲜红的口子，随着一滴滴滑下的血浆而渐渐破碎。

小船孑然向彼岸那惨白惨白的沙滩划去。

何老爷和井田龟

战事一天天逼近，何老爷捂着发怵的胸口计算着日军的行程。管家向何老爷汇报说日军已沿南头、深圳而来。镇上骤起激烈的马蹄声。扬起的尘土使阳光和空气变得浑浊而黏稠，迷雾般笼罩着那些抱头鼠窜的人和狼奔彘逐的牲畜。何家院的大门被擂得震山响。管家见何老爷微瞑着眼，有气无力地挥了挥手，便匆匆下楼，肥大的衣摆和裤裆依然飘得如酒幌。但两只微微战栗的罗盘腿迈得不像昔日那么自信。管家还没有赶到门口，大门被訇然撞开，一条金黄色的军犬一声咆哮，风也似的扑向管家，锋利的爪牙把管家那大振雄风的裤裆布撕了下来，拖在地上如被尿洇湿的一块泥土。管家下意识地将无法合拢的罗盘腿尽力并拢，但最终那东西还是香蕉般地悬在括弧似的双腿间。管家被这突如其来的一幕惊呆。等他回过神来，撩起地上那片遮羞布蒙在胯间往回跑时，院子里已全是咿里哇啦的日本兵。

何家太太、娟娟、恬恬、珍珍以及所有家人都被赶入院子里，所有房间都空了。何老爷被搀扶到太阳底下晒太阳，耷拉着眼皮呈半睡眠状态。多变的世事，使他从浩渺的心海中重新看到自己剪去那根又粗又长的辫子甩在地上，摸摸后脑跟着国人喊革命；看到袁大头做完八十一天皇帝就把肥大的头割下来印在花边（银圆）上；他看到一去杳无音讯的儿子在外头真正为何家树起了一根独苗，点上了一支香火；……何老爷静静地烘着往事取暖。日军头目井田龟走上前去，一袭浓重的阴影盖在何老爷的身上，何老爷分明感觉到有人站在他的面前，果然一只毛兮兮的手沉沉地搭在他的肩上："你的，儿子的，哪里去了？"何老爷的手依然很安详地捂着胸口，面容平静如水纹丝不动。何家太太说："太君，老爷心病厉害不便言谈，有事就问我吧。儿子出门半年多没有音讯，生死难断。"井田龟用那鹰隼般犀利的眼睛瞪着何太太："废话！你儿子的，游击队的有。"井田龟环视了一下院子四周，用日语说了几句。一个戴眼镜的中国人说："从今以后，这座院子就是我们皇军的驻地。你们统统住到柴房磨坊去。"

忽然，叭的一声枪响在院子里回荡。战马不安地咴咴嘶鸣。几条军犬腾起老高，拼命挣脱链绳向枪响的地方扑去。人们闻声赶到东厢房，只见不知何时被弄进房的娟娟小姐正赤条条交臂抱胸蹲在床角嘤嘤地哭泣和哆嗦。床上直挺挺躺着一个光着身子的日本兵，后脑勺上一个裂洞正一个劲地喷着血浆。床前的地板上横躺着打更老头，歪着脑袋，左眼暴突，右眼被枪弹射出一个血洞，他手中还紧紧抓着一根沾着血迹的擂茶棒。那个开枪击倒打更老头的日本兵慌乱跑出去与井田龟嘀咕了些什么。井田龟带着一丝难以察觉的诡谲的笑意来到东厢房，站在管家的背后。管家正踮起脚尖，双腿如风中的两根苇秆颤动不已，脸紧紧贴着不大的窗口，饥饿的目光正在贪婪地舔舐着娟娟那粉嘟嘟的胴体。井田龟拧着管家那瘦而韧的耳朵往上一提，管家立即发出公鸡般的尖叫。戴眼镜的中国人友善地拍了拍管家消瘦的肩胛：“快去把那死尸弄走。”管家和几个日本兵把两具死尸抬出之后，井田龟进去东厢房，看了床角缩成个肉团的泪人儿一眼，反手正要把门关上，何太太冲了进来紧紧抱着娟娟。井田龟朝何太太狠狠地甩了一个巴掌，接着抛草把一般把何太太抛出了房门，门随即被严严地锁上，娟娟小姐的哭声仿佛被突然装进了木盒里。门外的走廊上一个荷枪的日本兵来回踱步。管家俨然一个大忙人，带着一群日本兵又是取草料，又是砌锅台，又是搭马棚，可以说过去从来没有这么卖力过。何太太被井田龟一掌打得不省人事，被女儿恬恬、珍珍背到磨坊灌饮姜汤。何老爷依然在太阳底下闭目养神，用耳朵注视着何家院内的风云变幻。他首先听到东厢房里，那匹珍藏多年的绫罗绸缎被突然撕裂的声音，那声音凄厉得使他不忍与任何事物进行联想。一只讨厌的红头苍蝇老是在他的耳朵上碰来撞去，撵都撵不走。他把胸口捂得更紧了，他感到一阵揪心的疼痛，他似乎看到了那对银手镯上的一枚鲜红的玛瑙被一只毛茸茸的蹄子踏得粉碎；他听到院子西头谷仓的稻子唰唰地流进马槽，大片待播的稻田在他眼前幻化成荒芜之地，佃农又在闹翻天；厨房贪吃的小女佣阿芹偷吃豆子的声音，使他常常怀念起秋菊来，现在听到一个日本兵与阿芹正在厨房撕扯纠缠，何老爷心里又有一种莫名其妙的获释感，他为秋菊的出走而暗暗庆幸。刚死去的打更老头前不久告诉过他，秋菊与阿豆成了亲，住在梧桐山里。当时何老爷听过之后叹息了一声："阿菊是个好妹子。"

以后的日子，井田龟在何家院子里进进出出，都要尊敬或不尊敬地拍拍何老爷的肩膀。何老爷依然静静地坐在那把红木太师椅上晒太阳，暖暖的阳光夹杂着往事如黄昏之潮向他流注而来。眼睛恹恹欲睡，而耳朵依然在纵观何家风云。东厢房那种绸缎的撕裂声时有响起，谷囤里的稻谷依然沙沙地流淌，厨房里常常传出饿狗争食和阿芹那撕心裂肺的惨叫声……这些声音常常与镇上扑腾腾的脚步声、惶惶然的喊杀声以及频频死人的风声形成一种混响。何老爷隐隐感到一种不祥阴云在笼罩着他，他叫了一声管家。管家弓着细瘦的腰贴近何老爷："老爷，有何吩咐？"何老爷要管家把他两个女儿珍珍、恬恬送到广州避一避。管家问："娟娟呢？"何老爷摇了摇头，叹了口气："水过三丘田了，算了吧。"何老爷说着从怀里摸出一个铜钥匙交给管家，并叮嘱他用这个钥匙把衣柜里的夹层小锁打开。把藏在里面的一支盒子手枪擦洗一番带上，明天一早开路。管家说是，连忙点了点头，油光的大分头如一只被射落的乌鸦在地上扑腾了几下。

管家把钥匙捏在手心里正要转身进何老爷住的那间磨坊，院门被突然撞开，使管家又止住了脚步。井田龟和一个戴眼镜的中国人匆匆地走进来，噔噔的马靴踏地声使空灵的院子显得森然可怖。大女儿恬恬将一碗银耳莲子汤放在何老爷身边的小茶几上：“阿爸，喝了清清心吧。”嫩绿色的旗袍在春天的阳光映衬下，漾着一汪怡人的绿荫，何老爷此刻心里有着一种特别不安的清凉。恬恬弯着腰用汤匙在碗中摇拌着并不停地吹气。旗袍开衩处，明晃晃地露出一段浑圆而又修长的腿来，几只不安分的蜜蜂在上面寻寻觅觅各打各的主意。管家感到喉咙麻麻生痒便咽了咽口水，觉得手心里有一硬邦邦的物件在横撑着，才忽然想起自己必须办妥的事。管家来到磨坊门口，回过头来想再看看恬恬腿上旋飞着的蜜蜂，只见井田龟伸出一根粗粝的食指勾着恬恬的下巴。恬恬拍开井田龟的手，怯怯地依着何老爷。何老爷又感觉到那只可恶的手尊敬或不尊敬地搭在自己的肩上，而且比以往任何一次都更沉重。他微微地睁开眼皮，只见井田龟鼻子底下那撮黑胡子如补锅钉似的直往他心口上嵌。

珍珍守候在瘫卧不起的母亲身边，呆呆地看着管家偷偷摸摸神色慌张地捣鼓那支手枪。外面忽然传来恬恬的叫声。管家警觉地把枪往席子底下一塞，起身把门启开一条窄缝向外窥视。只见井田龟和戴眼镜的中国人一人抓着恬恬的一只手，把恬恬拖进东厢房。房门咚的一声关上，恬恬的哭喊声似突然陷进地窖。何太太脸上立时泛起一种死亡的气色，浮肿的眼皮吃力地睁开着向女儿珍珍示意，快去看看恬恬。珍珍走过院场的那段路程一连跌了七八跤，像一只执着的飞蛾在火中扑腾，踉踉跄跄来到东厢房大叫了一声姐姐，便背靠着房门瘫坐在地上。东厢房的房门突然敞开，珍珍小姐一骨碌滚了进房。戴眼镜的中国人敞开着上衣走出来，走到院子大门口和两个站岗的日本兵说了些什么，又折回东厢房。何老爷依然静静地坐在椅子上晒太阳，头歪歪地耷拉在靠背上，或许还在不厌其烦地侧耳倾听日本兵进驻院子以来的那种不同寻常的响声。东厢房的绸缎撕裂声、各囤里的稻谷流进马槽的声音、厨房里小女佣偷吃炒豆的脆响、磨坊里何太太的呻吟……时断时续，一直维系到当夜的枪声给这个家族传奇式的悲剧故事画上句号。

直到夜幕四合，何老爷也未曾醒来，管家用手挡在何老爷的鼻子前毫无声息，他感到多年来一直栖息着的大树此刻轰然倒塌。接着是一种不祥的预兆向他逼来，他决计要趁这月黑风高之机溜走，他想到了枪，想到了那支擦得油光锃亮的盒子手枪。他溜回磨坊轻轻地叫了两声何太太，不闻何太太回音。他打开衣柜中的夹层锁，把手枪攥在手中压上子弹，他打算到柴房旁边翻墙出去，一见东厢房里还亮着烛光。他知道，下午井田龟把恬恬两姐妹拉进去之后，就一直关闭着门。他想爬上窗子把井田龟和那个戴眼镜的中国人干掉，尔后把珍珍、恬恬、娟娟救出来，护送到广州二姑家去。想到这，管家两条罗盘腿就不自觉地抖起来。他蹲在黑咕隆咚里定了定神，他看到时而在东厢房门口踱步的日本兵，此刻已走出院子正与另外一个日本兵说话，镇子两头隐隐响起急遽而零乱的马蹄声。管家知道能否成功就在此一举，事不宜迟。现在，他打算干掉东厢房里那两个家伙，就翻墙逃跑，因为枪声一响准会惊动院子门口的两个日本哨兵。他挨着墙根一溜烟摸到东厢房的窗子下，他把手枪的保险打开，食指铁钩般地弓在扳机的部位。缁黑的身影在夜幕中如一面冉冉升起的旗，渐渐靠近迸射出灯光的窗口。管家黑黑的头盖在东厢房的窗口上刚刚露出半瓣瓜皮，一声枪响，管家的身影又如旗帜般地飘落。

翌日清晨，古老的何家宅院异样寂静。院场里的麻雀在刨食着马粪里的谷物和地上撒落的剩饭米粒。靠墙搭的一排锅台在斑驳的红石墙上熏出一面巨大的黑幕。锅子揭走后，露出那灰白色的柴火灰烬，让人想起齐崭崭躺着一排死人的面孔。何老爷仍然保持昨天下午的姿势坐着。何太太龇牙咧嘴的样子十分狰狞，泥塑般地挨着何老爷坐着（何太太是吞金而死的）。他们是背阳而坐的，并不安详地望着那烟云般淡远的岁月以及在沉浮难测的世事中颠落得破败不堪的家业；感慨从来没有这么凄凉过的院子，此时似已逃遁于纷繁的尘世，成为一方远离恩怨情仇的灵魂的净界。曙光氤氲，院子如仙界洞府，佛光高照，红晕浩荡。几只紫蝴蝶抑郁地从后花园飞来，在井沿边盘旋。井边的青石板上静静地泊着恬恬、珍珍、娟娟三个人的绣花鞋。鞋上刺绣的花儿以一种婉约而幽艳的姿态向无常而又无奈的生命和人世告别。

何文彪、佘人也和秋菊

几间小草屋沉溺在一片火海之中，熊熊火光把整个铜锣径峡谷烤得燠热而令人窒息。星星点点的灰烬密匝匝地在空中旋舞着，使空气被搅得灰蒙蒙刺鼻呛人。秋菊被两个匪首反绑在一棵榕树下。软塌的身子松松垮垮地下垂着，如被烈日晒蔫的青菜。双腿无力地弯曲着，两条绑在枝杈上的手臂，被绳索深深地嵌入。几道血迹如干蚯蚓一般挂在脸颊上，北风掀动她那紊乱的头发在孱弱的阳光里翻飞。两匹拴着的马都企图挣脱缰绳，一匹马前蹄腾空引颈长啸，另一匹马用蹄子在地上刨着，发出金石的磨砺之声。

连长何文彪注视着排长余人也："她死活不开口，怎么办？"

余人也本来完全可以推诿说："连长，你拿定主意吧。"但余人也清楚地知道自己不能这样说，因为，上级早就怀疑他有私通共匪之嫌。那是不久前的一个有雾的早晨，余人也和何文彪率兵追捕一名地下共产党员。那地下党员被围猎般逼到溪涌的海边，正走投无路时，转过身来一见余人也便大喊一声："表哥！"余人也一怔，定睛一看果然是表弟。余人也警觉地用眼睛的余光察看自己身后的何连长，何连长那黑洞洞的枪口正对着他。余人也毫不迟疑地把手枪的准星瞄准了表弟……

何文彪掏出怀表看了看："时间不早了，我们必须十二点以前赶到红花岭。那女人，你看怎么办？"

余人也立即意识到了何文彪是在考验他，于是毫不含糊地说："既然那臭婆娘死活不开口，我看只有一枪崩了，痛快！"余人也说过之后，心突然一阵紧缩。他想起眼前这位对他有着救命之恩的女人，很快就要成为自己的枪下之鬼，双手立时酸软乏力。他一度闪过救出这可怜女人的念头，但这点小得可怜的信心被残酷的现实吓得无影无踪。

两个匪首以极为复杂的眼神相顾无语，各自心里打着闷鼓。他们不时地偷看秋菊那紫肿的脸，当年那份妩媚和鲜活已荡然无存了。一只吸饱血浆胀鼓而透明的牛虻在秋菊干裂渗血的嘴上嗅来吮去。匪首条件反射般别扭地努了努嘴，恨不能捏死这只牛虻。牛虻终于在厌恶和谴责的目光中知趣地飞走了。

“把她干掉！”

秋菊耷拉着的头微微动了一下，轻轻地凄恻地呻吟了一声。两个匪首顿时感受到了战争给人类带来的深重灾难和对人性残忍的杀戮。

余人也和井田龟

余人也自从某日黄昏偷看了阿月洗澡之后，心中便有了一朵艳丽无比常开不败的花儿在默默地绽放。他们队伍扎在白石洲，他常常借故或开小差翻过二十里山路回余阁坳看看阿月。那是一个冬日的晌午，余人也一身脚夫打扮偷偷溜回来，这是他自从日本鬼子进驻余阁坳骚扰以来第四次回家。清冽的阳光在冬日的林子里静穆地流淌。余人也蹬着那泛着蜡质光泽的青石路礅，一步步向余阁坳顶爬去。一对花斑特别好看的山鸠正在一级石礅上做爱，阳光从稀疏的参天枝叶隙间漏下一束束斑驳的光影，宁馨地照着那对沉浸在幸福之流中的山鸠。微风掠过，树叶婆娑，那束束光影在石磡上如摇滚灯光般地晃晃悠悠，扑朔迷离。余人也立刻心里热热地、胀胀地感到舒适或不适，他又想起了阿月。爬到山顶上正想坐下来喘口气，忽闻山下有种喧闹的声音，循着这青石板路一级级地往下寻视。几个日本兵正猫戏死鼠般地调戏一个打柴的姑娘，他们把姑娘头上的斗笠扔飞盘般抛耍着。斗笠边沿那黑色的垂布被旋转得呼啦啦生响，那圆圆的红花布顶子在被抛起和飘落时如林子里穿飞着一只燃烧的火鸟。

这时，斗笠的带子挂在一棵大树的枯枝上，如夕阳里荷叶上休憩着一只秋蝉，恬淡而郁悒。几个日本兵或扛或背或提着步枪，歪歪扭扭稀稀拉拉地向山下的村庄走去，其中一个不时地回头看那高悬在树枝上的斗笠以及日军头目井田龟与打柴姑娘阿月扭扯的情景。相距甚远，余人也无法辨认山下这打柴姑娘到底是谁，他最担心的是阿月。那遥遥传来的哭泣声，使他想起那个秋高气爽的早晨，自己被抓去当兵的情景。他被押着从阿月的家门口走过，他看到阿月身着一件海棠红的花布褂子，孑然站在墙角边，露出半面羞容，手里拿着一只未及纳好的鞋垫，忧郁地低眉浅唱着一支客家山歌：“阿哥送条白手巾，朝洗面来晚洗身，手巾肚里七个字，永远永远不变心。”此刻，余人也总觉得那打柴姑娘的哭声凄婉动人酷似昔日阿月唱那支山歌时的韵律。

余人也感到焦灼不安，眼前老是出现一只豺狼在张牙舞爪地撕扯着那件海棠红花布褂子。他一个劲地往下跑，突然停住了脚步，眼前的景象使他惊呆了：日军头目井田龟抓着阿月的前襟，抽出马刀，嚓的一声那块海棠红的前襟被割了下来，粉蝶一般飘落在一旁。月白色的肚兜和雪亮的肌肤在东洋马刀的闪闪寒光辉映下，泛着璞玉浑金之光。随着那锋利的刀刃飞快地吻过褂布，余人也歇斯底里大号一声，但这声音没有冲出嗓门就被怯懦地咽了回去，在他的脑海和胸腔内肆无忌惮地回荡。他的心突突地跳得厉害，本能地向前毫无目的地踉跄了几步，被一块不大的石头绊了个趔趄，一屁股坐在地上。余人也坐下的那一刹那，惊飞了一只野鸡，井田龟正把阿月按倒在一块巨大的青色磐石上，井田龟回头看了一下余人也，余人也却不知道。他只是像个溺水者，惊慌失措中企望寻求一根生命草一样朝地上寻找木棍、石头之类的武器。他随手拾起一根霉烂的树枝，在膝盖上轻轻一顶就断了。他又连忙捡起一块石头，林子深处传来的森然可怖的怪叫声和阿月的挣扎呼救声在他脑子里汇成一片喧响，如源自古陌荒阡的蛮原洪涛崩堤而来，咆哮着冲击他心灵深处的懦弱、畏缩、首鼠两端的劣根。他不轻不重地在自己的脸上掴了一个耳光，提醒自己要鼓起勇气，尔后使劲捏了捏手中那块有棱有角的石头，把石头最锋利的一个尖角调整到手掌的外侧，以便那石头与鬼子的脑袋接触时更具有杀伤力。这块石头就像给余人也下了颗定心丸，他雄赳赳向前走去，大有壮士一去不复返的殊死一搏的英雄气概。他看到不远的正前方的磐石上，有一条毒蛇，吐出罪恶的蛇信子伸入一朵初绽的花蕊之中，接着飞快地抽动着、伸缩着，饥饿而又疯狂地吞噬着花蕊中的粉蜜。余人也愤怒地死盯着井田龟那蜻蜓点水般摆动的脑袋，下意识地挥了挥手中的石头，训练了一下砸下去的最佳姿势。他心里在警告自己，东洋鬼子不是好惹的，千万要小心，只有趁其不备，使出吃奶的力气来，把这家伙一下砸死。他眼前晃动着一只刚被宰割的小白兔，四肢在痛苦地抽搐和痉挛着，在他一步步走近青石板时，他的双腿不自觉地抖动起来。他想，是死是活就在此一举。他正想把石头高高举起，一个箭步猛扑过去，井田龟一声吆喝：站住！你的，什么的干活？余人也手中的石头如一枚被风吹下的干果，自由落地。

石头是从余人也的屁股后头落下去的，井田龟似乎没有看见石头下落的轨迹。余人也被吓得语无伦次："太……太君，我是路……路过这儿。"他生怕井田龟会抽出马刀抹他的脖子，但见井田龟依然在忙乎着自己的最后一道程序，他心中那份恐惧便减去不少，他感到身体的某个部位像是嵌进了一节木楔子一般硬硬的、胀胀的难受。片刻之后，井田龟整了整衣服，气势汹汹地走过来，恶狠狠地甩了余人也两个巴掌，尔后朝着下山的石路扬长而去，甩下一串长筒靴与石板路的敲击声。

余人也朝着井田龟那远去的背影狠狠地啐了一口唾沫，瓜子壳儿一般地吐出一颗牙齿。他用手轻轻地抚摸着那被烙铁熨过一般的发烫的脸，觉得鼻眼儿里有两只蛆虫蠕蠕地爬出，痒痒的，他用手指伸进鼻孔抠了抠，一看手指上鲜血淋漓。他知道自己给打得口鼻都出了血，便把头仰起来，橙黄的冬日正冲他的头顶直射下来，穿过他的躯体和灵府，温热的阳光使地下的腐枝烂叶、霉果、菇笋的气味都蒸腾起来，清静的林子里流溢着一种掺杂着血腥味的蛮荒之气。他茫然地朝四下里寻视了一番，顺手摘下几片嫩树叶揉搓成两个小团塞着鼻孔，走近阿月。只见阿月正在一边伤心地抽泣一边穿着衣服，因前襟被割去，饱挺的胸脯无法遮掩，她只好紧紧地交臂抱胸。

余人也走近她蹲下身说："阿月，我背你回家。"说着就背起了他梦中搂抱过无数次的阿月，正要开步，听见阿月说了声："鞋。"余人也又猫腰捡起两只横卧竖躺的绣花布鞋，一眼瞥见青褐色磐石上冷冷地绽开着几条殷红的簕杜鹃，在不冷不热的冬日沐浴下显得圣洁而又屈辱。这花儿与眼前这肃杀的季节之景形成一种鲜明的反差性对比。余人也背着阿月举步维艰地下着一级级石磡，每迈一步，阿月就在他的背上颠荡一下，他感到背上有两只柔软的小手温情脉脉地按摩着。阿月两条缠绵的手臂，青藤般有力无力地挽着他的脖子，他感到心跳得厉害，胸口好闷，喉咙里好像梗塞着一团热糍粑、他背着阿月气喘吁吁走出山道。远远望去，余阁坳村子西头的几幢房屋都湮溺于一片火海之中，阿月家的房子也被烧了。一块膏药旗高高插在余氏宗祠的屋顶上，魂幡般迎风招摇。村子里的人惊鼠般地四处逃窜。村子西头住着阿月的同房家族，她的几个在外以染布、打砻、凿石磨为生的大叔和堂兄都参加了惠阳抗日游击大队，被汉奸出卖了。阿月悲痛欲绝地望着那在烈火中沉浮、挣扎以至坍塌的家园，万念俱灰地说："完了，全完了。我的奶奶、我的爸爸妈妈还有我弟妹……"

面对这个在滚滚浓烟、冲天火光中化为灰烬的家园，阿月感到身心破碎。当天她没有回佘阁坳，佘人也把她送到葵涌她的姨妈家。第二天阿月便失踪了。她的下落一直是个谜，辗转闻之，有人在溪涌湾里发现一具少女尸体，被水鼓胀的肚子把纽扣都撑破了，此尸有可能就是阿月；后来又有人说她已投奔了惠阳抗日游击大队。佘人也得知阿月失踪的消息是数日之后的一个午后，他偷偷溜回家，想看望一下日本鬼子的铁蹄践踏下的家园究竟成了个什么模样。他把自己装扮成一个上山打柴的樵夫，一支三八式步枪捆在柴中间，行色匆匆地返家。快出佘阁坳山道时，路边的草丛里忽然钻出一个人，蓬头垢面，一副灾荒的样子，歪歪倒倒地向佘人也走过来。佘人也还以为斜刺里窜出个鬼子兵而被惊得虚汗津津、眼冒金花。他一时没有辨认出那人是谁，那人便说："阿狗（佘人也的奶名），我是你补锅三叔呢，还没认出来吗？"叔侄俩互相误以为对方是鬼子兵而虚惊一场，惊悸释却之后，两人长歌当哭，感怀唏嘘痛叙别后的日子沧桑变故。补锅三叔还把阿月失踪的消息告诉了佘人也，佘人也听后痛苦地趴在地上，双手捶地号啕大哭。叔侄俩一番叙谈和痛哭之后，都觉得嗓子眼儿里火辣辣冒烟，便趴在一泓清泉边咕咚咕咚暴饮一番，尔后席地而憩。补锅三叔从腰间解下水烟管，那暗褐色的竹烟筒被岁月打磨得油光锃亮，闪着幽幽的清光。补锅三叔那胡子拉碴的嘴巴紧贴着锄柄大的烟管，火媒子蜻蜓点水似的燃着烟锅里金黄的烟丝，竹筒里如煮沸的茶壶叽里咕噜闷响，接着呼的一声一颗红豆大的烟灰飞出老远。“走！阿狗，回去看看，咱们家不知糟蹋得成了什么样子呢。”叔侄俩一前一后走着。拐过弯道，算走出了林子，眼前是一片开阔地，远远望见余阁坳村里像是闹地震一般喧嚣，人影穿梭般匆匆来去，鸡飞狗叫，尘土飞扬，战马咴咴嘶鸣。余氏宗祠屋顶上依然飘着魂幡似的膏药旗。叔侄俩停住了脚步，心中立刻弥漫着一种不祥的荫翳。补锅三叔说：“不好了，你别出去，躲一躲。让我先回去看看。”补锅三叔说着将烟筒往腰带间一插，便朝村子走去。

余人也从柴捆里取出那支枪猫腰向前方一块高地跑去。那高地上曾有一座亭子，一条大路从亭子中央穿过。因某年的除夕吊死过一对同族相恋的少男少女，从此那凉亭便无人问津了，那条唯一通往山外的乡路也被迫改道而行。后来亭子在风雨飘摇的岁月里倒塌了。余人也就蹲在这凉亭的一堵残垣断壁边，露出一双眼睛注视着渐渐远去的补锅三叔。补锅三叔到底是闯过来的人，他见村里的情形不对劲，便断定这条通往山外的路一定有伏兵封锁。补锅三叔走了百余步光景，干涸的水圳里突然蹦出一个鬼子兵，枪口硬硬地顶着补锅三叔的腰眼。鬼子兵乌鸦般地叫了一通，补锅三叔一句都没听懂，只是通过那鬼子兵的手势明白了几分意思，好像要让他带路去找什么人似的。鬼子兵塞给他一块白糖，枪口依然铁实地顶着他的腰间。他很恭敬地转过脸来向鬼子兵点头赔笑以示谢意，鬼子嗷嗷地叫着，言下之意是要快走，少啰唆。那铁家伙在腰间捅了一下。补锅三叔趁把白糖放进嘴里的机会抽出那根玩得非常顺手的三尺烟筒，以迅雷不及掩耳之势向鬼子兵狠狠砸去。随着当的一声脆响，鬼子兵应声而倒，四肢张开做蛙泳的姿势抽搐着划动了两下，血液从五官中流出漫漶成美丽而抽象的图案，在阴阳参半的天光幻照下兴奋地扩散、扭曲、变形。补锅三叔飞快地捡起那支枪举得高高地正想以枪托向鬼子兵的头部砸去，干涸的水圳里又跳出一个鬼子兵向补锅三叔开了枪，枪弹是从补锅三叔的胸口射进去的，补锅三叔高举的双手痉挛了一下，枪托不是向认准的目标砸下去，而是砸在自己的右腿上。补锅三叔倒下去的那一刻，暴凸的双眼看不到余人也向水圳岸上的鬼子兵开了枪，见那鬼子兵霜将一样倒在地上，补锅三叔带着一丝欣慰的笑意倒下去了，骑毛驴一般趴在那个给过他白糖吃的鬼子兵背上，那浸透着鲜血的褶腰裤裆婚纱般地遮在鬼子兵的头上。

余人也开枪之后猛地跳了起来，又很快蹲了下去。他想跑过去看看补锅三叔，尽管他明知道补锅三叔已不行了。一想到附近有可能还有埋伏的鬼子兵，又按捺住自己，不能妄动。村子里的鬼子兵一窝蜂地向村口的晒谷场奔涌而来，余人也清楚地看到走在最前面的是他大伯携着他的母亲和小妹。鬼子兵用枪托朝大伯的后脑勺一击，大伯倒在地上，母亲和小妹也摔了个趔趄。母亲艰难地爬起来慌忙拉着小妹踮着小脚走着。两个鬼子兵朝大伯的屁股上踩着，朝腹部踢着，每飞起一脚落在大伯身上，大伯的手脚都要生硬地反弹一下。余人也紧紧捏着拳头，仿佛手心捏的是他那个参加游击队的大哥——阿牛，狠狠地朝败墙上捶了一拳，“就为这狗日的。”砸烂几片风化了的墙皮，手背几个指关节立即曝出血来。牙齿咬得咯咯直响，从牙缝里冷冷地挤出一个诅咒的声音：杂种！此刻余人也与他那叛逆不道的大哥有着不共戴天之仇，恨不能把他活活咬死。余人也趴在矮墙上看见一鬼子兵从母亲身边拉过不满七岁的小妹狠狠甩了一个耳光，并踹了一脚，小妹躺在地上再没有起来。母亲被推推搡搡地推到打谷场边的一块草地上，衣服被全部扒去，身子极像一只黄熟的芭蕉，一把银亮的东洋马刀闪电般地朝母亲的胸腹一划，肠肚内脏惨白惨白泛着凝脂般的光泽，一股黄熟的芭蕉的暗香穿过一里远的阳光地向余人也的鼻孔袭来。这是在余人也昏厥过去前一刹那间感觉到的，并隐约闻得母亲在日军头目井田龟抽出军刀时，含混不清地喊了一声阿牛或阿狗什么的，声音十分喑哑而凄恻。余人也昏过去之后，脸贴着败墙顶，嘴巴啃着灰土。随着他的鼻翼翕动，那些陈年积尘在他的鼻孔里进出自如，两只耷拉着从败墙顶垂下的手臂，远远看去俨若两条风干的丝瓜，而那黑乎乎的脑袋恰似一个蔫苗的葫芦。许久，他的双脚动弹了几下，手也轻轻地空抓了几下，顿觉身轻如羽，腾云驾雾般悠然飘然端着那支老三八，飓风般冲向敌阵，鬼子兵都风卷残叶般纷纷溃退，空空荡荡的草地上只剩狂暴而不可一世的井田龟和躺卧在他脚下的大伯、母亲和小妹。余人也与井田龟短兵相接，以枪搏刀，奇迹般地夺过那三尺多长的东洋马刀，狠狠刺进井田龟的心窝，这时，太阳透过云翳稀疏地漏下些光束，阴霾的天空顿时布满锈铁红。余人也使劲地砍着日军头目井田龟，企图把他剁成肉酱，直到他感到四肢麻木、浑身疲软才告罢休。此刻，余人也觉着自己胯下凉刁刁、麻酥酥地怪不舒服，他睁开昏睡的眼，刚才自己手执军刀，英雄傲立疆场的悲壮场景已悄然消失，低头一看，只见自己的裤裆已被尿湿并爬满了蚂蚁。墙根下一块被尿洇湿的泥土上站立着许多花脚蚊子，似乎在为着这场久旱之雨的骤然降临而议论不休。他揉了揉双眼，总是揉不去浮现在眼前的阿月、补锅三叔、大伯、母亲、小妹那一双双期冀、失望、怨艾、痛恨的泪眼。此刻，余人也"啊"地狂叫起来，喊出了他压抑已久的声音，瞄准井田龟射出了一颗仇恨的子弹。井田龟一闪身，子弹射中了一个鬼子兵。立刻，枪声、追杀声向他尾随而来，余人也像一只被围猎的兔子，死命地蹬着两条灵捷的瘦腿向那片茂密的林子逃窜，子弹在耳畔飞过呼呼生响。在他快要把头钻进树丛时，感到有人在他的肩部推了一把。他踉跄了几步，觉得肩部有着一种如嵌入铁钉一般的疼痛，他知道自己已中弹，捂着流血的伤口没命地往荆棘丛里钻。为了摆脱军犬的追踪，他把衣服脱下来高高挂在一根树枝上，而自己朝着另一个方向逃奔。那些人高马大的鬼子兵看见那密密麻麻如织似网的荆棘丛林望而却步，一任几只军犬在林子里疯狂地搜捕。鬼子见军犬进入林子便停止了放枪，唯恐击中军犬。当几条军犬冲着高悬的衣服狂吠时，余人也已翻过了一道山梁，倒在一条小溪边昏死过去。时近薄暮时分，打柴回家的秋菊见余人也躺在地上一身血污不省人事，便丢掉柴担，把他背了回去。

秋菊、余人也和阿豆

泥炉子里的火正旺，烤得沸腾的药罐咕嘟咕嘟喷着蒸汽，酷似补锅三叔在吸着水烟筒，这使余人也油然想起那些惨死在鬼子魔爪下的亲人。泥炉里的火兀自舔着药罐，药罐一个劲地喷热气，使这阴冷的小土屋里充溢着潮润而又暖适的气流，余人也早已习惯了这种不大可鼻的药味。秋菊坐在炉子边的竹凳上一门心思为余人也研磨田七。余人也躺在床上望着那屋子里唯一的亮光，及被亮光映红的生动的脸蛋。秋菊捏着田七在齿钵里磨砺着，手镯上那枚血红的心形玛瑙在跳动着，在火光的辉映下，灿烂着一种蕴含灵性的光芒。为了给余人也养伤，秋菊竟将自己的心爱之物——配对的银手镯其中的一只，拿到街上当了，换回中药、药罐及油盐菜肴。为此，余人也曾感到深深的内疚。秋菊想：何少爷一去杳无音讯，何家的人全被东洋鬼子杀害，也不见他回来，估计他也不在人世了，这手镯留着还有什么意义呢？秋菊手里不停地碾磨着田七，眼睛呆呆地凝视着那炉膛里窜出的火舌，映得这漆黑的屋子忽明忽暗。这使她油然想起父亲生前的一句话：“这世界往往会突然间变得一半是红的，一半是黑的。”她想起了在这战乱之秋中失散的亲人和世事变故，对这无奈而又无常的生命和命运产生了深深的困惑。她又想起了奶奶离奇地死去的情景。人在死亡降临之前是否冥冥之中会有一种启示？奶奶在她生命中最后一个冬季里，每个夜晚总爱唠叨：枕头旁边有一种窸窸窣窣的声音。尔后又梦呓般地自言自语：该死的老鼠又在磨牙，又在刨洞。直到奶奶的最后一个夜晚如此这般唠叨过后就不再醒来。天亮了，也不像往常那样用尖尖莲脚碰着秋菊的小肘子，催她早起把鸭子赶到外面去吃食。奶奶就这样静静地睡去了。入殓时秋菊的母亲给奶奶梳头，才发现奶奶的耳根有两个被毒蛇的勾牙咬破的小洞。就在打扫奶奶睡过的床铺时，奶奶枕头下的稻草里溜出一条小花蛇，朝着奶奶最后一段生命的隧道溜走了。秋菊想：奶奶是被一条用自己的体温温暖了一个冬季的小花蛇咬死的；父亲是被一只自己亲手从狐狸嘴里救活的鱼鸟啄去右眼，最终导致左眼感染而双目失明的。自己呢，秋菊想自己的命运又将会是怎样的一种结局呢？此刻，她又想起了自小青梅竹马的阿豆，和他结婚不到半个月，他就被剖腹而死的悲惨情景。她双眉紧蹙着。炉子里的火熄灭了。秋菊那张悒郁中深蕴着青春活力的脸也随火光的消失而悄然隐退。这遽然间的明暗反差带来的不适，才使她从深深的记忆之中回过神来，她赶紧点亮油灯，把熬好的药汁滤进钵子里，兑上碾碎的田七粉末和蔗糖，用小木勺搅拌着，不停地吹着气。她用小木勺舀上一点药汁凑近嘴唇边试了试，然后坐在余人也的身边，小木床发出喳喳的响声。秋菊面对这木板床和幽暗而柔和的灯光，想了新婚之夜的温馨，想起了阿豆。她的心突突地跳得厉害，有着一种被揪扯的疼痛感。她用小木勺舀着药汁小心翼翼地喂进余人也的嘴里。她突然嘟囔了一句让余人也莫名其妙的话："真是作孽啊！"余人也不解地问："怎么啦?！"秋菊不吱声，极度悲伤的神态使余人也惴惴不安。秋菊沉默了许久又说："你杀我，我杀你，杀来杀去，到头来杀的不都是中国人吗？有本事打东洋鬼子去吧。"

余人也知道这个隐身索居于梧桐山里的孤单女子一定有着难言之隐。在这儿养伤这段日子里，常常见她情绪反常，或兀自发愣，或无名发火，或丧魂落魄，或痛不欲生。"秋菊，你有什么苦衷，能对我说说吗？"余人也凝视着秋菊脸上那条被何太太用银簪子划破的伤痕。秋菊把小木勺放进钵里，眼睛木木地盯着如豆青灯，"有什么好说的？真不理解你们男人，分出个什么共产党、国民党，不都是中国人吗？为什么要互相残杀？我结婚不到半个月，我丈夫就被你们国民党杀了。眼下东洋鬼子杀进来，把你打伤还是我来救你，想起我那屈死的丈夫，我真想不理睬你……"余人也听了这位善良而不幸的女人如泣如诉的心声之后，深深地感到震撼："秋菊，你丈夫被杀害，可不是我干的呀。"秋菊带着一种仇恨的目光冷冷地对着他，愤懑地说："总归是你们国民党杀的。"秋菊把钵子里剩下的一点药汁倒在小木勺里然后喂进余人也的嘴里。余人也咽下最后一口药问秋菊，"你丈夫是怎么死的？"秋菊没有吱声，眼泪扑簌而下，滴落在余人也的手背上。沉默。空寥的屋子幽静得如荒废经年的古刹。

五更时分，海面陡然刮起了大风，从大鹏湾登陆而来，掠过梧桐山的林子，林涛如海潮般咆哮，秋菊那幢小土屋如茫茫汪洋中颠荡的一条小船。寒冷而又潮湿的海风从屋子的每个墙孔如注而入。余人也感到奇冷无比，仿佛这遽变的天气使他们忽然掉入冰窖里，他刺猬一样蜷缩在薄薄的破棉被下瑟瑟颤抖。秋菊是挨着炉子躲在灶边的角落里垫着厚厚的稻草，炉子里的火已熄灭了，只剩几颗红枣般的炭烬发出幽暗的光。秋菊被余人也在床上母猪拱窝似的声音搅醒，她往炉子里添上些柴梗，吹燃。她知道余人也怕冷，便将穿在身上的旧棉衣（阿豆生前穿的）脱下来盖在余人也的身上，双手不停地抚摸着余人也行将痊愈的冰冷的右肩膀。秋菊面对这结实的男人的肩膀不禁怦然悸动，脸上立即潮起红晕。秋菊依恋地说：“你明天就要走了？”余人也依恋地回答：“明天要走了。秋菊，你的救命之恩我永远忘不了。”秋菊把一个红薯放炉子里煨烤，她想，余人也如此怕冷一定是失血过多，败了火气，吃点东西会好些。秋菊穿着一件蓝色起白点儿花的家织布褂子，依然透露出一种青春女子特有的魅力。余人也哆嗦的身子渐渐平静但余波尚在，仍微微战栗，秋菊自己也很冷，她把泥炉子移到床前，将整个身子都压在被子上面。炉子里的柴薪发出呼呼响声，火苗欢欣地跳跃着，在秋菊那温暖的胴体覆盖下，余人也不再感到冷，而感觉到秋菊的心律明显加快，她侧着脸带几分羞涩地对着火炉。余人也心里也有着一种莫名的冲动，此刻，他总爱想起偷看阿月洗澡以及阿月被井田龟糟踏时的情景，他情不自禁地抚摸着秋菊那饱经忧患而丰韵尚存的脸儿。他吃力地往床里边挪了挪，尔后揭开被子，拉着秋菊说：“秋菊，快睡进来，别把身子冻坏了。睡进来，都是自家人，别见外。”秋菊如温驯的小绵羊一般躺在余人也的身边。秋菊又一次问：“明天你要走了？”余人也依恋地回答：“要走了。”此刻余人也心中那份离情别绪颇似当年被抓去当兵的情景，他似乎听到外面呼啸的海风中有一位女子在唱着客家山歌。屋子里隐隐冒出红薯被烤焦的气味，秋菊忙起身用火钳把炉子里面的红薯夹出来，用手拍了拍上面的炉灰，剥去皮给余人也吃。

山野里的风鬼哭狼嚎张牙舞爪般地咆哮着，大有将这幢小土屋生吞活剥之势。秋菊用稻草塞着几个呼呼灌风的墙洞，尔后给炉子添上几根柴梗。“起海风了。”秋菊说着打了个呵欠，眼眶里漾着泪水，她又坐到床沿上。余人也附和着说：“嗯，起海风了。”他揭开被子把秋菊拉了进来。秋菊躺进暖烘烘的被窝里，一种久违的男人的气息向她逼来，她感到胸脯胀胀的以至整个身心都有着一种不可抗拒的力量在挤压着、征服着。她沉浸在一种燥热而极度兴奋的有关床第之欢的记忆之中，与何少爷诀别前的书房初夜之爱以及和阿豆短暂的新婚之乐都已成为遥远而又切近的回忆。面对余人也步步深入的搂抱与抚摸，男人的那份温情和魅力使她羞怯、激动而又迫不及待。秋菊兴奋得溢出了泪水，仿佛置身于蒸笼之中。烘热而潮湿，她瞑上了痴迷的眼睛，柔软而缠绵的身子主动向余人也怀里挪。一颗稔熟的果子，悬于余人也的眼前，伸手可及，散溢着令人心醉的醇香，余人也是第一次伸出偷盗之手，那颗不踏实的心快要打喉咙里蹦出来。眼前往事如夜阑之潮向他涌来，夹杂着许许多多想象中的纷杂的人和事，似真似幻，虚虚实实缥缈地翻腾着。有关阿月和母亲的身子在他面前裸露无余地曝光以至被害的情景，还有他曾经和井田龟杀害他母亲一样，亲手剖开一名地下共产党员的情景……如拉洋片似的一幕幕重现。余人也轻轻地叹了一声：“秋菊，你丈夫是怎么死的？”秋菊被这出乎意料的一问，蒙了，兴味索然地把头从余人也的怀中探出来，“别问这事好吗？”有如一碗香茶掉进一粒老鼠屎，秋菊很失望。她很不情愿刚才这份美好的情致就这么给败坏了。她将极富弹性的小腹挑逗性地向余人也翘过去。余人也说：“我明天一早就要走，你为什么不让我知道你丈夫究竟是怎么死的？”秋菊哽咽地说：“他死得太惨了。我现在只想找到那个杀我丈夫的刽子手，掏了他的心肝喂狗去……”余人也忙抢白：“就是嘛，你快告诉我，我帮你宰了那畜生！”秋菊说：“我丈夫是被人剖腹死的。”余人也身子突然被电击般弹了起来。秋菊还以为余人也着凉了打了个冷战，于是身子和余人也贴得更紧。余人也冒着一身虚汗，他的眼前老是闪电般地掠过那个被他用枪刺捅开胸膛的男人那副死亡时被痛苦所扭曲的面容。他希望自己杀的不是秋菊的丈夫，希望刚才的一切只是一种幻觉或者一场虚惊。他害怕身边这位救命恩人，这位与自己同床共枕的善良而苦命的女人恰恰是自己亲手杀死的男人的妻子。此刻，他迫切需要侥幸，需要得到良心的饶恕和宽慰。他感到心力交瘁，提心吊胆投石问路般地试探道："你知道杀你丈夫的人叫什么名字吗？"秋菊双眉紧锁，仿佛在努力地回忆着什么，不紧不慢地说："在场有不少人认识那刽子手。"秋菊顿了顿，发现余人也抖得更加厉害了，便主动敞开温柔的胸怀抱着余人也。余人也那惶惶然的心顷刻间被提到嗓子眼儿，全身的每根神经都绷得紧紧的等待着秋菊报出那个罪恶的名字。秋菊漫不经心地说："在场几个认识那个杀我丈夫的刽子手，说是一个叫阿狗的畜生。"余人也一听，把一直停放在秋菊那尚未哺育过的坚挺的乳峰间的手迅速地抽回，高高挥起，使尽平生力气往床板上一擂，"啊"的一声昏了过去。肩膀上那行将愈合的伤口又渗出血来。冥冥之中，那罪恶的一幕又在他那混沌的脑际磷火般地隐现。

那是1940年3月的一个退潮后的正午。大鹏湾一带沿海的渔民都坐着打谷桶到湾子里捞蛤蜊。大鹏湾海边骤然响起了枪声，国民党的青天白日天旗在一条船的桅杆上高高飘扬。渔民们知道又在枪决犯人。自从国民党掀起第一次反共高潮以来，沿海附近的游击队常常被国民党剿共队搜捕，五花大绑押送到大鹏湾海滩上枪决。此刻，渔民们都循着枪声向海滩蜂拥而去。正午的阳光暴晒着海滩上攒动的人头。人们的目光齐刷刷地投向旗帜招展下的船头上一个被捆绑的赤膊汉子。那汉子就是阿豆。剿共队大鹏湾分队队长余人也正举着一把明晃晃的枪刺向着这个怒目而立的铁铮铮的汉子胸口猛刺进去，继而死命地往下划……

随着阿豆那一声震撼肺腑的惨叫，余人也从那血淋淋的罪恶深渊中惊醒，他睁开惊魂未定的双眼一看，秋菊正在惊慌失措地拍他的脸，按着他的人中。他似乎感到晕眩，愣愣地望着床边火红的炉膛，仿佛那就是自己用刺刀剖开那汉子的胸膛，透过那殷殷的红光，尚能闻到酽酽的血腥味。“哇——！”余人也突然杀猪般地吼了起来，翻身起床，发疯似的撞开门，跑出屋子，一条受伤的猛兽一般声嘶力竭地哭喊着、狂奔着，发泄似的在自己身上乱捶乱抓。号叫声在寂寥的林子里久久回荡。一直蒙在鼓里的秋菊，忙拿起棉袄跟着跑出门来，把棉袄披在余人也的身上，诧异地问：“你这是怎么啦?！怎么啦?！”余人也突然筋疲力尽地如浸水的棉球一般跪在秋菊的跟前，似有个难言之隐要向她诉说。东方已曙色熹微，隐隐传来纷杂而又急促的马蹄声。远远的梧桐山岔口，有一面膏药旗在一蹦一蹦地突现，接着拱出一只只钢盔和钢盔扣着的人头以及奔驰的马群。

余人也见势不妙，一磙子从地上爬起，慌忙钻进屋里穿好衣服，从后门溜出。秋菊把余人也带到屋后山上的一棵大榕树下。秋菊弓着身子，让余人也踩着她的肩膀，爬上去钻进一口木盆大的树洞里。待秋菊回到小土屋门口，那些喘着粗气的马头已把她团团围住，在冷冽的寒风中，那一股股打马嘴里喷出的带着草料的暖湿的白雾，舔舐着秋菊的脸，脖子跟前横亘着一把东洋马刀。余人也踮起脚尖，在黑咕隆咚的树洞里如一只嗷嗷待哺的雏鸟拱出半个脑袋，把眼睛贴着树洞的豁口。只见秋菊被反绑在鬼子中间，昏黄而又混浊的天宇下，小土屋在熊熊火光中摇晃，屋子里的蝙蝠、老鼠都乱飞乱窜，企图逃脱那堆为它们涅槃的冲天大火。通红的屋子有如广袤的林海里升起了一轮灿烂的红日。

一群鬼子兵朝屋后的山梁奔去，隐没于莽莽的密林之中。

一把寒光凛冽的东洋马刀的刀刃，紧贴着秋菊的脸。乌鸦般哇啦哇啦地叫了一通，大概是在逼问秋菊刚才把余人也藏到哪里去了。日军头目井田龟见秋菊傲视苍天，缄口不语，那锐利的刀尖在秋菊的右脸上交叉地划了两下，立刻现出一个鲜艳的“×”。秋菊一声凄厉的惨叫倒下去了，倒在那片没有阳光照临，没有人性光顾的林子里。一群凶残而又饥饿的猪猡，在剥着一棵新出土的竹笋，待笋壳一层层地剥去，便争着啃噬那鲜嫩的笋肉。那一只只惨绝人寰的蹄子，肆无忌惮地疯狂地踏过明媚的小山坡、旖旎的大峡谷、绿草如茵的芳草地……

秋菊、何文彪和余人也

数年之后，无情的命运把这三个被刻骨铭心的恩怨情仇所交织着的人，残忍地推上了对阵的沙场。

想起秋菊昔日给予过的救命之恩或百日之恩，以及自己曾对这个善良而悲惨的女人说过的旦旦誓言，两个匪首顿觉无地自容，愧悔万分。秋菊那脸上的疤痕、手镯上那枚闪烁着火焰般光华的心形玛瑙，足以勾起两个匪首沉眠已久的有关幸福或痛苦的回忆。万万想不到在这倥偬的戎马生涯中苦苦惦念和寻觅，并企图殚尽今生犬马之劳去感恩报德的女人，居然靶子一般插在自己的枪口前。

狗子在号丧般吠着，几幢小草屋顶已烧得塌下去了，如几堆焚毁的纸钱。几根冒着烟火的柱子依然高耸着香烛般照天而烧。整个土场子俨然一方神圣的祭坛，祭祀那人性的死灭，又祈祷着人性的回归。

秋菊两行掺和着鲜血的泪水从那肿成一条缝的眼睑里溢出，顺着紫褐色的干涸的血痂流下来，渗进干燥破裂的嘴里。她秉着生命的最后一抹回光，依然回眸那段短暂而充满风雨泥泞的人生历程，以及曾与她同行过的三个男人远去的模糊而又清晰的背影。她在心底里默默地呼唤着这三个人的名字。

两个匪首面对着秋菊那惨不忍睹的脸容，揪心般生痛，彼此都为自己一时拿不定主意而心急如焚，牙齿咬得咯咯直响。在这紧要关头，两个匪首脑子里如翻江倒海般地倒腾着，耳畔似有万籁之声在轰响，恍若从地窖深处或天地尽头荡来一个熟悉而陌生的声音：秋菊，你的救命之恩我永远忘不了；菊妹，我将带着你到一个很远很远的地方去，重建家园……

两个虎视眈眈的匪首，终于憋不住了，发出了最后通牒。

“连长，下令吧！”在排长余人也肚子里憋了许久的话，终于拳头般硬硬地打了出来。在这瞬间，连长何文彪不觉怔了一下，茫然而又惊惧地看了一眼余人也。余人也有意回避这一色厉内荏的目光，故作镇静地吹了吹驳壳枪口，来回踱了几步，似乎在选择一个最佳的射击方位。

何文彪的每一根神经都如张弩之弦，十只脚趾死命地向地下抠着，不露声色地说："我们必须十二点以前赶到红花岭，把那婆娘立即干掉！"说话的同时，他那双倒背着的手已把子弹推上了枪膛。

尾声

两个匪首感应到了彼此头顶上空都悬着一柄锋利的达摩克利斯之剑，而且都有着一把无形的剪刀悄悄地伸向那根吊剑的白马鬃。当何文彪一声令下时，那轮苍白的冬日忽然痉挛了一下，铜锣径峡谷里爆出了一声震耳欲聋、摄人心魄的巨响。女人惨然地惊呼了一声。

两个匪首几乎同时扣动了扳机。

仍是尾声

枪声响过之后，倒下的不是枪口下的秋菊，而是两个自相残杀的匪首，直挺挺地一撇一捺地躺成一个"人"字。

1993年2月初稿于深圳

1994年4月改定于西安

（刊于1994年第5期《当代作家》）

逃　生

1

“把他们带到山那边去，那里有深潭，石头要绑牢！”声音微弱而空灵，从我背后一个不近的地方飘过来。

“记住！这回要注意！千万不能像上回那样，山鼠把‘咸鱼（尸体）’给刨出来了。要是让‘条子（警察）’发现了，咱们全他妈要掉脑袋！”这个中气十足的声音突然提高了八度，而且越来越近，就像一根无形的绳子从我的背后绕到前面，“哼，这两个家伙面相倒不煞，我再看看。”

接着，我感觉我那双麻木而冰凉的手，被一只温热的手掌摩挲着，一个大拇指像听诊器一样在我的虎口、掌心等部位搜索似的反复摸着；随后，我听到杜传根那带着哭腔的声音：“谢谢您，帮我解开，我……我们是来玩的，什么也没干……”

“闭嘴！”那个中气十足的声音像子弹一样撞击着我的耳膜，“这两个家伙的身份很复杂，很难判断他们到底是哪条道上的。但可以肯定百分百是危险分子！抓紧时间，赶快上路！”

“谢……谢您了，谢谢……”杜传根的声音急促得近乎颤抖，仿佛面前的一道牢门被突然打开了。

紧紧勒住我额头、蒙住我双眼的黑布被解下来了，我从黑暗中突然走进了一个真切的世界——定睛一看，我们是站在悬崖上，下面是深幽的沟壑。四周黑棺一样的大山挡住了我的视线，旷远的山巅上，初升的太阳洒下了一层金色的粉末，使我在寒冷中感到一丝遥远的温暖。身后站着几个手持铁棍目露凶光的男子，用狼一般的眼神盯着我们，我们就像被一群饿狼围困的两只受伤的山羊。

原来一直在发号施令的那个人，是一个大胡子，足有一米八的个头，那络腮胡子非黑非白，酒红色。左脸上长着一颗蓖麻子一般大小的黑痣，就像牛屁股上叮着一只吸饱了血的蜱虫。一眼看上去，我就感觉在什么地方见过这个人，相貌十分眼熟。

我一直在等着我那倒背着双手的五花大绑被解开，可是一直没有人来给我解。

大胡子从裤袋里掏出一支手枪，退出弹夹，看了看里面装着满满的子弹，“咔嚓”一声，弹夹就像一个活塞一样被推了进去。“走远点，翻过这座大山，就是湖南的地头。”大胡子说，“狼狗去探过路了，那里有很多深潭。要干净利索，不能留半点蛛丝马迹！”

大胡子说着将手枪递给了一个瘦高个，压低声音说：“麻秆，记住，不到万不得已的时候别开枪，免得目标太大。你把狼狗和黑仔带上，赶紧上路！”

这时，我的后脑勺像是有锤子在上面夯钉子，一阵接一阵地刺痛。我突然有了强烈的便意，尽管我努力地克制着，但还是感觉裆里有些湿湿的暖暖的。

这帮家伙本来想用铁棍将我们打死，然后把我们踢下悬崖，不知什么原因临时改变了主意。

我反复琢磨着大胡子的话："把他们带到山那边去，那里有深潭，石头要绑牢！"他们十有八九是要把我和杜传根带到山那边之后，将我们打死沉进深潭里去。看来，这是个断魂之地！无论谁踏进这鬼地方，都休想活着回去。

我哀求道："原谅我们吧，我们确实是走迷路了，闯到这儿来了，我们什么也没偷。放了我们吧！"我"承认"自己是"小偷"，求大胡子放我们一马。可是，大胡子那刀片一般锋利的目光，死死地逼着我，"你以为你这么说，我就会放了你们吗？"他突然提高声调对他的几个手下说："记住，别听他妈废话，赶快上路！行动要快！办妥了，马上给我赶回来！"

我们沿着一条蜿蜒的小路向山下走去。踩着落满白霜的冻土，发出"嘎吱嘎吱"的声音，积水的洼地覆盖着薄冰。寒风犹如冰冷的响尾蛇，从领口、袖口、衣摆下沿钻进来，直入心窝里、骨缝里。

传根在我前面一摇一晃地走着，从他嘴边冒出的一股股白雾，随着肩胛的耸动无节奏地向后面飘来，我就知道他在抽泣。他的双手和我一样被倒背着捆住了，由于绳索勒得太紧血液循环艰难，手掌都呈青紫色。我无法看见自己被捆绑着的双手，但从绳索吃进肉里的疼痛感和手指的麻木冰凉感，我就知道我俩已经是两只笼中的小鸟，插翅难逃。

走在传根前面领路的，是一个理着平头的矮个子，身板长得很壮实，肩胛和胸脯都很宽厚，隐藏在绷紧的皮夹克下面的腱子肉，想必很健硕。他时不时挥动着手里那根一米多长的铁棍，削打着路旁的树枝，就像指挥家挥舞指挥棒一样，灵动自如地横劈竖砍着，手指一般粗细的树枝连同叶子纷纷飘落在地上。

紧跟在我后面的那个人，手里的铁棍不时地和路边的石头碰撞，发出冰冷的响声。走在最后面压阵的是那个持枪的麻秆。

让我心里纳闷的是，大胡子吩咐麻秆带上狼狗和黑仔，却从没见过狼狗的影子，“黑仔”应该也是一只狗的名字，也没发现有狗。

后面的麻秆突然喊道：“狼狗，抄近路！留心打猎的。你上次不是去探过路吗？”矮个子说：“是的，三舅，你放心，我们朝北面翻过去，碰不到人的。”我这才知道，矮个子的名字就叫狼狗，那么我背后的那个家伙，想必就叫黑仔。

我身后每一声铁棍和石头的碰撞声，都让我胆战心惊。我不知道黑仔手里的铁棍什么时候“呼”的一声落到我的后脑勺上，接着“呼”的一声又落到了传根的头上，两声闷响，让我们哼都来不及哼一声，眼前一黑就和这个世界拜拜了。这个结局是必然的，只是早晚而已。他们会遵循那个络腮胡头人的吩咐，轻易不开枪，就是用铁棍这种冷兵器了结我俩的生命，然后在我们身上绑着石头扔进深潭之中。

这群恶魔真歹毒，不到深潭边，他们是不会下手的，他们完全明白要把两具一百多斤的尸体，抬着翻山越岭扔进属于湖南地界的深潭里，到底要费多大的气力。

我们梦游般踉踉跄跄地走着，我越来越感觉到自己就是行进在传说中的赶尸队中，我和传根就是在巫师的操纵下，向着生命的另一个家园行走的死尸。

在这莽莽粤北大山之中，在铁棍和手枪的押赴下，我和传根的命，将像踏在他们脚底下的两只蚂蚁，无声无息地消失在2009年腊月的清晨里。

2

传根嘴里喷出的白雾越来越稠密，透过风声，隐隐约约能听到他呜咽的哭泣声。那声音压抑而凄恻，就像一只受伤的狼，在凛冽的朔风里呻吟。

“快点跟上！”狼狗突然扭过头来，吼了起来，“哭哭哭，哭个鸟！再哭，老子一棍敲死你！”这时，传根像个受罚的孩子似的加快了脚步，哭泣变成了抽泣。起初他或许碍于面子，以为我不知道他在哭，就不好意思回头看我。狼狗这么一吼，他也顾不上面子了，不时地掉转头来看我一眼，眼里写满了对死的恐惧和对生的渴求。只见他甩头的刹那，两条长长的晶莹的鼻涕在空中划出两道晶亮的弧线。

他那茫然无助的绝望的眼神，让我心碎。20年前，他的父亲和我的父亲就是在同一瞬间遭遇横祸，两条30岁的生命被永远地遗弃在大山深处；眼下，他们的儿子——我和传根将惊人相似地复制父辈的悲剧。先是被这几个名叫狼狗、黑仔和麻秆的歹徒用铁棍打死，待我们气绝身亡之后，就解下我们身上的绳子，将一块石头贴着我们的胸腹或背脊绑牢，将我们扔进地壳变动时期留下的深渊之中，两条二十多岁的生命，将在这个世界上永远地消失，无影无踪。

我那目不识丁不会写信也不会打电话的老母亲，将在每年大年除夕也就是我的生日那天，孤独地守着火炉期盼着我回家团聚，火炉上的砂钵里煮着热腾腾的豆腐、腊肉和芥菜，就这么一年年地等下去，最后在贫病交加之中绝望地闭上干瘪的双眼……

在崎岖无路的山间行走，双手被缚身体容易失衡，我们跌跌撞撞地行走在布满荆棘的丛林间，摔倒了又爬起来，继续赶赴那条死亡之路。

我从传根频频回头的求助的眼神中，看出他依然把唯一的一线希望寄托在我身上。“狗哥，你是记者，你会有办法的，嘿嘿。”这是传根每次遇到麻烦向我求助时必说的一句话。

这回我只能从心底里回答他：“传根，这回我真的没办法了，在这个远离人烟的地方，没有王法，没有道义，我们只有死路一条。你的父母都已经去世，唯一舍不得的是你的女朋友和那肚子里的孩子；我放不下的是我那孤苦伶仃的老母亲！”一路上，我想得最多的是，我死了我的老母亲怎么办？

我们来到一座高山顶上，刺骨的山风就像鼓风机迎面吹来，耳畔是呼啸的林涛和鸟兽乖戾的叫声形成的混响。麻秆张着大嘴气喘吁吁地说：“你看看，那下面一块块像镜子一样的就是水潭，那家伙准有千百丈深。那里就是湖南的地盘了。”

传根突然失声痛哭起来，双腿颤抖，两条瓦灰色的裤腿突然间颜色变褐，那显眼的色块渐渐往下洇散。我知道传根已经恐惧到了极点，以至于小便失禁。我的眼里忽然涌满泪水，我想尽最大的努力感化麻秆，“大哥，我们真是走错路了，闯到你们的地头上，我们啥都没拿。我不明白你们为什么要这样。我家还有一个年老多病的老母亲……”

“少废话，给我走!”麻秆阴冷地吆喝着，将冰冷而坚硬的枪管抵着我的脑门，“妈的，再啰唆，老子一枪崩了你！”

我的身体突然一阵紧缩，脑子里一片空白。这时，传根吓得哇哇大哭起来，我真希望他哭得声音大些、再大些。像雷声一样响遍这莽莽群山的每一个旮旯，让那些进山打猎、采药、烧炭的人都能听见，都赶来救我们。

黑仔一铁棍打在传根手上：“你妈的，你就是喊破嗓子也没人知道！再哭，老子敲死你！老实点，跟我走！”传根的手被铁棍击打后，被绳子勒进皮肉的部位慢慢沁出了鲜血，血浆呈暗红色渐渐洇染了他背后一大块米黄色的羽绒衫。在我恍惚的视界里，就像一轮红日在冷冽的清晨里晃悠着。

麻秆这么一吆喝，我们没等喘口气又开始下山。山坡陡峭，双手被绑无法攀扶身边的树木，频频摔跤，传根在我前面不断地摔倒，他干脆不起来或者实在无力爬起来，坐在地上往下滑。这让我想起我们童年上山放牛时，坐着树枝叶从山坡上往下滑行的情景。

3

越往前走，我们就离死亡越近了。母亲常说我命贱，给我取了“狗命”这么个好名字。但是，这回我再怎么命贱，也难逃一死。

我这人命贱，村里的长辈都知道。那年除夕夜，我母亲坐在火塘边守岁的时候，我就在母亲的肚子里闹着要出来，母亲就把我生了下来。我是无声无息地来到这个世界的。当时，接生婆见我半晌没气进出，就认定是个死胎。“拿个破箩筐来装着，放到茅坑去，那是个来讨债的东西，等大年初三一过，就把他埋了！”接生婆的权威诊断，任何人都不敢质疑。父亲把我放进箩筐里，怜惜地在我赤裸的小身子上盖着一些稻草，拎到屋后茅坑的一个角落里。

过了一个多时辰，我三婶进茅坑解手，我突然哭了起来，哭声越来越嘹亮，使这个小山村宁静的除夕夜从此闹腾起来，所有正在围着火塘守岁的人都来围观，无不啧啧称奇，都说我是猫狗之命。三婶因此被吓得害了一场大病。直到如今，三婶见了我第一句话就是：“狗命（我的乳名）回来啦！嘻嘻，你出生的时候被扔在茅坑里，你一哭把我吓病了。”

我母亲说我从小到大，很少生病，“小命跟镢头柄一般硬实。”

现在我和传根，将和我们的父亲一样，不明不白地死去。

我们的父亲死得十分蹊跷，是在我六岁那年的一个冬日。那天是个阴天，天刚麻麻亮，母亲就起床做饭，灶屋里飘出茶油煎鸡蛋的香味，把我从梦中唤醒。我知道父亲要和村里的男人们上山伐木，父亲在屋檐下的磨刀石上磨刀。他磨得十分仔细，磨了磨又将大拇指在刀刃上试了试锋利程度，直到将那把大砍刀磨得明晃雪亮，才放心地插进背后那竹制的刀夹子里。

母亲盛好一碗热腾腾的米饭，放在饭桌上让父亲吃。母亲用竹筒给父亲装好午饭，夹上豆荚、泡椒，最后盖上一个煎得酥黄的荷包蛋。父亲用筷子从竹筒里夹出荷包蛋，放进我碗里：“给狗命吃，吃了快快长大，给我们替累。”我只埋头吃，没有认真地看看父亲的面容，这是我人生中最后一次和父亲相聚。现在想来真是后悔，父亲当时说那句话似乎对自己的宿命有所感应。

那天，和我父亲一起进山伐木的有9个壮汉，回来了7个。只有我父亲和传根的父亲杜家旺再也没有回来。大人们都说那天我父亲和杜家旺在山里说了犯忌的话，冒犯了山神。有关父亲的死，在村里流传着好几种版本。但较为权威的说法是：悲剧发生时，山顶上几个人将伐倒的一棵棵大树，修枝后从上面溜下来，下面的人负责将树干抬到河边扎木排，通过丁江这条水路运到乡里去盖乡政府大楼。就在那棵大树溜到山下来之前，山上的人都按照惯例向山下的人大声呼喊："龙来啦！让路啊……"可是这时，我的姨夫杜家旺似乎没有听见上面的呼声，木桩似的夯在"溜槽"中间，大树犹如一条受惊的巨蟒从山上俯冲下来。当时，我父亲和杜家旺搭档作业，他们相距不到一丈远。当时，我父亲大概受了欧阳海的英雄事迹的感召，一个箭步冲上去把杜家旺推开。可是，一切都晚了！这两个勤劳而善良的汉子被大树撞倒在地，再也没有起来。我父亲的腰椎被彻底撞断了，肠子流了出来；杜家旺的脑袋被撞飞了半边。

按照乡俗，凡是未满花甲的人客死异地，是不能让尸体抬进村里的。父亲被埋在村后的一座山上。

想不到，出事的那天早上，父亲将那个荷包蛋让给我吃的情景，竟成了我们父子最后诀别的记忆。"给狗命吃，吃了快快长大，给我们替累"这句话，成了父亲对我最后的嘱咐，我永远怀念的声音。

我端着父亲的灵牌来到墓地，在道士的指引下，我对着父亲的灵棺下跪磕头，我真想看看父亲死了到底是个什么模样。可是，我看见棺材盖上有八个跟铜钱一般大的铁钉帽，以至于棺材里的父亲没法出来和他心爱的狗命见上最后一面。

父亲被安葬之后，我捧着父亲的灵牌回家，感觉家里特别阴森。母亲从我手中接过灵牌放在高高的神案上，摆在祖父的灵牌旁边。母亲紧紧地搂着我，泪水的盐分使我那因缺乏维生素而皲裂的脸蛋蜇痛不已。母亲抱着我就像溺水者揪住了一根救命草，一边哭一边颤抖地呼叫着：“狗命！狗命！我的狗命哪……”可是，我却注视着祖父和父亲的灵牌思忖着：假若有一天，我也死了，我的灵牌也会是我的儿子捧着，把我和我祖父、父亲的灵牌摆放在一起。

我在想，母亲一旦知道我遇害了，她将是怎样的悲恸和绝望。现在，我真想告诉在老家那昏暗的老屋里守望我回家过年的母亲：娘，我永远也回不到您身边了，好好保重，娘！狗命对不起您老人家……

4

此刻，我和传根就是两个被押赴刑场的“死囚”，从山顶到山麓我们几乎是连滚带爬滑下来的，眼前是一片蒿草丛生的洼地。草丛里乱石嶙峋，我们不时地被脚下的石头绊倒。我们知道每往前迈出一步，就离死亡更近了一步。我只有一个念头：逃命！最后的殊死一搏！

随着离那片水潭越来越近，我对水潭附近的地理环境看得越来越分明。那水潭周围生长着茂密的芦苇，这将是我绝处逃生的最佳屏障，一个逃命的计划突然在我脑海里闪现：当我们被押到那水潭边，就在这帮恶魔对我们下手之前，趁其不备以最快的速度冲进芦苇丛中，跳进水潭里，潜水到对岸一个隐蔽的水湾里上岸逃跑。从水里潜游到对岸，要比麻杆他们在芦苇和荆棘丛生的岸上绕到对岸快得多。只要在入水前不被麻杆手中的枪弹击中，就有生还的希望。

我印象中，麻杆那支枪只有巴掌一般大小，应该是77式手枪，这种手枪的有效射程不超过50米；而那一个个水潭，最大的直径也只有100来米。这对于生长在江边的我来说是小菜一碟。只要有潜水或游泳经验的人都知道，在水里，人的双脚的动力远远超过双手。尽管我的双手被绑住了，但我只要用双脚就能潜到对岸。我的家乡丁江最宽的江面有200米，我常常是倒背双手一个猛子扎下去，很快就能潜到对岸。

我想寻找机会，把这个逃生计划告诉传根。我当然要告诉传根，传根是我的表弟、我的亲人，和我一起长大的好伙伴，我们要一起逃生……

突然，传根“哇——”的一声哭了起来，他一屁股瘫坐在一块尖利的石头上。前方那黑森森的水潭也就是我们的断魂地，已经就在眼前，至多不过400米。

黑仔将铁棒在石头上像舂米一般重重地杵着，“当当当”的脆响，“起来，起来，别他妈装死，往前走！”

狼狗也大吼着：“坐着等死啊，跟我来！”

“传根，快起来，继续走吧！”极度的恐惧使我的脑子里像塞满了棉絮，毫无头绪。我一边鼓励着传根，一边在思忖：假如，传根再不起来，这帮歹徒绝对会提前下手，而我逃生的计划就更难以实现了。就在我冲向水潭边的几百米途中，我极有可能倒在麻杆的枪口下。想到这里，我突然打了个寒战。我在想：如果我提醒了传根要趁机潜水逃生，万一他抢先逃生，那我就成了他的掩护者了，死路一条。千万不能提醒传根逃生。此刻，我为自己没有将逃生计划告诉传根而暗自庆幸。

我明白，对于传根来说，再往前走也是死，坐着不走也是死。但对我来说，往前走和水潭靠得越近，我逃生成功的概率越大。所以我迫切希望传根能继续往前走，“传根，听我的，走吧！”实际上我也说不出让他继续往前走的理由；一旦他知道我这是鼓励他陪着我逃命走完生命最后一程，他将会是怎样地憎恨我？想到这里我的心忽然感到隐隐灼痛。我看到他的脸皮上、头发里、耳朵里、脖子里都满是灰土，面颊和鼻梁两侧有泪水流过的痕迹。我开始自责，我知道我这是在蒙他、哄他，想拿他的生命为自己逃生垫底。这是一个残酷的事实，不然的话，两人都得死！再说，我能不能成功逃生还难以预料。想到这里，我又渐渐释然了。

此刻，传根在哭泣，像个被欺侮的孩子，“呜呜”的哭声就像猪猡的嚎叫。我听了心里既怜悯又气愤，“有啥好哭的？自作自受！”

我开始憎恨传根，要不是他给我提供这个“猛料”线索，我们也不至于落到这般田地，死于非命。

传根啊传根！难道这是命中注定吗？我们的父亲在同一瞬间命遭不测，我们又将在同一地方殉难。这真是命哪！

传根从小生性顽劣，读小学四年级的时候，就将几条蚂蟥从一个女生的领口丢进去，学校让他在操场上当着全校师生的面罚站。我记得那天日光毒辣，操场如一口平底大铁锅，我们就是锅里的一个个正煎着的饺子，脚底热气蒸腾、头顶暴晒欲裂。传根站在我们前面，面对着我们，我们都向传根投去愤怒的目光。可是他没有错过这么一次聚光的机会，他咧着嘴巴笑着平视着我们。当时我就在想，传根那家伙的脸皮不是一般的厚，将来一定会干出一些惊世骇俗的事儿来。

传根读五年级的时候，用削笔刀将前座的女同学的后背汗衫开了个大口子，从此，他就被赶出了校门。

他在家乡晃荡了几年之后，就用蛇皮袋子装着几件衣服来到广东打工，频繁地进厂又频繁地出厂，大多是被老板炒鱿鱼。去年来到中山市南萌一家毛织厂打工，将厂里一个湖南打工妹的肚子弄大了，女方家长得到消息就赶到厂里来找他算账，他就扔下工资不要，带着那女孩私奔，来到省城找我。

“狗哥，这回又要你帮忙。”传根肩膀向上扛了扛，以便让背包的背带靠近脖子。他除了背了一个大包，左手还拎着一个胀鼓的蛇皮袋，右手提着一口缺了一个轱辘、断了拉杆的箱子。他站在报社门口的读报栏下，后面站着一个面带羞涩的十八九岁的姑娘，姑娘腆着大肚子低着头，眼睛紧盯着脚下的一块大理石地砖。

“嘿嘿，狗哥……”传根脸上忽然裂开一道口子，就像扯开了拉链，露出两道白牙笑了笑。他吞吞吐吐地说：“狗哥，帮我找……找个事做吧，最好先帮我租个房子住下来，我……我女朋友快要生了。”这时，姑娘脸上立刻潮起了红晕。

“传根，给你租房子住下来很容易，但是帮你找事做，我心里没底。这里的工作真不好找。”

传根见我有些为难，又给我戴高帽子，“狗哥，你是记者，你会有办法的，嘿嘿，谁都知道，这年头记者有多威风。”

我把传根两口子安置在客村一家私人旅馆里住下。慈眉善目的老板娘，见传根的女朋友挺着个大肚子便动了恻隐之心，给了他们一个单间，每晚只收20元房费。

我就帮着传根到处找工作。第四天，员村一家洗车场的老板答应传根去见工，我赶到旅馆去叫他，可是，人影都不见。

“今天一大早就退房走了，你交的押金剩下的我都退给他了。”老板娘说着从抽屉里拿出一张字条。上面歪歪扭扭写着：“狗哥，我们走了，没来得及跟你说一声就走了，不好意思。有个老板叫我去他的果场干活，到了以后我会写信给你。传根。”

实际上，传根到底去向何方，我不知道。老板娘说：“他也没有跟我说是去哪里，走的时候还有一个五十来岁的男人帮他拿行李，他们应该是一起走的。”

十多天之后，我突然接到传根的电话，传根说他在粤北山区一个果场里做工，就在离果场10公里远的深山沟里，有几间神秘的小平房，白天静悄悄的阒无人迹，晚上却一直灯火通明，隐约能听到机器的马达声。远远就能闻到一股呛人的怪味，附近的草木一片枯黄。“狗哥，这十有八九是在造毒品。这个料我报给你，报料费应该有1000块吧？反正你尽量给我争取吧。嘿嘿，我现在太需要钱了，这个月底，孩子就要出生了。这报料费你就给我带过来吧，多少都行。”

“传根，报料费是要在这新闻线索见报之后，报社财务才给你寄的。这样吧，我把准备寄给我妈看病的2000块钱，给你带来。孩子出生是个大事，月底也没几天了。给我妈的钱我再想办法。”

说心里话，我一直在寻找这种“猛料”。我在内地省级报社干过两年，是个业务熟练的记者，来到广州这家晨报，还得从见习记者做起，见习期长的一年都有可能。从我进入这家报社第一天开始，我就幻想着自己有朝一日一鸣惊人，用一个爆炸性的新闻让所有的人对我刮目相看，从此不再被人鄙视，不再过着每月只拿1200元基本生活费，稿费、奖金、福利都没有的“杨白劳”的日子。报社哪里知道，这点基本生活费只够我在广州紧巴巴地生存下来，我还有一个长年体弱多病的母亲，在老家等着我供养呢？于是，我只希望我能尽快转正。一天到晚就想着能碰上一个足以惊动整个社会甚至全球的独家新闻。在那四个月的见习时间里，我几乎患上了妄想症，时刻想着自己猛然间碰上个出彩的新闻线索，接连几天在报纸的显要版面整版整版地推出……

这下机会来了，我在电话里和传根敲定：“你真去看过了？那好！我这就给我头儿报题，他如果答应了我就马上出发。这回你要是撒了谎，你这一辈子就别来见我了……”

实际上，被我不幸言中了。我们这么往前走，只要一到那片水潭边，在我还没来得及逃跑的时候，狼狗他们朝着我们的脑袋做个手起棍落的姿势，我们双眼一闭，谁也见不着谁了。传根，你不要命，干吗还把我拉去垫底呢？

传根的孩子快要生了，急需钱花这是事实，但不能为了钱，误了卿卿性命哪！

事实上传根没有骗我，他并不是想骗我给他送钱去。

那天，我把这个新闻线索向采访部主任一说，主任当即拍板，让我到财务室借了3000元差旅费，就出发了。

长途客车经过七个多小时的颠簸，终于来到了这个湘粤交界的小镇。客车进入粤界镇汽车站时，远远看见传根朝着我挥手。

“传根，你眼睛比老鹰还灵，我坐最后面你怎么能看见我？”

“我没看见你，你肯定在里面嘛！每天只有这么一趟车。”

传根接过我的背囊，“狗哥，我请好了摩的，一个钟头就能到我们果场。再爬20里山路就到了。”

我说：“传根，我得找个旅馆把行李寄存起来，里面有证件、手提电脑、照相机等重要的东西。采访完了，还要赶回镇上写稿子，把稿子发回报社。山里是没有网络信号的。”

传根说行，就领着我往镇子西头走去。传根一边走一边喃喃自语：“这家伙还挺沉的，带这么多东西干吗？跟出门打工似的。”

传根想得太简单了，他以为调查毒窝就像去姥姥家那么随意。我对这次暗访做了充分的准备，我知道这是一次玩命之旅，身上不能带任何证件，只能带一台手机，而且手机里的所有通话记录、电话号码、短信必须全部删除。通过手机进行拍照、摄像、录音，所有视频、音频资料全部存入SD卡。一旦有风吹草动，立即取出储存卡把它藏在袜子里。否则，随时可能招来杀身之祸。

我再三叮嘱传根，一旦被对方发现，千万不能暴露我们的真实身份和真正意图，就说我们是附近果场的民工，走迷路了。

我们来到镇上唯一的一家招待所，服务台在二楼，二楼和三楼是客房，一楼是百货商店。我们去服务台，可是空无一人，一台黑白电视机就像一位半睡半醒的老奶奶在给孩子们讲故事，那满是雪花点的荧屏里，正在播放广东省韶关市公安局原局长叶树养贪腐案庭审情况，播音员说：“叶树养收受800万元港币，放走头号毒枭，将其中700万元港币用于个人投资矿山，余款藏匿家中……”

“妈的，真是要钱不要命啊！还是公安局长呢！”传根盯着电视，嘴里唠叨着，“披着羊皮的狼，比任何恶狼都危险！”

我想服务员应该是临时走开了，我端着相机拍摄窗外远山夕照的景色。这时，一对勾肩搭背的男女走进了我的镜头，后面一前一后跟着一对男女。他们流露的微妙的表情引起了我职业性的好奇，这两对男女走进了百货商店，继而上楼，前面那个男子的相貌让人一见就印象深刻：高个子、大胡子，那络腮胡是少见的酒红色。左脸上长着一颗发亮的黑痣，就像牛屁股上叮着一只吸饱了血的蜱虫。后面的中年男子是中等个，前额却长着一颗红色的痣，就像小孩额头上点的朱砂，这一相貌特征也让人一见难忘。看着他们从一楼顺着扶梯走上二楼，离我越来越近，趁他们没有察觉我的时候，我抢拍了几张照片，立即转过身去，假装欣赏窗外的风景。

他们从我身边走过之后，走在后面那个中年男子，快走几步，跟上那个十八九岁的姑娘，进了212房；大胡子和另一个青年女子进了213房。

传根从公共厕所出来，见服务台仍然没人就亮开嗓门喊："服务员，服务员……"传根就像牧场的放牧者，这么一叫唤，不知从哪个旮旯里冒出了回音："来了——"紧接着，昏暗的走廊深处走来了一位老太太。她说着带有浓重客家口音的普通话，向我们表示歉意，并帮我们把行李寄存起来了。

5

我和传根搭乘的摩托车，碾着夜色向大山深处进发，就像夜幕中放出的一只猎狗，循着猎物的气息疯也似的奔跑。经过很长一段跷跷板似的颠簸，传根终于喊着："停下——

停下，就在这里下车。狗哥，给他15块钱，讲好了价的。”

接着，我们就像两个山贼，乘着朦胧的月色翻过了一道又一道山梁。我们来到一座高山上，深夜的山风寒冷袭骨，就像鞋刷子在脸上不停地刷着。传根气喘吁吁地说：“不远了，你看，那下面有亮光的地方，就是这个地方。我们老板说，以前那里是个私人的果园，后来被人高价承包了。从那以后，我们上山干活就能闻到一股怪味。”

我们摸索着前进，悄悄地向着光亮的地方靠近。随着目标由模糊渐渐变得清晰，那股刺鼻的气味就越来越浓烈，我的心也跳得越来越快，唯恐我们的行踪被对方发现。我完全明白，一旦被对方发现将会是怎样的一种后果。

身边的草叶大都枯萎，前方那片光亮的地方，离我们大约200米，那是位于半山腰的一块相对平整的腹地，葱茏的大树之冠成为三间小平房的天然屏障，确实是个极其隐蔽的地方。聪明过人的毒枭，似乎就看准了这个果场的隐蔽，还有现成的水电和排污设施，这些条件给制造毒品提供了便利。

机器的运转声在寂静的夜里听得分明；灯光下，偶尔有戴着口罩的人手里抱着东西，从一间屋里出来走进另一间屋里。

眼前的情景，使我感觉传根的报料信息变得越来越真实可信，我的出人头地的梦境离我也越来越近、越来越清晰。我心里暗喜，等到天一亮，我就用那400万像素的手机将这些场景都拍下来，再详尽地描述暗访的所见所闻，发回报社将会是一个爆炸性的大新闻，说不定还能抱回个中国新闻奖呢……

这时，山脚方向出现了一个小小的亮点，鬼火一般时隐时现地向我们飘来。“那是一辆吉普车，隔三岔五会来一次，都是这个时候进来，没等天亮就出去。这里有一条沙土路通到外面。”传根说，平时几乎没有人会来这个地方，白天静悄悄的就像没有人烟似的。

从山麓游弋上来的亮光越来越亮，渐渐变成两束灯光，随着距离愈来愈近，分明能看出是一辆汽车。这辆车穿过缁色的夜幕，开进了绿树掩映的果园，直接钻进了一间屋里，上面下来一高一矮两个人，进了隔壁的一间屋子。这一连贯的画面我都用手机拍摄下来了。

由于光线不足，距离过远，画面效果受到影响。我蹑手蹑脚地猫着腰向前逼近，试图将里面的情况尽量记录得真切一些。眼前十米远的地方是一个高坡，坡上长着灌木和杂草。我模仿电影里侦察兵冲过封锁线的情景，弯着腰踮起脚尖往前冲。刚跑出几步，我的身体刹那间失重，脚下的地段突然塌陷下去……

我已被泥土壅埋了，我的嘴里、眼里、鼻孔里、耳朵里、领口里都灌满了泥沙。突如其来的变故，使我情不自禁地尖叫起来，我还听见传根说：“狗哥，怎么啦？你怎么啦？”紧接着就听见传根的一声惨叫。

我知道我们都已经落入陷阱里了，我使出吃奶的力气，挣扎着将身体拱出土面，凭着手指的触感迅速将手机里的SD

储存卡取下来，塞进我的袜子里，将手机埋进泥土里。

随后，我的头顶上空响起一阵纷乱的脚步声，几道强光射下来，我那本来被泥沙所伤的眼睛，再次被这白炽的电光灼伤，迅速接近雪盲，什么也看不见。突然，我头部被重重地撞击了一下，就失去了知觉……

等我醒来的时候，眼前一片漆黑，能听见门缝里灌进来的“呜呜”的风声，还有夜鸟和野兽的叫声。我感觉后脑勺有一只老鹰用尖利的嘴巴一下一下地啄着，疼痛不堪。我躺在冰冷的地上，被反绑的双手冰凉冰凉毫无知觉。眼睛被蒙住了，脸上压着一棵柱子似的物体，我想知道那东西到底是什么，就伸出舌头试探着舔了舔，舌头立刻沾满了灰土，感觉那东西不是木质而是柔软的布质，隐约感觉到一种温度，还闻出了一股尿臊味。我想到了传根，“传根，传根，你在哪里？”横亘在我脸上的东西轻轻地动了一下，我接着喊：“传根，传根！”我猜测压在我脸上的应该是传根的一条腿，我使劲挪动着身体，把头挣脱出来，用头拱了拱，“传根，传根！”这时，传根“哼”了一声。“传根，传根，你醒醒！”

突然，响起了一阵纷乱的脚步声，脚步声由远而近，接着是开锁时钥匙的碰撞和摩擦声。“哐当”一声门开了，我的背部被踢了一下，“起来，快起来！”

“妈的，想装死是吧？！”

“这两个鸟毛，该不会真的死了吧？”

“真要是死了，够咱们抬的了。”

“老大说，这回要弄到山那边去。”

“快看看到底死了没？”

“我，我怕……”

“怕什么怕，人死了，不就像死了牲口一样？妈的，猪肉、牛肉你大块大块地往嘴里塞，你都没怕过，死人把你吓成这样子！”

我的鼻孔跟前被什么东西碰了碰，有人说：“没死，人是热的，还有气呢！”

“啪”的一声，我的脸被火辣辣地烫了一下，“妈的，还想装死！把他们拉起来！上路！”

我的身体忽然被架了起来……

6

芦苇越来越茂密，越来越葱茏，从没膝到齐腰再到比肩，我们在苇草中艰难地行走着，犬牙交错的乱石把我们绊得像落地的乒乓球。传根已经摔得鼻青脸肿、嘴角流血，我看不见自己的脸到底是什么模样，我只感觉我的鼻孔里总有两只虫子不停地往外爬，总有一些温热而咸腥的液体滋润着我干裂的嘴唇。

眼看着前面的水潭越来越近了，我的心也揪得更紧了。此刻传根的心态和我不同，我至少对自己逃跑做最后一搏还抱有一丝希望，而传根似乎因极度惶恐和绝望精神彻底崩溃了。他又一个趔趄栽倒在地，久久没有动弹。我走过去蹲下身，听到一串“笃笃笃”的声音，我知道那是传根的上牙和下牙磕打的声音，他全身在颤动，双膝部位满是血迹，布满灰土的脸上泪痕和血迹纵横交错，就像一块破旧的抹布。我哽咽地叫唤着：“传根，传根，我们真冤哪……”

“冤？冤个屁！妈的，别把我们当傻瓜了！”我抬头一看，麻秆的一张大嘴正在我的脸上翕张着，一股大葱味扑鼻而来，“你他妈的还装蒜！骗得了谁呀？一个手机连个电话号码都没有，储存卡也不见了！你以为这样，我们就不知道你们是干啥的？”

天哪，我落入陷阱的时候，分明记得把储存卡从手机里取出来之后，就将手机埋进土里了，怎么还是被他们找出来了？想必是他们在清理、恢复陷阱的时候找到的。我隐隐感觉有一块瓜子壳一般大小的硬物搁在我的袜子和脚背之间，我知道那就是储存卡。

我说：“你说我们是干什么的？我们是无辜的！求你们千万别乱来，把我们杀了，你们也得法办，杀人是要偿命的！”

“偿个鸟命！又不是没杀过人。”麻秆嘴里喃喃道，不知道他这是对我说话，还是说给自己听。他向前走了几步，点燃一支烟向四周环视了一阵。此刻，传根趴在地上不动。麻秆深吸了一口烟，无奈地看了看一动不动的传根，感觉他根本没有继续往前走的意思，便徐徐地吐出口里的浓烟，若有所思地向黑仔招了招手。黑仔就像一只讨好主人的狗，摇着尾巴凑过来，麻秆对他耳语了几句。黑仔顿时面露杀机，“好的！”黑仔手中的铁棍在空中挥舞了几下，走向传根……

我知道，我们完了，他们要下手了。我惊恐地望着麻秆手中的那支枪，“砰”的一声，火光中一颗子弹闪电般向我脑门射来……

我晃了晃脑袋，发现自己的脑袋还是好好竖在脖子上，刚才的枪声应该是极度紧张导致的幻觉。而传根看上去就像是死了一般，趴在草丛里一动不动。我突然动摇了，不得不放弃我的逃生计划，否则，在我穿过那不短的一段路冲向水潭边的时候，真实的枪声随即就会响起……

我唯一遗憾的是，死了之后没有一个为我捧灵牌的孩子，没有一个为我母亲送终的后人。

我深深懊悔在和胡晓群合租而居的日子里，没有大胆地去拥有她，否则，也可能会留下一个在我祖宗坟前续香火的孩子，晓群也不至于以自戕的方式结束自己的生命。

大学新闻系毕业，我就赶上了我老家省城一都市报的采编人员招聘考试，笔试、面试过关斩将，我是唯一一个没有任何后台和门路，体现公平公正、任人唯贤原则的代表，做上了热线记者。

身为记者，我替农民工讨公道，对不法企业揭黑，为不平事件呼号……两年下来，我在圈子里小有名气。

可是，那年夏天的一个血腥的傍晚，我的命运拐了个大弯。省城最大的一家房地产发展商的楼盘——桃源世家的在建工地，一名民工坠楼身亡。

我接到读者报料赶到现场时，发现有许多人像看马戏似的翘首围观，只见那升降机施工平台停在半空中，木板缝里滴滴答答地流着鲜血。

一群穿着保安制服的壮汉紧紧揪住几个人不放，我走近一看：被揪住的是我们同行，另外两家报社的记者。一个理着平头的高个子，嗓门大得惊人："告诉你，你就是拍了、写了也见不了报的。所有媒体的老总见了我们老板，都得叫大哥！"

我一直没敢拿出相机，唯恐暴露自己的身份。见那架势，我赶紧撤出来爬上旁边的在建高楼，从窗口往下一看：施工平台上躺着一具尸体，尸体上盖着水泥包装纸，露出两只脚板。我迅速将现场一一拍了下来，我听见楼下有施工的声音，就循声下到五楼。两位民工正在施工，我向其中一位了解事件的详细情况。该民工一脸沮丧地说："当时，我就在这里拆模板，那个人在四楼也是拆模板，'咣'的一声，我还以为是一块模板掉下去了，往下一看，那个人趴在吊机（升降机）上，手脚还在动。吊机原来停在一楼，后来，有记者来了，工头就要开吊机的师傅把吊机升上去。可能这样，大家都看不到，记者也拍不到吧。送医院？没有。反正那人趴在那里将近一个钟头，一直没有人叫救护车，也没人报警。惨哪！"民工眼里闪着泪光，"为什么不送医院？这我不知道。可能老板都喜欢一次性赔偿，送到医院抢救万一死不了，那就要花更多钱……"

我正准备赶回报社写稿，一转身，随着"扑通"一声，我的双腿像是被沙包垒住了，另一个民工跪在我的脚下，“记者同志，你要为我们民工讨公道啊！”我一脸惊诧：“你是死者家属？”“不是家属，是老乡，一个村的。他才35岁啊，就这么死了，本来送医院还有救，可是就这么眼睁睁看着他死！他家有两个老人、三个小孩，老婆得了羊痫风……”

我说我要赶回去写稿，那位民工紧紧拽住我的胳膊说：“你不给死者申冤哪？”我说你可以向劳动部门反映，劳动部门会解决的。对方一脸茫然，“他们才不会管我们死活，他们和老板是穿同一条裤子的。”

这时，几个民工围了上来，其中一个民工说：“上个月死了一个人，也找了劳动站，没人管。老板对家属软硬兼施，最后只赔了两万块，我们的命太不值钱了！”

我说：“我只能尽量将这个事件报道出去，引起有关部门的重视，对善后问题的解决应该会有一定的帮助的。”

农民工兄弟的倾诉令我如负千钧，我回到报社一口气把稿子写好，就提交给编辑。走出报社，天就完全黑下来了，7路公共汽车牵引着我，沿着昏暗的路灯向城郊方向驶去。

“我先回家做饭了，等你回来一起吃饭。”这是胡晓群在一小时前给我发的手机短信。不知情的人乍一看上去，还以为是妻子给我留言。其实，胡晓群是个大四的女生，在我们报社实习，和我合租住在一起。

在老家我和晓群是同一个乡，她家离我家只有20里地，她是我的粉丝，按照她的话说：“你博客里的每一篇文章，我都认真地拜读过，受益匪浅。”她来报社实习当然也是我介绍的。她来报社的第一天，我就陪着她去租房子。那些离报社近的、环境好点的房子，租金贵得令人咋舌；城乡接合部的农民房租金便宜但离报社太远。

我们在一个房东的引领下，走过长长的小巷，进了一间昏暗的屋子，隔壁传来一阵吵闹声，我们赶紧退出来到隔壁一看，四个打着赤膊的小伙子在打牌，正瞪着眼睛粗着脖子互相对骂。晓群突然拽紧了我的胳膊，贴着我的耳朵低声说：“狗哥，我总感觉这里不安全。”

“有什么不安全？！”耳朵特灵的女房东，突然鼓出一对金鱼眼，大着嗓门呵斥道，“只要你自己不在外面胡来，哪有不安全的？苍蝇不叮无缝蛋！”

晓群被这河东母狮突如其来的一吼，吓得紧紧抓着我的手，惊兔似的逃出了出租屋。

那天晚上，晓群就和我住在一起，但是同屋不“同居”。我将我的小房间让给她住，我睡在厅里的沙发上。“我给你站岗当保镖，这样安全吗？”晓群抿着嘴笑了笑，“狗哥，我不去找房子了，我们合租吧，我出一半房租，好不好？好不好嘛？”

“算了吧，你还是学生，哪好意思让你出房租？以后你负责做饭、我负责买菜，行不？”

“你那么忙，买菜做饭都让我来吧！”

就这样，我们住在一起了。

突然，有一种异样的声音把我从梦中唤醒。

我的手机每天早上7点会准时把我闹醒，可是没等手机闹铃响，我就听到晓群在卫生间里呕吐。在我印象中，晓群的身体素质一向不错，两个多月来，还没有发现她有任何身体不适的情况。我不安地问："晓群，你怎么啦？"

"没……没什么，我只是有点恶心，有可能吃坏了东西。"

"我送你去看医生！"

"不不，没事的，真的没事！"

我的手机突然响了，"喂，哥们，主任让我通知你赶快回报社。什么事？你不知道？你写的《桃源世家工地一民工高坠身亡》见报了，全城独家。可是，出大事了！出什么大事？我哪知道！我也正往报社赶呢。"

我匆匆洗漱了一下，就往公共汽车站牌跑去，一边跑一边寻思着我的这篇稿子到底是哪里出了纰漏。跑到街口买了一份都市报，挤上7路公共汽车，打开报纸一看，民生热线版头条就是我采写的《桃源世家工地一民工高坠身亡》，还配上了大幅现场图片，再一细看副标题："近一小时无人报警、抢救，民工无辜丧生。"这着实让我吓了一跳，我的额头上冒出了冷汗。我知道这个副标题是编辑加的，太耸人听闻了。我的眼前突然出现一大片蚂蚁，在一片灰白色的土地上蠕动着、啃噬着……

没进热线部的门，我就远远看见一群理着平头的青年男子，在接访室捶桌椅打板凳，破口大骂报社做假新闻，造谣毁谤……

在门口，我被两位同事拦住了，把我带到热线部主任张光剀的办公室，张光剀看上去很平静，“坐吧，余不苟，这回娄子捅得可大了！怎么办？”他的手指在自己的腿上下意识地敲着，似乎在尽力掩饰着内心的焦灼。

“主任，我写的都是事实呀？那副标题是编辑加的，我原稿里没有，这可以查看稿库核实！”

“这是后话！人家投诉你采访的这几个所谓现场目击的民工，全是编出来的，他们那儿根本没有这几个人！说你虚假报道、造谣毁谤、破坏和谐……”

“主任，”我打断张光剀的慷慨陈词，“主任，你听我说，我对这几个民工的采访内容，都用手机录音了，还趁他们不注意，用手机给他们拍了照。”我说着拿出手机，打开那几个民工的照片给张光剀看。

这时，张光剀的脸色才真正地平和下来，“那好，只要有这个，事情就好办多了。你把这次采访的经过，详详细细地写出来，还有这些录音资料复制一份给我。”

我正要出门，门被粗暴地推开，“余不苟来了没有？张主任，我们老板说，只要余不苟交出这三个民工来，就没你们的事了，否则没完！”

我说：“我是余不苟……”我话音未落，双脚突然离开了地面，身体向逆时针方向转了90度后，上升在空中定格几秒钟。

“妈的，亏你还是个记者，瞎编乱造，老子……”

我朝下一看，张光剀还有两位同事惊愕望地着我，我知道自己处境极其不妙。他们仰着头就像在看NBA明星大灌篮。接着，我从小到大曾无数次梦见自己展翅飞翔的情景，在此刻重现——我飞过张光剀和同事的头顶，“咣”的一声落在了沙发椅上。就在着落的刹那，我的五脏六腑都进行了一次大洗牌，我眼前发黑，一时喘不过气来。

我仿佛听到同事在为我打圆场，“别这样，别这样，有话好好说！”

“好说个屁！只要他交出那几个民工来，什么都好说！要不然，老子把他做掉。”

我定了定神，“我一定能找到那三个民工。但是，我要报警，必须让警察在场……”

“怎么回事？！怎么回事？！”报社的保安带着两个警察走了进来。“谁是余不苟？”其中一个警察问道。

我说：“我就是。”

“警官，我是热线部主任，余不苟是我们的记者……”没等张光剀说完，警察将他支开到一旁，低语了一番。我发现张光剀的脸就像沾到了水墨的宣纸，立马黯淡下来了。

张光剀把我拉到门口，一脸凝重地说：“警察一大早就接到了开发商的报案，他们已经去过桃源世家工地调查过，说根本没有你写的那三个民工。警察说要带你去派出所协助调查。”

一进派出所，我就感觉不妙，有一个富态的中年男子正对着一个警察嚷嚷："一定要追究刑事责任，我舅这楼盘即将竣工，眼看着就要卖了，他妈的报纸上瞎报，说摔死了人，死了人有谁敢买房子？这损失谁来承担？"

一警察说："你放心！我们一定会查个水落石出的。"

值班警察给我做了一份笔录，很认真、很详细，详细到接受我采访的三位民工的个头高矮、相貌特征、家庭地址、联系方式等情况都问得清清楚楚。最后，警察让我留下采访笔记本和我的手机。我说："笔记本上的采访内容复印一份给你备案，手机里的采访资料也复制一份给你们，可以吗？"

"不行！我们要留原件。"警察在埋头写字，回答得很干脆。等他抬起头来，给我递来一张纸条，"这是我们给你的收物清单，你把手机和采访笔记本留下。你可以回去了。"

我揣着这张纸条，心尖上就像系着一个铅锤，渐渐被一种不祥的预兆包围着。

回到报社，我向张光剀汇报了去派出所做笔录的情况，他苦着脸说："事情闹大了！闹大了！对方的董事长来找过我们社长，刚刚才走的。领导让我转达：你现在什么也别干，赶紧写一份详细的检查交上去。"

"余不苟啊！余不苟！你要知道，这事要说有多大就有多大呀！说实话，这事我也有责任，把关不严。刚好昨晚我有事，没审稿子。"他说着，将那支只吸了几口的香烟，按在烟灰缸里定了定说："他是我们报业集团几千号人的财神爷啊！你知道一年给我们投多少广告费吗？唉，这回你把我也害苦了。你回去写吧，写详细些、诚恳些。”

当天下午，我把这次采访“民工坠楼身亡事件”的详细经过写好交给张光剀，张光剀说：“你在我这儿等着，我给你交上去。”

张光剀说着走出了办公室。我在他的办公室至少等了三个小时，没见他回来，我越等越焦虑。渐渐地，报社大院越来越静谧，夕阳在窗外树梢投下的光影也随晚风徐拂而慢慢褪尽。

张光剀带着一身烟草味走了进来，“啊，你还在等我！回去——回去，明天再说。”

回到住处，晓群站在门口，红着眼睛看着我：“狗哥，吃饭吧，菜都凉了。”

我知道晓群哭过，她是一个单纯得像一瓶矿泉水一样的女孩，心中有事是藏不住的，我说：“你都听到了什么啦？”她犹豫地摇了摇头又点了点头，“我听热线部的几个老师议论了一下，说得不具体。说你写的那个农民工坠楼的报道，得罪了一个大老板？这大老板说要告你还要告报社？”

我心里明白，这件事不会那么容易收场，但我还是在努力地安慰晓群：“我问你，我叫什么名字？”

她疑惑地眨了眨眼睛：“余不苟呀。”

“就是吗，我做事就是一丝不苟嘛！”我这么一自嘲把她逗笑了。

那天夜里，我辗转反侧，脑子里总是反复浮现着这么一个画面：我背上行囊，向眼泪汪汪的晓群挥手告别。我知道这对我来说，是某种征兆和启示。

快天亮的时候，我迷迷糊糊被一阵呕吐声搅醒，“晓群，我送你去医院看看吧？”

晓群呕吐稍微平息下来，喘着粗气说：“没……没事，这两天有点不舒服，一漱口就想吐。”

“我送你上医院，都两天了。”

“谢……谢谢你，不用了，狗哥。真的没事。”

她说“真的没事”，反而让我不安，她似乎在努力地掩饰着什么，这使我突然想起“妊娠反应”这个词来。尽管三个多月来，我们心照不宣地相互倾慕着，默默呵护着那份纯洁的爱，但我还是会这么猜测。直到后来晓群的死，才印证了我的预感。

我早早赶到报社，随时配合报社或者警方调查此事。

张光剀来得比我还早，他在办公室看报纸。“余不苟，你来啦，我正要找你呢。坐，坐啊。”他那舒展的面容里隐藏着一丝快意。我心里遽然轻松多了，“主任，我写的都是事实，有凭有据，他‘桃源世家’想赖也赖不掉……”没等我说完，张光剀抢白道：“余不苟啊，你有才，这一点不假。可惜啊，我怎么帮你说好话都没用。”他说着将一张报社辞退我的处理决定摊在我面前。“我尽力了，没办法。你今天就把手续办好吧。唉，天无绝人之路。”张光剀说着起身从抽屉里拿出一个塑料袋，“这是派出所转来的你的东西，你看看有没有少什么东西。”我打开塑料袋，里面装着我的采访笔记本和手机。

我最关心的是手机里那些原始资料，可是，打开一看，荡然无存了。我说：“主任，我这手机里那些录音资料和照片呢？怎么全删除了？！”

我忽然意识到，一种阴谋性的灾难正在向我步步逼近。

张光剀认真地看了看我，“没有了？不会吧。反正保卫处把这个袋子交给我，我就没有动过。咦？奇怪了？”张光剀似乎突然想起什么又说，“哦，对了，保卫处说你手上还有一张派出所开的收条，你要给我。”

张光剀接过收条，脸上现出一丝难以捉摸的笑意，这让我匪夷所思。

我怀着沉重的心情离开了报社。说心里话，我这份工作来之不易，可是去得却容易。过去报社需要你在最艰巨最危险的一线流血流汗、冲冲杀杀，可是一旦触犯了报社（实际上是少数人）的眼前利益，就会毫不犹豫地将你除名。

“狗哥，你就这么走了，也太冤了。你可以拿着那些原始证据找报社领导理论呀？”晓群为我抱不平。

我本来真想去找领导谈谈，后来想想，没意思。这么毫无社会责任感，罔顾公平正义，缺乏人文关怀的领导，有什么好谈的？再说，报社担心我会将这件事的真相在网上捅出来，把我手机里的原始资料弄走了。为了封口，还把今年的年终奖也提前发给我了。

再说，即便我能勉强留下来，也没多大意思。我说：“晓群，广州的媒体很活跃，我决定去广州！等我站稳了脚跟，我就把你拉过去。好吧？”

我突然发现晓群眼神飘忽而空洞，她扑在我怀里，把我抱得紧紧的，嘤嘤地哭泣。泪水和嘴里喷出的热气使我胸脯暖烘烘的。这是我们最亲昵的一次也是最后一次亲密接触。

离开了晓群，回到老家。我家老屋的门虚掩着，母亲不在家。我把行李放下，准备去我家的责任田里找母亲。这时，母亲背着一大篓猪草走回来，裤脚高高卷起，左脚流着鲜血，上面叮着一条吸饱了血的大蚂蟥。我接过猪草，帮母亲摘除蚂蟥。母亲在地上抓了把灰土朝伤口上一撒，把自己戴的草帽摘下来扣在我头上，“狗命，家里就这么点活，不用你担心。你干好自己的活，我就放心了。”母亲凝望着我的脸，那眼神像是在猜谜语。我担心母亲看出了我的心思，我想实话告诉母亲，我被报社解雇了。我帮着把地里的粮食收回家，把大豆和花生种下去，临行前我来到父亲的坟前告别。父亲的坟墓在村后的山坡上，孤零零的像个迷路的孩子，我清明扫墓时留下的纸钱和魂幡，都被雨水冲刷得褪色了。我望着吞噬我父亲生命的那神秘的远山，泪水渐渐模糊了视野。父亲慈祥的面容，在一片漾动而幻化的波光中渐渐浮现，他正用竹筷夹着香喷喷的荷包蛋，往我碗里放……

我在老家的日子里，多次拨打晓群的手机，都一直关机，我不知道晓群到底发生了什么事。我心急如焚地赶到省城，回到我和晓群居住的那间屋子门前，听到里面放着很响的音乐，门是虚掩的，透过门缝往里看，我看见我曾经睡过的沙发上，一对青年男女拥抱在一起亲吻，我无法看清两人的面目。这时，我的肩膀突然被拍了一下，“偷看什么！”我回头一看是房东。其实，房东事先也不知道是我，他忙说：“哦，是余记者。你女朋友早就搬走了，搬走有十来天了，那天是一个将近四十岁的男的，开着一辆白色的车来帮她运行李。”

我来到广州之后，从昔日的同事QQ群里，断断续续获悉一些有关晓群的消息：

余不苟一走，晓群就和张光剀同居了。

晓群上下班都坐着张光剀新买的本田牌轿车。

据说，张光剀跟妻子离婚了，要和晓群结婚。

张光剀准备把晓群弄进报社。

…… ……

晓群怀孕了，没见来报社了。

张光剀以排污问题为要挟，敲诈一企业20万元被逮捕。

晓群自杀了，死在张光剀的新居里。

张光剀对热线部的漂亮女实习生，一个都不放过，都得履行“潜规则”。

晓群刚到报社实习不久就被张光剀“搞定”了。

…… ……

7

黑仔向传根走了几步又折回去，贴着麻秆的耳朵嘀咕了几句。麻秆冲着狼狗喊话：“狼狗！注意啦！”

“三舅，放心，一对一，跑不了……”狼狗话音未落。

趴在地上一动不动的传根，突然回光返照，发出杀猪般的尖厉的吼叫：“啊——”声音大得出奇，感觉地皮在发颤，就像呼啸而过的列车汽笛声，在山谷里回荡。

黑仔被这突如其来的怪叫声吓得一时间乱了方寸，举起铁棍扑向传根，突然被芦苇丛里钻出的一个猎人撞了个趔趄。猎人壮实得像一座铁塔，模样十分古怪，上身穿着麻灰色的兽皮袄子，肩上横着一杆五尺长的火铳挑着几只野鸭和山兔，一双野兽般惊惧的眼睛看着我们。我异常惊喜而又紧张，心想，救星来了！

黑仔站稳脚跟后又举起铁棍准备向传根下手，麻秆连忙止住，“黑仔，慢着！当心反水（报警）！”并向黑仔使了个眼色。黑仔立即放弃对传根下手，挥起铁棍就向那位猎人劈去。“当当当”，黑仔的铁棍和猎人的火铳的撞击声，清脆而响亮。突然，芦苇丛里一道虚影掠过，猎人犹如一只腾跃的猎豹，转瞬就不见了。

“别追！注意火枪……”麻秆喊声未落，“轰”的一声炸响，我闭上眼睛趴在草丛里，耳朵一直轰鸣着。等我胆怯地睁开双眼，我就看见天空翻飞着各种各样的鸟儿，向着黛青的远山飞去，慢慢变成芝麻大的黑点，消失在这清晨的苍穹尽头。

随着耳鸣渐渐消失，我听到有人在呼喊“救命”，我以为传根遇害了，就大喊：“传根！传根……”喊着喊着我住嘴了，咦？我怎么还不赶紧逃命呢？这是逃命的绝佳的机会啊！我爬起来拔腿就向水潭边疯跑，才跑几步，就被脚下的石头绊倒了。我最担心的是麻秆手里的枪弹，定睛打量了一下，四周没人，传根还是趴在原地，但这一直在呼喊“救命”的声音不是传根的，而且那喊声极其疲软而怪异，就像嘴里塞着馒头喊出来的声音。

我为眼前这突如其来的一幕弄蒙了，我猫着腰来到传根身边，传根目光炯炯地看着我，我又惊又喜，“传根，你……你没事吧？”

“狗哥，我没事。你呢？”传根说，“奇怪，那个猎人开枪打倒了一个，还有两个家伙不知道躲到哪里去了，还一直在喊救命，一定是装死，小心！我们别上当了！”

我一直以为传根在说胡话：“你说什么？猎人打倒了谁？”传根的头朝黑仔倒下的地方晃了晃，我循着方向望去，黑仔躺在地上一动不动，隐隐传来呼救声。

“传根，快！赶快解开绳子，你帮我解，我帮你解。”

我们蹲下来背对着背，用早已麻木得毫无知觉的手，摸索了好一阵，都无法解开绳结。最后，我转过身来用牙齿把勒在传根手上的死结解开。松绑之后，传根的双手一直使不上力，他哭丧着说：“狗哥，我的手已经废了。我也用牙齿来吧。”听得传根在我背后老鼠磨牙似的啃了半晌，才帮我松了绑。

当我迫不及待地把捆绑了整整一夜的双手，从背后移到前面，看看到底成了什么模样时，一阵锥心的刺痛袭来，令我浑身冒汗。

我忍着剧痛对传根说："走，我们看看去。注意，身子蹲下点。麻秆手里有枪！"

我们循着呼救声来到一芦苇丛边，拨开芦苇一看，眼前的情景让我傻眼了，一个黑森森的小水潭里，好像有一只大甲鱼在戏水，"甲鱼！甲鱼！"我压抑着声音叫了起来。

"什么甲鱼？"传根忙打断说，"就是那个叫狼狗的家伙。狗娘养的！还用铁棍打我？"传根气咻咻地说着，低着头好像掉了门牙在满地找牙。

我仔细一看，两米之下，果然是狼狗两只手在水面上扑腾着，那件褐色的皮夹克浮在水面，酷似甲鱼的背壳。四周是长着青苔的陡峭的石壁。大概狼狗无法看清岸上到底是谁，只是哀求道："三舅，救我，救我，我是你带出来的。我爹、我娘……"

传根抱着一块石头跑过来，正要朝狼狗头上砸去。我一个箭步冲上去阻拦道："你疯了！你这是在杀人，知不知道？！"

"你才疯了呢！这王八蛋反正是死，不如老子一石头把他砸死，解恨！"传根鼓着一双牛眼茫然地看着我，似乎对我的行为匪夷所思。

"你真是个法盲，这是故意杀人啊！眼看着人家就要死了，你还落井下石！真是可笑！"此刻，传根的情绪突然发生变化，也许他对这里面的法律关系拿捏不准而心虚，把石头扔在草地上，低着头就像一个认罚的孩子，一脸疑惑地僵立着。

我为传根那绑了一夜的双手，还能抱起一块大石头油然敬佩。“你不是说双手废了吗？还能抱这么大的石头砸人？站着干吗？走，那边看看去！注意枪子儿！”

我们战战兢兢地来到旁边另一个水潭，只见下面也有一个人在水里折腾，一只手揪着陡壁上的一把芒草，一只手在水里捣鼓着，“狼狗，快来救我啊！我是你亲舅呀！狼狗……”

我定睛一看是麻秆，连忙把传根拉退，“小心！他有枪！”

这时，我就听到下面回话：“别怕，我没枪，枪掉水里了。救我吧，我身上有很多……很多钱，全给你们。”

“谁要你的钱?！”我说，“传根，我们别理他！”

下面一直在呻唤着：“救我，我给你钱，很多很多钱，全给你们……”

我说：“我们不要你的钱！你留着吧！给阎王爷进贡去！”

“别这么说，只要是个人，没有不要钱的。”下面又回话了。

传根眼睛忽然一亮：“狗哥，这家伙会不会是骗我们的？”

我说：“你真要他的钱？”

“你还真不要他的钱？”

“我不要！”

“你不要我要！他妈我太需要钱了，这你又不是不知道，眼看着孩子就要落地了。”

“传根，这钱要不得，里面有两个致命的隐患。一是这家伙身上有一支枪，随时可能把我们干掉；二是，就算他的枪真掉进水里了，你把这么一个毒枭放跑了，可是犯了死罪呀！”

传根贴着我的耳朵低声说：“先让他把钱扔上来……”

“传根，你把人家当傻子了？赶紧回吧，报警、写稿是当务之急！”

“狼狗，你这狗娘养的，老子救过你的命，你就只顾自己逃命，不管我了……”

我说：“你别叫了，狼狗和你一样，也掉进潭里了。他比你惨，连救命草都没抓着一根。我帮你去看看，他死了没。”因为手随便一动就疼，我用脚踢了踢传根的腿肚子，“你别做梦了，走，看看那两个家伙去。”

这个时候，我们心中的石头完全落了地，三个歹徒，一个吃枪子儿了，两个掉进水潭里了。我们大着胆子走到狼狗掉下去的那个水潭边，只见下面像死一般寂静，水面上依然浮着“甲鱼壳”，却不见狼狗的踪影了。

传根朝四周环视了一番，“该不会逃跑了吧？”

“除非他会遁地术，这么深怎么上得来？”

“就淹死了？妈的，怎么这么不经折腾啊！”传根说着朝下面尿尿，在早晨的阳光朗照下，一条银链子瀑坠而下，落在“甲鱼壳”上发出“噗噗噗”的闷响。抛完银链子，传根打了个冷战，忽然仰天大喊：“老天开眼了！三个恶人全他妈完蛋了！”

我由衷地感激传根那生死关头的一声吼叫，这是发自生命最原始的呐喊。假如没有这声吼叫，也许我都已沉尸于深潭，去阎王爷那里报到了。想想自己打算背着传根逃命，就感觉羞愧难当。

接着，我们向黑仔走去，传根说：“你说那个猎人会不会朝我们开枪？”

“猎人应该早就跑了，再说他也看见咱俩是被绑住了，是可怜人，怎么可能朝我们开枪呢？不过当心点好！”

黑仔躺在草丛里，半瞑着眼，脸上脖子上一个个黄豆般大的血洞，鲜血从那些洞眼里冒出，他的嘴唇在翕动着，微弱的呼吸在清冽的空气里凝成白雾。火枪的铁砂在他身上凿满了蜂窝一样的洞孔。他的左手无力地握着铁棍，右手平放在胸脯上，食指在不停地点动着。

空气里氤氲着血腥味和硫黄味。我担心黑仔垂死挣扎，就把他手里的铁棍踢得远远的。

“狗哥，你来看，这家伙手指老指着胸脯，我从他胸前的口袋里找到了一个钱包，里面有一沓钱、两张银行卡，还有一张靓女的相片。”传根说着说着眼睛发亮，接着又在黑仔的衣袋和裤兜里乱摸，“这些王八蛋真狡猾，连个身份证都没有，所有钱财都随身带着，随时准备逃跑。连手机都不带。”

“这大山里，有手机也没信号。传根，你赶快把钱包放回去，这是案件现场，不能随便动，上面留了你的指纹，很麻烦的！”

传根一听满脸惧色，担心会留下自己的指纹，便用自己的衣服包着钱包在长着青苔的草地上反复摩擦后，再装进黑仔的口袋里，“这样该不会有指纹了吧？”

“传根，别磨蹭了，赶紧赶回镇上报警去，把那毒窝端掉！”

“我们再去看看那个家伙死了没。”传根又往麻秆落下的那个水潭边跑。

我说：“传根，一定要小心枪子儿！”

我们快到水潭边时，就蹲下来静听下面的动静，只听得依然有“叮叮咚咚”的搅水声，我想麻秆还没有沉下去。“传根，这真是报应啊！这些家伙本来想把咱俩打死，再绑着石头沉进水潭里，没想到自己掉下去了。”我长长地舒了口气，“唉！真是老天有眼啦！”

下面又传来微弱的呼救声。

我故意大声对下面喊话：“你还没死吧？”

“救……救我……”

“我救你很容易，只要把你捆绑我们的绳子抛给你，你就有救了。但是你必须告诉我，你们到底为什么要这样对待我们？”

“老大说，不把你们干掉，我们……就得掉脑袋。”

“为什么会掉脑袋？”

“我想，你们应该知道……”

“知道什么？”

“知道我们是在干什么。”

“你们在干什么？”

“我们……我们没干什么。”

“那你就死去吧，死到临头了还撒谎，叫阎王爷救你吧？”

我把传根叫到一旁商量，如果把麻秆这个活口押回去交给警方，有利于警方破案，将这个犯罪团伙一网打尽。不过，这很危险，这家伙身上有枪；即使没枪，我们也不一定能把他押到派出所去。再说，这些家伙个个都会拳脚。路途这么远，万一遇上他的同伙，或者他逃跑了怎么办？一路上变数太大了。

我说：“我们也把他五花大绑起来，就像赶驴似的，我牵着绳子在前面引路，你拿着黑仔那根铁棍在后面赶着。我们千万不能抄原路，要绕道走。”

“狗哥，要不这样，我们可以试试，让他把钱包丢上来，要他说出银行卡的密码……”

“我说过，你就别打这钱的主意了，这钱万万要不得！”

“你不要我要，我急需要钱，这你很清楚。只要你不说出去，永远没人知道。你就成全我这一回吧！我和你不一样啊！狗哥！你是个大学毕业高才生，走到哪都不愁没饭吃、没活干。我文盲一个，要你给我找个苦力活都找不到！你也不为我想想，我容易吗？”传根说着就向水潭边走去，“麻秆，麻秆，你不会骗我们吧？你真的有钱？”

“传根，你别这样！我不能眼睁睁地看着你犯罪啊！”

接着听到麻秆有气无力的回话：“干我们这行的，怎么可能没钱呢？没钱，谁干这玩命的买卖？说白了，就是提着自己的脑袋去换钱。”

“你到底是干哪行的？”我继续追问。

“你别问了，我身上有两张卡，一张500万；一张300万。”

我伸长脖子偷偷往下一看，迅速把头缩回来，我看见麻秆左手依然揪着那仅有的一撮芒草，草根渐渐从泥土中裸露出来，右手在水里不停地倒腾着，制造浮力。我说：“你的右手不是拿着一支手枪吗？举起来给我看看。”

“我右手在划水，不能停，停了就会沉……沉下去！”

我又和传根合计：只要确认麻秆手上没拿枪，我们就在一根绳子上做好一个活套，把他的脖子先套上，轻轻地往上提，让他的脑袋浮出水面，不至于淹死；另一根绳子抛下去，让他自己把自己反绑起来，而且必须绑牢。

“他手上没拿枪，并不等于他身上没枪。千万别被他蒙了。”

“说得好，你小子也够鬼的。所以，我们在抛绳子之前，一定要看清楚他的双手都没有拿枪。等他把自己的双手绑牢了，我们再把他拉上来。但是我们一定要小心，站稳脚跟，以防他突然一拽绳子，把我们拉下去了。”

“如果他故意不绑牢呢？”传根警觉地望着我。

“传根，不绑牢是不可能把他那一百多斤拉上来的；再说，不绑牢他就不担心自己掉下去淹死？不过要注意这家伙在绳结上做手脚，只要一拉上来就加固绳结，绑死捆牢。”

“狗哥，我去把那铁棍拿来，只要一拖上岸，就把那小子的两条胳膊废了！接着把绳子绑死，接着搜他身上的枪！接着逼他说出银行卡的密码……”

“停！停！停！你别‘接着接着’了，你怎么说着说着像个绑匪呢？传根，违法犯罪的事，咱不能做！你说把这家伙一拉上岸，马上加固绳结，搜搜他身上有没有枪，这都是对的。如果，万一他身上有枪，我们抓在手里，更有利于我们把这活口送给警方。你小子别这么没出息，老盯着这帮坏蛋身上的钱。我们报警了，破案了，也就立功了，奖金是少不了的。”

传根思忖了片刻，眼神由迷茫渐渐变得灵醒，“狗哥，枪这玩意儿，我没拿过，你会使吗？”

“大学军训的时候学过射击，应该能行。”

“那好，我这就去拿铁棍。”传根像头撒欢的小牛犊，一蹦一跳地向黑仔跑去。

我说：“麻秆，你干吗这么想活下去？”

麻秆气喘吁吁地说：“我……我不能死，我的弟弟，是被我……被我给坑死的；家里，只有一个老妈，眼睛瞎了，是为我……为我哭瞎的；老爸，年轻的时候爱赌，赢了钱却丢了命。我不能死，我……我老妈，还靠着我活命。呜呜呜……”

接着传来伤心的哭泣声。

传根拿着那根沾着血迹的铁棍跑过来，贴着我的耳朵央求道：“狗哥，请你最后帮我一次。我想好了，把麻秆拉上来，搜出银行卡，让他说出密码，就把他踢下水。我戴着口罩去自动取款机把钱取出来，拿出一半交给你妈，就说是我发了财，孝敬她老人家的。没你的事，只要你不说，绝对没事……”

我听着听着，忽然眼前闪回着这样一组画面：我把那装着学历文凭的箱子，从棠下那间月租300元的出租屋里拿出来，放进我的豪华轿车的副驾驶座位上，我开着车直奔新居；母亲在阳台上给我的孩子换尿布，冬日的暖阳抚摸着孩子的屁股；一个看上去和胡晓群神似的女子，脸上洋溢着哺乳期女人特有的慈爱与柔情，给我冲着咖啡……

突然，我眼前的画面被传根那污秽不堪的手掌无情地切断了，他的巴掌在我眼前晃悠着：“狗哥，你怎么啦！我说话你听到没有？这一生我只求你这一次了！”

我定了定神，“传根，你刚才说什么？我没听清楚。”

“我说，把那家伙的钱弄到手，再把他扔下去。我拿出一半交给你妈。一切都是我干的，这事跟你无关。好不好？”传根的眼神突然变得凶恶而恐怖，就像红了眼的赌徒，手里拿着绳子一边做着活套，一边乞求着我。我担心这家伙一旦红眼了，就会把我勒死。

“传根，你和我一样，都是家里的独苗，你爹你妈在九泉之下都希望你能续下杜家的香火；你的快要出生的孩子，也需要你的抚养和父爱。而你这么做是故意杀人！自古以来杀人偿命，你知道吗？”

传根突然扑过来，抓住我的手，用一种敌视的眼神看着我说："什么？你说清楚点，我故意杀人？这个家伙本来就会被淹死，怎么说我故意杀人呢？别给我扣帽子好不好！"

"他自己被淹死，没你的事，你把他拉上来，再扔下去，你明知道这么做会淹死他的，但你还是做了，这就是故意杀人！懂吗？"

传根挠了挠脑袋，突然瞪大了眼睛，"这家伙是毒犯，犯的是死罪，早晚是要枪毙的，我就是故意杀了他又怎么啦？不都是死吗？按理说我还立功了！哎呀，我说狗哥啊，书读多了也会读傻哪！"

我知道，传根是法盲，这不是他的错，我不怨他。我还得耐心地给他做普法教育，"传根，他犯了死罪，法律自然会处决他，轮不到你来杀他！你不能代表法律，任何人也不能代表法律。懂吗？不管什么人，你都没有权利杀害。杀人是要偿命的！明白吗？"

"好好好，不弄死他，只要把钱弄到手就行了。"

"传根，听着！我只说最后一遍了：这种不义之财，千万不能要！你要是不听我的，你一定会后悔的！"

"我都说了，没事的，我戴着口罩、墨镜去取钱，上哪儿查去呀？"

"古话说得好：若要人不知，除非己莫为！"我上前拽了他一把，严厉地说，"记住！别胡思乱想了！我们把那活口绑回去，交给警方，奖金全归你！行不？"

说到奖金，传根来神了，"那好！我先谢谢你！哎，你说奖金有多少？"

“这个我不知道，不管有多少，全给你。好不好？”

“你做记者的都不知道？你说吧，到底有多少？”

为了稳定传根的情绪，我随便说了一句：“应该有大几万的吧。”

“全归我？”

“说话算话，全归你！”

“嘿嘿嘿。谢谢啊！”传根那沾满灰土的脸上忽然裂开露出了两道白牙。

我和传根达成共识之后，我们开始抓活口了。传根冲着麻秆喊话：“你把你放在水里的那只手举起来，我们确认你没拿枪，才会救你！”

只见麻秆的右手停止了划水，艰难地举了起来。可是，身体突然失去了浮力迅速下沉，左手抓的芒草被连根拔出。

“传根，抛绳子，赶快抛！抛啊！”

可是已经晚了，早已精疲力竭的麻秆，就像秤砣一样一直往下坠落。

8

我们翻过了许多道山梁，来到一条乡道边坐下喘口气，远远传来摩托车的马达声。传根异常兴奋，“狗哥，这下看我的！怎么也得拉我们出去。”传根说着站起来双手叉腰，站在路中间，那模样就像战场上从尸堆里爬起来的最后一个活口。驾摩托车的是一位小伙子，传根像只大猩猩一样举起双手，背上那块血迹就像一面膏药旗，很是扎眼。驾车的小伙子一看传根像个怪物一般面目狰狞地挥着手，没敢停车，也没减速，一闪避冲进了路边的荆棘丛里。

我们把小伙子从荆棘丛里拉出来，他的脸上、手臂上扎满了荆棘，我们费了好大气力，才把摩托车拖了出来。小伙子见我们灰头土脸，狼狈不堪，不敢吭声，乖乖地驾着摩托车把我们送到了粤界镇。

我们回到寄存行李的粤界招待所，准备取出行李再找一家饭馆吃饭。服务员盯着传根窃笑，传根也跟着傻笑道："笑什么笑？"

我说："人家笑你脏兮兮的。"

"狗哥，你和我一样，像个煤黑子。"

我们在厕所里，脱下衣服抖了半天，拧开水龙头从头到脚冲洗了一番。

传根见我一连打了几个喷嚏，关切地说："狗哥，洗冷水不习惯吧？当心感冒哦。我不怕，在外面打工，一直是洗冷水。"

我们在一家小饭馆里坐下来吃饭，"传根，你负责点菜，爱吃什么菜，你点。我去找个电话报警。"我说着，走过马路在对面的一家小店里，用公用电话分别给省里、市里、县里的公安机关报了警，接警人员都要求我留下联系电话，我说，我的手机已经被歹徒扣押了，两个多小时以后我会到粤界派出所去和他们会面。

三菜一汤，我们热乎乎地饱餐一顿之后，我就打开笔记本电脑写稿，“传根，你的手和膝盖都受伤了，你去找一家诊所看看吧。我要写稿，把稿子发回报社了，我们就去派出所报警。”

传根打了一个饱嗝说：“那是一点皮外伤，没事的。我出去走走，不影响你。”

我把一直小心珍藏的手机储存卡，拿出来通过读卡器，将图片下载到电脑里，画面中依稀可辨几个抱着纸箱子的男子，穿过走廊从一间屋子走进另一间屋子，其中就有穿着皮夹克的狼狗。

更让我惊奇的是，我在招待所寄存行李时，拍到的两男两女，其中一个长着络腮胡、左脸上长着一颗黑痣的高个子男子，就是麻秆所说的“老大”。我将“老大”的照片在电脑里放大、再放大，那酒红色的络腮胡，左脸上那颗和蓖麻子一般大小的黑痣，那双鹰阜一般锋利的眼睛都看得清清楚楚。

传根很快就回到小饭馆，坐在我身边，看我打字，冷不丁冒出一句：“狗哥打字真快，跟鸡啄米似的。”我在处理图片时，他盯着“老大”的照片说：“原来，这王八蛋也会来镇上泡妞。”

我看着照片里另一个男子前额也长着一颗红痣，“传根，你看看，另外一个家伙，也长着一颗痣。他这痣真酷，长在额头上。”

传根随口接上：“这叫‘痣’同道合嘛！”我被逗笑了，打心眼里佩服他这句脱口秀，真是太有才了。

我将文字稿和图片，通过3G无线网络全部发回报社。我就看见对面小店停着一辆警车。我走出去，就听见女店主指着我喊着："就是他，就是他报的警！"

我回头叫传根，传根坐在一个角落里哆嗦，"狗哥，你去就行了。我怕，我怕去派出所。"

我一手提着背囊，一手拽着传根就往外跑，"又没干坏事，有什么好怕的！有奖金给你，也怕去领啦？"

我们坐上市公安局刑警支队的警车，前后左右都是全副武装的警察。传根是浑身筛糠地来到粤界派出所的，他挨着我坐，他的膝盖就像拨动的弹簧一样，在我的腿上磨蹭着，麻酥酥地难受。我按住他那无法平静的膝盖说："有警察在身边，我们就安全了。"

9

一下车，眼前的情景让我傻眼了，上前迎接市局来人的那个警察，酷似照片里额头上长着一颗红痣的中年男子。

我的后衣摆被拽了一下，传根凑近我耳边说："快走，那个额头上长痣的警察，就是照片里和'老大'在一起的家伙！"传根说着，就往回跑。我也一时慌了神，就追了上去。我拉住了传根，"你听我说，别忘了，这是派出所，你别怕！那个警察可能和那个坏蛋长相相似，不一定是同一个人。"我努力地稳定传根的情绪，同时也为了安慰自己，我又说："传根，我想这一定是巧合，不可能的。传根，相信我！”

“怎么不可能？昨天电视新闻你也看到了，一个公安局长，得了800万，就把毒贩放了。”此刻，传根就像患有严重的帕金森症，浑身颤抖着，眼里写满迷茫，“狗哥，你要听我的，没错，就是同一个人。我们好不容易死里逃生，不要又栽在坏蛋的手里。”传根说着就往回跑。

这时，市局专案组的李大队长来到我跟前，“余不苟，这是派出所陈所长。你的那个同伴呢？”

我回头一看，传根正朝着来时的路奔跑着。我对李大队长说：“哦，他可能还有什么急事要办。你们等等，我去把他叫回来。”

传根发现我在追他，就疯也似的奔跑，他的两只大脚板鼓点般落在那条灰色的土路上，一团团尘土随之飞扬。我追了好长一段路才赶上他。“你别跑啊！”我像哄孩子一样哄着他说，“那是两码事，传根，人家是派出所的陈所长；我和他握手的时候，认真地看过了，除了那颗痣，其他都不像。去吧！放心，我不会蒙你的。”

传根坚定地摇着头，“我不去！太危险了，要去你自己去！好不容易捡回这小命……”

“绝对不会有危险，有市局这么多警察在，你怕什么！再说，假如那个所长真是个坏蛋，我们更应该向市局举报。我这些照片马上就提供给市局，往下一查不就水落石出了吗？”我拉着传根，“跟我走，没事的！我不会害你的，别忘了，我们是生死兄弟！”

“狗哥，我去可以，你答应我一个条件。”传根疑惑地看着我说。

“什么条件？你说吧。”

“……我……我还是不去。”传根犹豫了一下又反悔了。

“不就是2000块钱吗？”我从背囊掏着钱，“我答应过你，寄给我妈的钱先拿给你，生小孩是要花钱。你拿着吧！”

“谢谢狗哥！我说的不是这个，我是说，我们千万不能落在派出所的人手里。我们要直接向市局的人反映这件事，把照片给他们看。”

我连连答应，拉着传根就往派出所跑。走了几步，他又站住了，“狗哥，我总是担心……要不这样，你把背包给我拿，你去把市局的人带到这里来，我们在这里向他们反映情况。派出所我坚决不去！”

我最终拗不过传根，只好一个人跑回派出所，向市局的李大队长转达传根这个要求。对方一听满口答应，就开着警车把我送到传根等我的地方。

警车在传根身边停了下来，我下去把传根叫上车，传根哆嗦着问：“去哪？”

“不去哪，就在车上谈。上去吧！”我拉着传根上了车。

我和李大队长坐在前排，传根和另一名警察坐在最后一排。我们分头做着询问笔录。当我把在粤界招待所拍到的“老大”等两男两女的照片打开给李大队长看的时候，我特别留意了他的表情。他认真地看了看照片，没有吱声。我担心他没有看出来，指了指照片中那个额头上长着痣的男子，“李队，你看看这个人，像不像陈所长？”

他皱着眉头思忖了一会儿，我发现他的眼神飘忽不定，并没有集中在照片上。他最后摇了摇头说：“不像，完全两码事！”这时，我忽然胆寒起来，我认真地解读对方的眼神，反复琢磨对方的回话，越想心里越不踏实。

李大队长熟练地将读卡器从电脑上移除，将SD卡装回相机里，然后将我的笔记本电脑关机，“余不苟，为了配合破案，你的电脑、照相机、手机储存卡都请留下来，我们帮你暂时保管起来。”

“李队，这可不行，我们各司其职，你的职责是破案，我的任务是采访。我必须及时将事件的进展情况，通过电脑发回报社。我没了电脑和相机就没法干活，这就像你们手中的枪一样重要。”

“这是义务，也是纪律！我给你开一张收物清单。如给你带来不便，还请谅解。”李大队长语气平静而客套，柔中带刚，让我明显感觉到一种不可违拗的力量。他说的“义务”我知道，任何公民都有义务配合公安机关侦查破案，打击犯罪；这“纪律”我就不明白什么意思，我说：“什么‘纪律？’”

“新闻纪律！凡是没有结案的案情不能披露。这是常识，你应该很清楚。”李大队长有板有眼地说着，将写好的一张清单递给我，“记住了，你在旅馆里拍的那几张图片，一张也不能流传出去，你要是有备份的话，立即销毁，否则，后果自负！”

我连连点头称是，明显感觉到了事态的严重性。

警车开进了粤界派出所的围墙，李大队长说：“你们两个在车上稍等我们一会儿，我们进去布置一下就出发。”

10

“狗哥，接……接下来，我们去哪？”传根从最后一排座位跑到我后面，贴着我的耳朵哆嗦着说，“你有没有把那个所长的照片给他看？”

“传根，你耐心点好不好？我该做的不用你教。去哪？还能去哪？不就是去那两个地方吗！”

传根和我换了个座位，他坐在前排引路，越野吉普在蜿蜒崎岖的山道上颠簸了一段时间，来到了这个半山腰的果场。我们下了车，眼前是一片灰烬，那一堆堆灰烬中依然冒着袅袅青烟，几间小平房只剩下一堵堵焦黑的土墙，参天的古樟树靠近平房的大片树冠，都被烧得枯黄，方圆数百米的低矮的草木都已枯萎。一股浓烈的怪味伴着焦煳气味的热浪扑面而来。传根愁着脸说：“全烧了，怎么这么快就烧了呢？大清早还好好的……”

我发现在我们之前就有两辆警车停在这里，难道另有人报警？

一位警察走过来对李大队长说：“李队，我们来了一个小时了，对所有的路口都设了卡，目前没有发现可疑人员。

这里应该是上午9点左右开始烧的。”

李大队长说：“按原计划行动，你们抓紧排查，我们去山那边的现场！”

就在我们要动身去山那边的时候，又有两辆警车赶到，人们从车上搬下摄像机、脚架、潜水衣等器材，省卫视《铁警一线》栏目的记者对现场拍摄了一番，就扛着这些器材徒步翻越大山。

我们和专案组的警察再次来到这个曾使我们绝处逢生的地方，我依然心有余悸。

专案组的警察对现场进行紧锣密鼓的勘查，潜水员穿上潜水衣，下水潭打捞麻秆和狼狗的尸体，卫视记者对警察勘查现场进行全程拍摄。

我来到黑仔的尸体边，只见黑仔的耳朵、鼻子，还有几个手指头都被野兽啃掉了，那些创口和血迹上都爬满了蚂蚁。警察在勘验黑仔的尸体时，几个口袋都空空如也。

李大队长站起来，抽出一支递给我，我摇了摇头示意不抽烟，他就放进自己嘴里，“余不苟，你说当时你看见他身上有一个钱包，怎么不见呢？”

“李队，当时确实有，至于怎么不见了，我也说不清楚。”我在猜想会不会是传根拿走了，可是我亲眼看见他把这个钱包装进了黑仔的上衣口袋。我把传根拉到一旁质问道：“这是怎么回事？”

“我知道你一定怀疑我拿了，这个时候，我说什么你都不会相信。”传根说着眼眶红润，“狗哥，我们是一块出生入死的难兄难弟，能活下来就不容易了，还有什么瞒着你不敢说？你说这钱不能要，我就把它放回去了。这是你亲眼看到的……”

“传根别生气，没拿就好，哥相信你，哥绝对相信你。我估计，我们走后一定有人来过。”

传根眼珠忽然一亮，“肯定有人来过，说不定我们一走，那个猎人又回来过。”

麻秆的尸体被打捞上来了，我这才知道，溺水而亡的尸体是那么的狰狞，眼球凸出，龇牙咧嘴；左手死死抓着一把芒草，右手紧紧握着拳头；麻秆本是高瘦个儿，但整个身体就像一个泡胀了的馒头，肚子酷似即将临盆的孕妇，简直面目全非了。

事实证明，麻秆临死前还在骗我们，他说手枪已经掉进水里了，实际上警察从其裤袋里搜出了那支装满了子弹的手枪；另一个裤袋里装着一台手机，手机因被水浸泡无法开机；另外，在上衣口袋里搜出了一个钱包，钱包里有一沓面值百元的现金、两张银行卡。至于卡里是否真如麻秆所言有800万元，就不得而知。

狼狗的尸体更加可怖，他露着长长的舌头，上下两排牙齿已经深深地嵌进了舌根里，舌头呈紫青色，乍一看上去还以为他嘴里叼着一块鞋底。

传根扯了扯我的衣服连连咋舌：“啧啧，哎呀，他娘的狼狗真狠哪！舌头都快咬断了。”

为了打捞狼狗用过的那根铁棍，潜水员在二十多米深的水底下忙活了半晌，结果不仅找到了那根铁棍，还捞上了许多长长短短的白骨。

警察在狼狗身上也搜出了一个钱包，钱包里除了一沓现金和两张银行卡之外，别无他物。

夕阳最后的一抹余晖，在遥远的山峦褪尽，天地一片苍茫，黛青如画。

我们披着寒气袭人的夜色，回到了粤界派出所，饭堂里早已备好热腾腾的饭菜迎候我们。

我一直纳闷的是，再也没有见到陈所长的人影了。

当晚，我们被安排在派出所住，一间小房两张床。传根睡在里面那张床上，他说："看到了吧，那个所长再也没露脸了，我就知道有问题。你还说不是同一个人！"

…………

11

传根失踪的消息，是我重新补办了那张手机卡之后才获悉的。

经过了这场生死之劫，我变得异常脆弱、敏感而多疑，总是把传根的失踪和谋杀、死亡联系在一起。

"传根要出事"这种预感我早就有了，且不说他面对黑仔、麻秆身上的金钱诱惑，几乎到了利令智昏的地步，就说我和他一起在粤界派出所住的那天晚上，他几乎整夜都说着梦话，尽管我不断地用大声干咳来制造噪声，还是无法把他从梦魇中唤醒。

第二天一早，他就穿好衣服一个人呆坐在床沿上，由于光线昏暗，我无法看清他的表情。窗外湛蓝的天空飘着瓦灰色的云絮，远山之巅洒满晨曦的光晕。

“传根，怎么这么早就起床？”

“我……我睡不着，孩子快要出生了，我得赶紧把钱汇给她，她现在在她娘家。我已经两天没回果场了，我得赶紧回去……”

“再休息一会儿吧，现在银行还没上班。”

传根听我这么一说，就和衣钻进了被子里。

等我一觉醒来，就不见了传根的人影。我当时没多想，满以为他办完事就回果场了。

是李大队长派的一辆警车把我送回报社的。一回报社，同事们就围着我：“哥们，你成了公众人物了！”“余不苟，你真是大难不死啊！”“昨晚，在卫视《铁警一线》里看到你了。”

…… ……

我第一时间就往报架跑，打开本城六七家报纸一看，所有的报纸头版的内容是：一特大制毒贩毒团伙被捣毁，14名团伙成员落网，缴获毒品170公斤……这些稿件都是由警方提供的。令我惊奇的是，这帮家伙将那制毒窝点烧毁之后，携带毒品在广州市郊的草帽岭进行交易时，被早已埋伏的警察一网打尽。文中所述：警方已派“卧底”跟踪该犯罪团伙两年……

唯独我们晨报第二版才有我采写的文章——《记者暗访制毒工厂死里逃生》，整整一个版。我看着看着，眼前浮现出一片令人目眩的闪光灯，我站在领奖台上，台下簇拥着关注和羡慕的目光，胡晓群眼含泪光向我挥了挥手……

我又做白日梦了。

报社人事部决定把我调到深度新闻部，我的《记者暗访制毒工厂死里逃生》获得报社特等好稿奖。省公安厅决定给予我和传根嘉奖，奖金1万元。报社也决定给传根一个特等报料奖，奖金2000元。

面对着荣誉和嘉奖，我想到了传根，严格说来我能活下来，全仗着传跟的一声吼叫，他是我的救命恩人。我决定帮帮传根，让他过上相对安稳的日子。他从16岁开始出外打工漂泊，四海为家，真不容易。我向报社领导要求，把传根招聘进报社做保安，领导考虑传根没有当过兵，不具备当保安的条件，答应安排在报社印刷厂上班，还给了他一个长聘合同工指标。

我走出领导办公室，高兴得快要蹦起来了。传根，你小子命好啊！悠着点，孩子出生了，就回家补办个结婚证吧，家里安顿好了，就可以来印刷厂上班了。我说过，奖金全归你，等省厅的奖金领到手，连同报料费一起寄给你。

我拿着身份证到中国移动公司天河营业处，补办了一张我原用的手机卡。我将这张新卡插进手机里不多久，就接到了传根的女朋友王端英打来的电话："表哥，你知道传根在哪里吗？他的老板也说几天没见他了。我生了，是个男孩。”对方说着就哭了起来，“传根到底去哪里了？呜呜呜——”

我的心一阵紧缩，孩子生下来了，传根却失踪了……

我决定向粤界派出所报警，就在这时，我的手机又响了，“你是余不苟吗？我们是岭背派出所，杜传根这个人你认识吗？那好，你赶快来一趟……”

对方说话完全是一种公事公办的口吻，告知了详细地址之后，再也不多说一个字，这种严谨近乎冷漠。我最关心的是传根的死活，可是对方把电话挂了。我打过去问传根到底出了什么事，对方回答：“你别问了，来了不就知道了？”

我赶到岭背派出所已近黄昏，一位警察把我带进一间小屋子，让我坐着稍等一会儿，“警察同志，杜传根怎么啦？”警察没有理我，出去把门带上了。

片刻之后，门被推开了，传根走了进来，那位警察站在门口。

传根见了我眼眶就湿润了，他第一句话就问我：“会判多少年？”

我焦急地追问：“传根，到底发生了什么事啊？我一点都不知道。”

传根说，在粤界派出所住的那个晚上，他做了一梦，梦见那个毒犯黑仔，被猎人的火枪打倒在地的时候，他对传根说，他上衣口袋里有一个钱包，钱包里有两张银行卡，密码都是六个“1”，他委托传根将其中一张银行卡转给他刚结婚不久的妻子，也就是钱包里那张照片上的女孩，另一张银行卡就送给传根。同时还把其妻子的姓名和详细住址都告诉给了传根。可是，第二天早上起来，他只记住了密码，却把黑仔妻子的姓名和地址全忘了。

“这密码我为啥记得这么清楚呢？主要是我看见这个家伙的左手捂着自己的胸口，就一个食指在不停地点动着，我就知道这里面一定有鬼。后来，那家伙就托梦告诉我：密码是六个‘1’。”传根顿了顿，沙哑着嗓门说，“狗哥，是我不争气，没听你的话，‘要想人不知，除非你别干’。”

“你真拿了黑仔的钱包?！”我惊讶地问道，“我明明看见你把钱包放回他口袋里了，怎么……”

传根点了点头说：“拿了。”

“哎呀，传根，我服了你了，你比刘谦更会耍魔术啊！”

“你可能忘了，我去把黑仔那根铁棍拿过来的时候，就把那钱包顺走了。”

传根说，那天早上从粤界派出所出来，就在街上转了一圈，没有找到自动取款机，接着就往相邻的岭背镇跑，结果发现岭背同样没有自动取款机，而且只有一家农村信用社营业所。传根就戴上口罩进去了，里面有一男一女两个营业员，传根来到女营业员窗口，把我给的2000元连同黑仔钱包里的3000元现金，汇给了王端英；再拿出一张银行卡，怯生生地从窗口递进去。女营业员让传根输密码，他坚信梦里黑仔告诉他的密码是不会错的，于是在密码键盘上按了六个“1”，对方要他重新输入。重新输入？难道密码错了？传根又按了六个“1”，这回也许没错，因为对方的面部表情突然发生了微妙的变化，她说：“卡里有多少钱？”传根突然一怔，吞吞吐吐地说：“我……我不知道，不知道多少钱。”女营业员突然站起来，用狐疑的眼光盯着神色慌张的传根，问他这卡是谁的。传根的嘴里像塞了一个土豆，支吾了半晌才说是捡来的。女营业员和正对面的一名男营业员交换了一下眼色，男营业员就出去了。“我当时就知道坏事了，我就说去上个厕所，趁机溜了出来，向车站跑准备搭客车去县城。刚到车站，一辆摩托车就停在我身边，两个警察就把我带到这派出所了。我对警察说卡是捡来的，但是警察不相信我是捡来的，磨了两天，反复问话、做笔录，直到我说了实话，才没找我了。”

沉默片刻之后，传根问我：“你说，到底要判多少年？”

我心尖上坠着的一块石头落地了，但是我得趁此机会好好教训这小子一番，“判多少年，这要看你的涉案金额，数额越大，量刑越重。估计这金额小不到哪去，麻秆说他两个卡有800万，黑仔的两个卡里少说也有三五百万。你要知道这是涉毒资金，说不定要杀头的！”

传根一听身子立马矮下去了，他无力地坐在地上，耷拉着脑袋，头上冒出黄豆般大小的汗珠。

见传根恐惧成这个模样，我特别难过，又安慰道：“这个我说不准，最终是由法院宣判。不过，怎么也得无期。”

传根望着我，惊恐的眼神里蒙着一层绝望的灰雾，

“狗……狗哥，救……救我！只要不死，无期就无期！”

我点了点头。“放心，我会尽力的。”我叹了口气说，“可惜呀，传根，这辈子你就这样完了，人要是有来世多好。”

“真有来世，我们还要做兄弟。”传根低低地回答。

“你还会认我这个哥吗？你一次又一次发横财的机会，都被我搅黄了，还要我这个哥干吗？”

“别这么说，我已经够后悔了，够难过了。来世，希望你还是我的哥，我会听你的话，踏踏实实做人，不是自己的血汗钱，坚决不要！”

这时，门口的警察把我叫出去低声说：“杜传根的事情搞清楚了，手续马上办好，一会儿你领他回去吧。好好教育教育他。”

我故作沉重地回到传根身边，“传根，我也要走了，我得告诉你个好消息，恭喜你有了个宝贝儿子……”

“真的！就生了？”传根突然睁大眼睛望着我，他那渴望的眼神里，就希望我能变戏法，把孩子抱出来给他看。我肯定地点了点头。传根说：“那提前了几天，他们都还好吧？”我知道他说的他们是指母子俩，“放心，可惜孩子出生了，你又……”

这时，传根双手战栗地拽住我的胳膊，“狗哥，帮帮我，你是记者，你有办法的。”

“传根，好消息还没说完呢，那个制毒贩毒团伙被端了，抓了14个人。”

传根一听眼睛忽然光亮起来，贼溜溜地转个不停，“我们立大功了！狗哥，帮我求情去，都说立功可以赎罪呀！”

“你别臭美了！”我给传根兜头泼了一盆冷水，“人家公安机关派了卧底打入这个团伙，跟踪了两年了！怎么会是你的功劳呢？”

传根最关心的是我们在粤界招待所见到的那个前额长了一颗红痣的男子，“抓了14个，那个所长……”

我立即打断传根的话，“别瞎说，你是说那个长了颗红痣的男的？传根，我猜这个人极有可能就是个‘卧底’。”

传根摇了摇头说：“这样的话，那毒贩就是饭桶了，明明知道他是派出所所长……”

“你才是饭桶，假如那个所长真像你所猜想的那样，那‘老大’在那个地头上制毒，也想找个人照着，人家就是需要那‘灯下黑’的效果。”

传根一脸疑惑，“什么叫灯下黑？”

“离灯盏越近的地方，越黑暗。最危险的地方，往往最安全。这你就不懂了。”我见传根思绪走远了，神经松弛下来了，我又说，“传根，别说人家了，还是说说你自己吧。省公安厅奖金1万块，我们报社报料奖2000块，我会全部汇给王端英。本来，我们报社领导批准你进入报社印刷厂工作，还给了你一个长聘合同工指标。可惜啊！兄弟……”

这些出乎意料的信息令传根瞪大了一双惊愕的眼睛，他就像一根水泥柱子一样，茫然地呆立着。

这时，警察对我说：“手续已经办好了，可以走了！”

我转身正要走，传根突然大呼一声："狗哥……"他从我后面来了个熊抱，让我吃惊不小，"救救我，狗哥！救救我呀……"传根号啕大哭起来，他的脸贴着我的后脑勺，我的后颈窝里就像是在拔火罐，热热的、湿湿的。他的双手起初把我抱得紧紧的，渐渐松弛下来，慢慢往下滑，最后跪在地上哭。我连忙把他扶起来，可是他全身瘫软无力。我说："传根，咱们回吧，你回家补办个结婚证，把家安顿好，过了年就来广州上班。别哭了，好日子才开始，好好珍惜……"

传根的哭声像杀猪一般刺耳，几乎淹没了我的声音，他什么都没听见，只是兀自哭号着。警察大声说："杜传根，你哭什么哭？走啊！你可以走了！"

传根突然停止了哭泣，不解地看着我。我拉着他说："走吧，你没事了。我们一起回家过年吧，后天就是小年了。"

在我的牵引下，传根梦游一般走出了派出所。

12

离开岭背镇之后，传根所发生的一切让人匪夷所思。

从派出所出来时，我就发现传根有点不对劲，看上去魂不守舍的样子。我说："传根，我们一起回家过年吧？"他说："我得回果场收拾收拾，我今年准备去老丈人家过年。我很想把老婆孩子接回家去，可是，手头没钱。我回家的车费，你得帮我。"他咧嘴笑了起来，顿了顿又说："狗哥，听说现在的火车票很紧张，无论如何你得给我买一张去岳阳的。没问题吧？”

我说：“没问题，哪怕高价票我也给你要一张。传根，过了年你就会好起来的，来我们报社印刷厂上班，一个月工资少说也有大几千。你要哪天的车票？”

传根说：“最好明天晚上的，我明天一早就搭车来找你。”

我说：“传根，现在我人还在这里，已经没有去广州的客车了，今晚我得尽量找车赶回去。你车票要得这么急，能不能买到我心中没底，不过，我会尽力的。”

当晚我搭乘一辆货车回到了报社。

第二天一早，我就到火车站的退票窗口守候，因为，春运期间，车票都是提前预售的，不售当天的车票。我守了整整一个上午，终于有一个人来退岳阳的票，是一张卧铺票，当晚8时开往岳阳的。对方要求多付50元，说是退票的交通补贴，我二话不说就买了下来。

车票一拿到手，我就直奔报社，我一直没有接到传根的电话，我以为传根应该在报社等我，想省点电话费。可是，我回到报社一问门卫，门卫说：“今天没有人找你。”我想，传根应该正在赶往省城的车上。

直到傍晚6时，还不见传根的人影，也没有他的电话，我就开始不踏实了，我给那个果场老板打电话，对方传来一个语音播报：“该号码已过期。”

我立即找出王端英打给我的电话号码，拨过去对方说这是公用电话，他不认识王端英这个人。

我在想，也许传根乘坐的长途客车路上抛锚了，我决定到省长途汽车站出口处等他，见到他就立即送他上火车。

可是，那天晚上我是9时离开省汽车站的，一直没有传根的音讯。

这个春节，老家特别冷，我给母亲买了一床太空棉被和一件羽绒衣。这十多天里我是在一种莫名的隐忧中度过的。节后，我回到报社，人事处催我通知传根来办理入职手续，我就对领导说："杜传根刚结婚，还生了个孩子，可能再过些天家里的事安置好了就会来上班。"

许多日子过去了，突然一个让人不可思议的消息把我弄糊涂了：传根在县里新城区商业街买了300平方米的商铺，租给一家公司开超市；还买了一套130平方米的住宅。这个消息发布者是我的发小、在老家县里房管局工作的杜振华。

回想当时在深潭边，我苦口婆心地给传根灌输法律知识，劝他不要对那两个歹徒落井下石，不要对歹徒身上的钱财有非分之想……这些被格式化了的东西对于他来说，到底会起到什么样的作用，我不知道。就像我不知道曾和我一起死里逃生的传根，怎么会从一文不名突然间变成富人一样，成为一个不解之谜。

（刊于2011年第3期《红岩》）

杀　　　　　　身

那是个初夏的早晨，安徽巡抚、庆亲王奕劻的女婿恩铭收到一封信，那是一封索命信。

鲜亮的晨光流泻在宣纸上，使白纸黑字清晰而井然。恩铭并没有嗅出那墨迹里散发出来的死亡气息。他看了一遍，明白这信上写的内容是推荐浙江山阴县一个叫徐锡麟的青年来他手下谋个官职，但实际上对于恩铭来说是一纸死亡通知书。

信是恩铭的老上级、原山西巡抚俞廉三写来的。徐锡麟是俞老先生的表侄，徐锡麟在日本留学因患眼疾而回国，便烦劳俞老先生给他谋个差事。

恩铭为感谢昔日提携之恩，便在安徽武备学堂给徐锡麟安排了个会办的职位。

恩铭万万想不到，他将以付出自己的生命为代价，和徐锡麟这个名字流传千古。

徐锡麟在赴安徽省会安庆就职之前，和秋瑾等革命党人商讨举事起义时说："法国革命八十年战成，其间不知流过多少热血，我国在初创的革命阶段，亦当不惜流血以灌溉革命的花实。我这次到安徽去，就是预备流血的，诸位切不可引以为惨而存退缩的念头才好。"

徐锡麟是这么说的，也是这么做的。

徐锡麟就职后全力经营校务，以博取恩铭信任。

一日，恩铭来安徽武备学堂视察时，看到军训的学生一个个生龙活虎，步调一致，阵容威严，便拍了拍徐锡麟的肩膀说："干得不错，全是东洋教化。"

徐锡麟谦虚地说："望大人多多赐教！"

不久，徐锡麟感觉自己在这个位置上没多大奔头，一无钱二无权，几十银圆的月薪无力支持革命活动，于是找到光复会员、绍兴富商许仲卿，"这样下去不行，花小钱只能做小官，看来要想有点实权，还得继续花钱。"

许仲卿愿意继续资助徐锡麟买官，他爽快地说："只要革命需要，我许某人就是砸锅卖铁，也在所不惜。"

于是，徐锡麟写信要求表叔俞廉三再次出面托请恩铭"栽培"。恩铭收到恩师的信，即回信道："门生正欲用之，无劳老师悬念……适成立巡警学堂，以伯荪（徐锡麟字）之才，料可胜任。"

许仲卿托人将五万银圆送到恩铭手上，恩铭展开大红绸缎包裹的银圆，大喜，"徐锡麟，有出息！会办事！"

不久，恩铭给徐锡麟、陶成章等四人分别给安排了知府、同知职位。徐锡麟由原来买来的道员之职，提升为安庆巡警学堂会办兼巡警处会办。那是1907年初的往事。

安徽巡警学堂位于安庆城内东北角百花亭，它是1906年清廷令各省办巡警学堂时创办的，是清政府专门培训巡警骨干的场所。学员分甲、乙两班，每班200人，每期三个月(后改为半年)。甲班毕业后再训乙班。参加训练的学员，每人都发九响毛瑟枪一支，毕业后大都分配到安徽省各地做警官，所以又称之为警官学堂。

徐锡麟想，自己在警官学堂任职，离暗杀恩铭又迈进了一步；再说这所学堂的学生人人配枪，加以鼓动和教化，就是革命党举事策反的一支强有力的队伍。

1907年的清明节，是个非常晴朗的日子，天空湛蓝无云，不像往年的清明，阴雨霏霏。

在绍兴大禹陵一间屋子里，光复会首领召开秘密会议，密谋浙皖两省起义大事，同时，决定建立光复军。

徐锡麟和在浙江从事革命活动的秋瑾商定，7月浙皖两省同时起义。与会代表一致推举徐锡麟为首领，秋瑾为协领。确定7月8日起义，借安徽巡警学堂举行首届毕业生典礼恩铭登台讲话之机，将恩铭等要员刺杀；由徐锡麟率领光复军占领安庆城。秋瑾率领浙江义军攻占杭州，进而两军会合，直捣南京。

徐锡麟说："杀了恩铭后，接着杀端方、铁良、良弼，推翻满清，为汉人复仇。"

秋瑾拔出随身携带的倭刀，高高举起，朗诵李清照的《夏日绝句》："生当作人杰，死亦为鬼雄。"

大家异口同声："生当作人杰，死亦为鬼雄。"

不久，一件意想不到的事情发生了，革命党人叶仰高被捕后不堪酷刑，供出了革命党人的名单。

安庆城内顿时风声鹤唳，倾城搜捕"乱党"。所幸的是，徐锡麟等人秘密联络用的全是化名。

恩铭立即招来自己的"亲信"徐锡麟，将一大沓革命党的名单交给徐锡麟，“立即组织抓捕，每一个乱党都得落网！”

徐锡麟心里一咯噔，这下可完了，会党内出了叛徒。徐锡麟匆匆打开名单一看，第一个名字“光汉子”就映入眼帘。这“光汉子”正是徐锡麟的化名！徐锡麟定了定神，斩钉截铁地说：“两日内，悉捕‘乱党！’请大人放心！”

就在此时，徐锡麟窥视了恩铭的表情，发现他并无异样。

徐锡麟担心夜长梦多，希望提前发动皖浙起义。天遂人愿，恩铭帮了大忙。恩铭的幕友张次山的母亲是7月8日八十寿诞，他被邀请参加寿宴。恩铭一想，这巡警学堂毕业生典礼也是8日，那不行，得错开日期。于是，指示徐锡麟把毕业生典礼定为6日。正是秋瑾最初计划起义的日子。

6日一早，安徽巡警学堂毕业生在学校礼堂外台阶下，列队迎候安徽巡抚恩铭的到来。徐锡麟一身戎装站在台阶上静候恩铭，左右两条通道由徐锡麟的助手马宗汉、陈伯平把守。

按保卫要求学堂全体学生均持空枪，清廷发现新军里面有革命党人渗入，时刻防范新军举事谋反，限制新军的子弹，让新军有枪没子弹，有炮没炮栓，枪、弹、炮、栓分别锁进军械所。

就在恩铭现身之前，两位衙役装束的男子走到徐锡麟面前，用公事公办的口吻说：“把你的火器交出来。”

徐锡麟将随身佩带的手枪交了出去。

上午9时，恩铭在安徽省有关高官的簇拥下走进了礼堂，他一边走一边向对他行礼的师生招手致意。

恩铭在主席台上甫一坐定，徐锡麟一个箭步上前，单膝下跪，双手呈上学生名册：“报告大帅，今日有革命党人起事！”

恩铭既惊且怒，正要训斥，徐锡麟突然向后避闪，在一旁侍候的陈伯平掏出炸弹，扔到了恩铭的座椅下。预料之中的爆炸声，却没有响。

徐锡麟慌了神，这下全完了，计划全被打乱了。

原计划是炸死恩铭，徐锡麟用手枪干掉左边的藩司和右边的臬司，由马宗汉、陈伯平杀掉两旁侍坐的各道、府、州、县官员。

可是炸弹没爆炸，恩铭和左右官员吓得乱作一团。

陈伯平突然脑子一片空白，一时手足无措。

徐锡麟定了定神，迅速从靴筒里抽出两支六响手枪，朝恩铭一阵狂射。文巡捕陆永颐见状，奋不顾身猛扑过去，用自己的身体为恩铭抵挡枪弹，陆永颐当场毙命。

武巡捕车德文背起恩铭朝礼堂外疯也似的奔跑。

陈伯平趁乱追上去，对准恩铭的肛门，由下而上打了致命的一枪。

身壮力大的车德文，匆匆将恩铭那肥胖的躯体塞进官轿里，轿夫抬起血流如注的恩铭就往抚署跑。恩铭的双脚耷拉在轿外，就像深秋里的两只被风干的丝瓜，随着轿夫步伐的节奏无力地晃动着，鲜血顺着双脚流下来，甩在轿夫的身上。

回到抚署，太医发现恩铭身中八枪，其中七枪都射在恩铭的腿、腰、掌、唇等部位，无一要害，另一颗子弹，是从恩铭的肛门射入，穿过腹胸，直入肝脏。

太医摇了摇头，无力回天，恩铭一命呜呼。

当两支手枪里的12发子弹悉数射完，徐锡麟便慌忙躲进一间小屋里装子弹。礼堂内混乱不堪、一片狼藉，文武官吏吓得抱头鼠窜。此刻，告发徐锡麟的顾松慌乱之中跳进了臭水沟里，马宗汉一把揪住他，“说，你为什么出卖徐会办？”

顾松跪拜磕头连连告饶。徐锡麟砍了他几刀，见其没死，便令马宗汉用枪击毙。

继而，徐锡麟对学生高喊：“巡抚已为顾松所杀，我们快去占领军械所，从我革命。”

徐锡麟、陈伯平、马宗汉便率领部分学生向安庆城西军械所进发。

安庆城门已被关闭，城外的革命新军无法进城增援，起义军内外联系中断。军械所弹药都锁在地下库内。光复军战士拉出一门大炮，架在军械所后厅，陈伯平取了一枚炮弹装进炮膛，对徐锡麟说：“现在形势危急，用炮弹把抚台衙门炸掉，摧毁敌人机关，然后轰击北门城楼，打开城墙缺口。”徐锡麟见抚台衙门一带民房稠密，担心殃及百姓，于是坚决制止，“不能开炮！千万不能开炮！不能草菅人命、生灵涂炭哪！”

不久，清军缉捕营、巡防营队伍赶到，包围了军械所。

光复军利用军械所坚固的围墙与清军对峙，相持战斗近5个小时。陈伯平不幸牺牲，徐锡麟、马宗汉等革命党人和学生相继被捕。

主审的藩司冯煦和臬司毓秀对徐锡麟这个白面书生干出如此惊天动地的事情，感到匪夷所思。藩司冯煦想来一个下马威，忽然呵斥道："给我跪下！"

徐锡麟嘴角挂着一丝轻蔑的笑意，轻松自如地盘腿打坐在地上。见此情景，冯煦和毓秀黔驴技穷，束手无策。

冯煦降低声调问道："恩铭巡抚待你不错，是你的恩师，你怎么这么没有心肝？"徐锡麟回答："他待我是很仁厚，可这是'私惠'；我杀他，这是天下的'公愤'——我倒要问你恩铭究竟死了没有？"

臬司毓秀朗声抢答："大人只受了点儿轻伤，经太医诊治，已经痊愈，明天就亲自来审你了！"

徐锡麟听闻恩铭没死，有如晴天霹雳，悲观至极。

可是一听到毓秀说"你知罪了吗？明天就要剖你的心肝了！"徐锡麟仰天大笑说："那么说，恩铭是死了！我于愿足矣。明天就是千刀万剐，也在所不惜！何况区区一副心肝呢？"

见徐锡麟那视死如归的神态，冯煦和毓秀由衷叹服，还真没见过如此不怕死的人。

《大清刑律》规定，杀朝廷重臣，受剖挖心脏之刑。

过去有此判例，1870年张汶祥为朋友报仇，刺死了发迹后霸占当年朋友的妻子并设计害死朋友的两江总督马新贻，张汶祥受的是剖挖心脏之刑。

恩铭的妻子（即庆亲王奕劻的女儿）强烈要求按此旧例执行，这样才解恨，才有警示作用。

冯煦等请示两江总督端方，决定按此执行。

当日晚，徐锡麟被押赴安庆抚院东辕门外刑场。

徐锡麟理着光头，上身穿着一件无袖背褡，下身穿着一条单裤，双手反剪五花大绑。夜风吹拂，脱了纽扣的衣衫犹如一面旗帜，猎猎而飘。清癯的徐锡麟，在夜幕中一身仙风道骨。他环视了一下，感觉这座伴随着灰色记忆的古城，竟是那么陌生而恐怖，沁凉的晚风中夹杂着浓烈的腐朽气息，扑鼻而来。远处是一片黑压压的脑袋和深邃无垠的夜空。周身空荡荡的，除了刽子手和监斩官，就是脚下瑟瑟发抖的杂草。

忽然，远天隐隐荡来阵阵雷声。

几个刽子手挥动着铁锤，先将徐锡麟的睾丸砸碎，接着剖腹取出心脏，继而砍头。

刽子手取出徐锡麟那颗冒着热气的心脏，用来祭祀恩铭后，切片炒熟给恩铭的卫兵们下酒。

徐锡麟那被掏出心肝的躯体，被钉在门板上示众。

徐锡麟就义后，雷霆大作，狂风席卷，豪雨猛倾，一连六天六夜不停歇。

王金发、竺绍康等革命党首领，连夜赶回绍兴大通学堂。王金发对秋瑾说：“我们赶紧率领全体师生提前起义，攻占绍兴府。”

秋瑾思忖了片刻说："嵊县和绍兴的义勇军，尚未集结就绪；仅凭大通学堂之力，实乃螳臂当车。"

经商议，大家一致认为如此贸然起义，必然造成更大的牺牲，决定等到原定的六月初十。

可是，绍兴绅士胡道南等人向知府贵福告密，说秋瑾、王金发、竺绍康等人均为徐锡麟的乱党，密谋起义。于是，浙江巡抚派出清兵，缉捕"乱党"。

秋瑾闻得消息，立即决定留下三十余学生守校，其余尽快疏散，为革命留下火种。

王金发劝秋瑾："你赶快逃走！杭州来的清兵马上要到了！"

秋瑾用力抓了抓随身佩带的倭刀柄，"你们赶快掩护雪梅，带王振汉母子速速离开绍兴。"

秋瑾想，我身为革命首领，也是徐锡麟的表妹，既然表哥已经殉难，我也该实践我们的诺言"生当作人杰，死亦为鬼雄"。

竺绍康说："你是革命领袖，你赶快走！我留下来。"

秋瑾断然拒绝，决心殉难，视死如归。她说"革命要流血才会成功"。她知道清兵将到，立即指挥大家掩藏枪弹，焚毁名册，疏散同志，把大通学堂革命党人、教师和学生劝散，离开绍兴。

这时，秋瑾见尹氏姐妹还不走，便厉声说道："你们怎么回事，还不走？"

尹锐志说："我姐妹俩就留在您身边，要死一起死！"

尹维峻含着热泪恳求道："我们要和您在一起！您的诗里写道：'拼将十万头颅血，须把乾坤力挽回。'我愿做十万头颅之中的一个！"

秋瑾的表情立时变得严峻，"我命令你们离开，就给我马上离开！这是为了革命大业！容不得有丝毫儿女私情。"

但是，尹氏姐妹始终没有走，一直留在大通学堂。

可是，久久不见清兵前来搜捕。秋瑾足不出户，在自己的卧房里抑郁悲凄，想起徐锡麟、陈伯平等革命同仁，年纪轻轻就失去了宝贵的生命，不禁暗自饮泣、悲泪沾襟。

山阴（绍兴）县令李钟岳，负责带兵抓捕大通学堂师生。李钟岳对秋瑾的文采敬佩之至，常拿着秋瑾的诗句"驰驱戎马中原梦，破碎山河故国羞"训导自己的孩子："以一女子而能诗，胜汝辈多矣！"

所以，李钟岳极不情愿捉拿秋瑾，故意一拖再拖，让秋瑾和学校的师生全部逃走。

7月13日凌晨寅时，李钟岳被管家的敲门声惊醒，原来是浙江钱清盐场大使徐晓秋差人送来了一封急信，信中说昨晚绍兴知府贵福突然来到徐晓秋家，要徐晓秋找一只船给贵福坐着连夜回绍兴，徐晓秋感到蹊跷，便要求贵福告知实情，贵福说，准备逮捕大通学堂的师生。

身为清廷官吏的徐晓秋，心怀维新报国之志，兴办了七所中小学校。他和秋瑾素未谋面，但秋瑾的才华、思想和行为却令他敬佩。

徐晓秋对贵福好言劝告，万勿滥杀无辜师生。徐晓秋说："徐伯荪（徐锡麟）亦素识，其人温雅若处子，安庆之事，必有激之使然者。秋瑾为女子，更何能为？且学生无辜，安可以'莫须有'三字杀数百人，此于学界前途极有影响。某在此创办大小学校七，深知绍兴办学不难于筹款，难于招生。大通学生若见杀，则人将视学堂为贾祸之媒介，避之若蛇蝎，谁愿入校求学？今愿以全家保大通学生之不通谋。"

身为满族旗人的贵福，一向仇视革命，当然听不进这些忠告。徐晓秋无奈，只好借口夜深人静雇不到船，挽留贵福留宿；同时，展纸疾书给山阴县令李钟岳，差人连夜送去，以求李钟岳尽快通知秋瑾疏散师生。

李钟岳读罢信，换上衣服，立即赶往大通学堂，将徐晓秋的信出示给秋瑾看，告知她情况危急，天明前，学校所有人员必须逃出绍兴城门，切记焚毁师生名册。"留得青山在，不愁没柴烧！速速动身！"李钟岳说完，扭头就走，唯恐被官府探子盯梢。

秋瑾将剩下的学生全部劝走，只有尹氏姐妹依然不走，誓死与大通学堂共存亡。

秋瑾说："你们再不赶快撤离！就来不及了！"

尹维峻眼噙泪水说："不，要走，您和我们一起走，我们要和您一起走！要死一起死！"

尹锐志恳切地说："李县令说得对，留得青山在，不愁没柴烧，保存了生命就是保存了革命势力。我们赶快走吧！"

此刻，秋瑾被这对小姐妹淳朴的姐妹真情和革命友谊所感动，泪水已模糊了视线。

秋瑾和尹氏姐妹收拾行囊，女扮男装骑马出城。走到西郭门外，秋瑾忽然想起学校的皮箱里，还有一份机密文件忘了销毁，于是对尹氏姐妹说："你们先走，还有一份重要文件忘了烧掉，我回去处理随后就来。"

尹锐志说："我们就在这里等您吧？"

秋瑾说："不行！形势危急，我们到剡湖（位于嵊县）会合。记住，你们千万别回家！一回家就可能被官府捉拿。"

秋瑾说完，威风凛凛地骑着那匹白马，折回大通学堂。马蹄声在黎明前的夜空中回荡，打破了那个晚清时期非常之夜的千万个昏睡之梦。

秋瑾回到学校，打开那个笨重的皮箱，取出那份文件烧毁。官府的兵役已将学校团团包围了。

秋瑾见校门外总有人探头探脑，知道情况不妙，于是在院中来回踱步。忽然，豫仓那边一个胡须拉碴的扛米工向她奔来，"秋姐。"

这陌生人的叫唤令秋瑾大吃一惊，"请问你是谁？"对方扯下假胡子说，"我是王金发。"

王金发从浙南回来了，见豫仓正在平仓的扛米工可以进进出出，便装扮成扛米工混进来催秋瑾逃跑。

秋瑾说："你进来干什么？情况危急，你赶快走！学堂有我在。"

王金发说："巡抚已从杭州调集三百清兵，前来抓捕我们，赶快走！"

秋瑾决断地说："大通学堂是浙江革命的阵地，我要保住这个地方，决不能走。"

王金发急得跺脚，气愤地说："你是革命的首领，一定要保住性命安全。革命成功了，学堂可以重建，可你被抓走了，革命将群龙无首。"

秋瑾说："谅官府不敢把我怎么样，机密资料全烧毁了，凭什么给我定罪？但是，你必须走，马上离开绍兴。"

"我也不走了，要死一块儿死！"

"你赶快走！这是命令！"

王金发极其悲愤地跺了一脚，眼含泪水说："我走！你多保重！革命需要你，你的孩子不能没有你。"

秋瑾掏出一支勃朗宁手枪交给王金发，"快走吧，你不用担心我，你千万留神！"

"我们去联络各地会党，组建光复军，酝酿起事。"王金发说着，沾上假胡子，闪身而去。

王金发一走，浙江巡抚派遣的浙江新军第一标第一营管带徐方诏，已带领三百清兵开进了绍兴府衙。

就在徐晓秋派人给李钟岳送信的同时，老奸巨猾的贵福也派人给李钟岳送了浙江巡抚张曾敭的电令："府宪命令，汝延不执行，是何居心？限汝立即率兵前往，将该校师生，悉数击毙，否则我即电告汝与该校通同谋逆，汝自打算可也。"

李钟岳与徐方诏带兵来到大通学堂，李钟岳走在队伍的前面，行至大通学堂门外。清兵一齐举枪向天鸣放，李钟岳高声喊道："山阴县令带兵捕人，都不要乱跑。"

其实，尚有一些师生暗中躲藏于校内，守护学堂。

清兵进入学堂，突然跑出两名学生，清兵一阵扫射，两学生当即倒在血泊中。

李钟岳见此情景，痛心疾首，唉！这些年轻人都是有理想、有抱负、忧国忧民的好孩子啊！他们何罪之有啊？凭什么无辜杀害他们？凭什么啊？

秋瑾站在操场上，面对向她走来的李钟岳愤怒地质问道："你们为何枪杀我的学生？"

李钟岳歉意地望着她不吱声，清兵蜂拥而上捉拿秋瑾，继而到处搜捕，逮捕了大通学堂教员和学生程毅、徐颂扬、徐福昌、傅有堂、陈树南、蒋继云、钱应仁等人，搜走了手枪1支，毛瑟枪41支，子弹6000余发，文件及秋瑾诗词作品一包。

贵福亲自提审秋瑾，让李钟岳也坐在一旁陪审。

秋瑾冷冷问道："凭什么抓我，我何罪之有？"

贵福笑道："你纠结乱党、杀官谋反，这不是罪吗？"

秋瑾怒道："这是欲加之罪！证据何在？"

贵福说："徐锡麟杀害安徽巡抚恩铭，你和徐锡麟同党，又在你的大通学堂私藏枪支，这不是证据是什么？"

秋瑾说："这些枪支是学生上兵操课时训练用的，当时有省里的批文才买的，你也检阅过学生扛枪训练，还夸这些学生为未来国家栋梁，想必府台大人记忆犹新。说我是徐锡麟的同党！纯属无稽之谈。”

贵福怒道：“徐锡麟的弟弟徐伟，供出你和徐锡麟密谋举事作乱。你还不如实招来！”

秋瑾声色俱厉地说：“徐伟栽赃无辜，是为逃毒刑。谁见过我与徐锡麟密谋？你和我来往，还给我作对联：‘竞争世界，雄冠全球。’不少人目睹，李县令当时也在座，便是见证。难道你也和我同党？”

贵福突然拍案一声断喝：“来人，给我拉下去用刑！看你招不招？”

被严刑拷打得遍体鳞伤的秋瑾，又被押上大堂受审。贵福得意地笑着说：“受苦了吧？早招了也不用受这皮肉之苦。”

秋瑾骂道：“衣冠禽兽，你愧对一张人皮。”

贵福喝道：“你招不招？”

秋瑾怒目圆瞪：“我不与禽兽共语。”说完低头瞑目，任凭贵福大发淫威，也不再言语。恼羞成怒的贵福又令用刑，秋瑾仍缄口不语。

贵福见状，灰心丧气地说：“给我押下去。”

徐晓秋闻知秋瑾被捕，立即赶到绍兴见贵福，要求对秋瑾从轻发落。贵福说：“不行啊！巡抚有令，严加惩办！”

徐晓秋又赶到杭州，请求浙江提学使出面帮忙，免秋瑾一死。胆小怕事的提学使勉强答应，待徐晓秋一走便立即向浙江巡抚张曾敭告密，以邀功求赏。

贵福除乱党杀秋瑾心切，再次提审秋谨，秋瑾依然缄默以对。贵福知道如此下去，徒劳无功，便将秋瑾交给李钟岳审讯。

14日午后，秋瑾被押解到山阴县衙，李钟岳在花厅破例为秋瑾安排了一个绣花蒲团坐下。

李钟岳一见秋瑾那张曾经美丽现在被打得几乎变了形的脸，就深感愧疚。本诚心救她一命，想不到她竟然没走。

李钟岳与秋瑾谈了一会儿，便给秋瑾递上纸和笔，让她写供词。秋瑾看了看花厅外阴雨绵绵，风撩幕帘，便提笔写下了一个“秋”字；李钟岳要她再写，秋瑾便写下了“秋风秋雨愁煞人”七个字。

当晚，贵福得知李钟岳审讯秋瑾一无所获，便向浙江巡抚张曾敭报告，张曾敭立即手谕，就地正法。

被疏散而逃离绍兴的尹氏姐妹和王金发、竺绍康、周亚卫等革命党人，很快就获悉秋瑾被捕的消息。他们从大通学堂出来之后，并没有潜回家乡避难，而是日夜兼程奔赴浙江省各地，通知会党成员立即分散待命，躲避官府搜捕，并密谋劫狱营救秋瑾。

王金发说：“现在只有三种路子救人了，一是劫狱，二是抢囚车，三是劫法场。”

竺绍康说：“最好是劫狱，抢囚车、劫法场难度都比较大。劫狱，是我们在暗处，敌人在明处，我们可以偷偷摸摸行动。而抢囚车、劫法场那就只能明火执仗了，要在大兵压阵的情况下，强攻硬抢多难哪。”

王金发说：“你别这么悲观，抢囚车、劫法场那是不得已的情况下才干，最好是劫狱，赶在秋瑾赴法场之前，把她解救出来。”

竺绍康说：“万一劫狱不成呢？”

“万一？”王金发顿了顿说，“万一不成就劫法场嘛！”

尹锐志接茬说：“石秀跳楼孤身劫法场救出卢俊义；梁山泊好汉江州劫法场救及时雨……他们不都是好好的？”

“我的妹妹呀，这些都是古代文人雅士，吃了没事干瞎编出来的，你也信？”竺绍康说，“你说说，历史上有几个真正劫法场成功啦？”

尹维峻说：“秋瑾先生说过：‘革命要流血才会成功。’为了救出秋先生，流血牺牲又算得了什么？”

尹锐志说：“好好好，妹妹，大家心愿是一致的，就是要救出秋瑾先生，关键是怎么才能救出她来。我们现在好好商量一下，拿出一个营救办法来。”

四人合计了一番，最后决定由尹氏姐妹打入县衙，设法进入监狱，杀掉看守衙役和狱卒救出秋瑾，王金发、竺绍康带领会党备好马车在县衙外接人，谢飞麟带领光复军在城门口接应。

竺绍康说：“巡抚调了三百个清兵来绍兴，我们行动一定要谨慎，全部化装进城。”

王金发说：“为了稳妥起见，县衙内我和尹家姐妹一起进去为好。”

竺绍康说：“不行，现在官府正在缉拿你，你千万别自投罗网。还是让我和尹家姐妹一起进去。我建议你最好在城门口外接应。”

王金发将假胡子一沾：“谁认得出我来？我站在秋瑾面前，她都没认出我来。唉，当时，她要是听了我的劝告就好了。”

竺绍康说：“事已至此，我们只能尽快想办法把她营救出来。今天午时早已过了，极有可能就是明天的午时三刻。”

尹维峻不解地问：“明天午时三刻干什么？”

竺绍康说：“处死秋瑾啊。”

尹维峻说：“你怎么知道是明天午时三刻？”

王金发说：“自古犯人问斩，都是安排在这个时候。午时三刻，太阳当空，阴影最短，‘阳气’最盛，鬼魂不敢猖獗。监斩官和刽子手也怕鬼作祟。”

14日傍晚，李钟岳的门被役吏敲开，役吏说：“禀报大人，外面有两个人找你，说是四少爷的朋友。”

李钟岳为人坦荡、热忱好客，随口答道：“好，请他们进来。”

女扮男装的尹氏姐妹，远远看去，俨然两个未冠少年。尹锐志曾经在一个集会上偶然遇见李钟岳的四儿子李汝枕，李汝枕属思想激进的爱国青年，于是就以李汝枕朋友的名义，接近李钟岳。

李钟岳谦和地问："二位是……？"

尹锐志说："我们是四少爷的朋友。"

李钟岳说："汝枕他在学校，还没回来。"

尹维峻说："我知道他还在学校。"

李钟岳心里犯嘀咕，既然知道我家汝枕在学校，那他们来找我，到底有什么事？

尹锐志说："听说鉴湖女侠秋瑾被捕了？"

李钟岳心里一震，认真打量着眼前这两个少年。李钟岳想，他们莫非是秋瑾的学生？于是反问道："你们怎么知道她被捕了？"

"我们是听说的。"

"你们是她的学生？"

"不是，我们是她的读者。得知她被捕了，我们很难过，也没去上学。"

"为什么这样呢？"

"我们最喜欢她的诗词，对她一直怀着敬意。这样的好人，为什么要抓她？她犯了什么王法？"

李钟岳长长叹了口气说："一言难尽哪！孩子，你们好好读书，别管这些，这都是官府的事。"

尹维峻试探着问道："听说马上要拿去杀头？"

李钟岳压低声音说："没办法。"

尹锐志说："秋瑾现在在哪里？"

李钟岳说："在监狱里。"

"在哪个监狱？"

“山阴监狱。”李钟岳刚一说完，感觉不对劲，这两个贸然造访的年轻人，怎么一直打听秋瑾的下落？该不会是革命党的人吧？

尹锐志说：“我们想见她一面，请您带我们去见见她吧！”

李钟岳说：“你们为什么要去见她？”

尹维峻说：“说不清楚为什么，我们只想看看她。帮帮我们吧，李大人。”

尹锐志说：“过去一直想见她，就是不知道她在哪里。现在知道她被捕了，就想在她临死前见上一面。”

尹维峻说：“我们知道您是个有良知、有爱心、深明大义的好县官，才来找您帮忙。”

经尹氏姐妹一纠缠，李钟岳心软了下来。他在想这俩孩子该不会是光复会的人吧。即便是也无所谓，这三百大兵压境，县衙关卡林立，城防固若金汤，谅这两个毛头孩子也作不了什么乱，至多是给秋瑾传个话什么的。要见一面那就见呗！再说，你们真有本事劫狱，把秋瑾救出去那是你们的造化。我想救她，她还不领情呢！

李钟岳说：“走吧，跟我来。我正要去查监。”

尹氏姐妹随李钟岳来到山阴监狱。监狱和县衙大堂相距三百步光景，大概是为了便于随时提审犯人。

监狱大门前，清军荷枪实弹重兵把守。

监狱大门上方，悬挂着一个形似虎头的狴犴（又名宪章，是龙的第七个儿子，形似老虎。由于它平生喜欢断案，形象威风凛凛，不仅急公好义、仗义执言，而且能明辨是非、秉公执法，所以古人把它的形象刻画在监狱大门的上方，象征法律威严，用以震慑犯罪）的图案。

监狱的第一道大门訇然打开，一衙役朝着里面喊话："李大人到——"那声音就像一条长长的响尾蛇的尾巴，在监狱里回荡。

监狱大门内有一道照壁，照壁左右两旁分别写着"肃静""回避"四个大字。进去是一个由高高的石墙围起的院子，走过院子便是第二道大门，一进此门，就像进入了一个铁桶一样封闭的角落。进出只有一个通道，为了防止囚犯逃跑。一入第二道监门，就是一个公堂，公堂背后就有接连拐四个直角、五道门的甬道，接着是一条约三尺多宽的"胡同"。"胡同"的两边是两排低矮的监房，这些监房用来关押轻刑杂犯；"胡同"南端的尽头，往东拐直角弯便是专门关押死刑重犯的内监。内监是四合院格局，东西南三面是普通式监房，北面有两幢无窗封闭式监房，这是关押死刑待解女犯的女监，秋瑾就关押在左侧的一个监房里。

衙役打着灯笼，引领着李钟岳和尹氏姐妹，穿过阴森的甬道长廊，脚下的青石板在昏黄的灯光幻照下泛着坚硬而冰冷的光晕。尹氏姐妹一边走一边环视着周围的地貌和路况，密切注视着附近的动静。

来到关押秋瑾的内监的北面监房前，门前站着两个持枪的狱卒，其中为首的一个说："李大人，您身边的二位为何人？请止步！"

李钟岳说：“我家的两个亲戚，一直喜欢秋瑾的诗文，想来见见他们心目中的才女，说她明日斩首了，就见不着了。”

对方冷冰冰地说：“府台大人有令，钦犯重地，闲人莫入。”

“钦犯？”李钟岳心想这哪算钦犯？有皇上的朱笔御批吗？真是无稽之谈！当然，身为堂堂县令，不屑于和小小狱卒理论。

李钟岳知道，里面还有两道门，只要把门锁打开，这两个小孩要跟进去，狱卒也不会不看他这个县太爷的面子。

尹锐志心里揣摩着，万一这两个看守的狱卒坚持要把我们姐妹俩赶走，我们就把他们干掉，搜出钥匙把牢门打开，救出秋瑾。

尹锐志伸手掏匕首，准备动手将两个狱卒杀掉。就在此时，回廊深处传来一阵紊乱的脚步声。尹氏姐妹知道不好了，从脚步声来分析一定来了不少人。

果然，一队荷枪实弹的清兵疾步走了过来。走在最前的是徐方诏，他是来查监的，他一看尹氏姐妹顿生疑窦，问道：“李县令，你身边的二位是何人？”

李钟岳慌忙答道：“哦，是我的亲戚，两个孩子都说喜欢秋瑾的诗文，想来见见他们心目中的才女。”

“巡抚大人有旨，任何无关人员都不得进入此监狱，否则格杀勿论！”

徐方诏话音刚落，“呼啦啦”十几支枪的枪口对准了尹氏姐妹。

尹维峻看着姐姐的眼神行事，尹锐志知道此刻敌我力量悬殊甚大，只能智取，不可强攻，不得轻举妄动。

李钟岳一见这阵势，吓得慌了神："徐大人，徐大人，万万使不得，他们是不明事理的孩子，万望大人高抬贵手！"

"不明事理？他们不明事理，你应该明白事理吧？"

"是下官一时糊涂，竟让两孩子跟进来了。"

"巡抚大人之旨，谁敢违抗？什么叫格杀勿论，你总该明白！"

"明白，下官明白，孩子年幼无知，恳求大人宽恕。"

徐方诏摆了摆手，随时准备扣动扳机的十几支枪，放了下来。

徐方诏冲着尹氏姐妹责骂道，"你们两个屁孩子，不好好读书，来这鬼地方干吗？这么个女乱党，有什么好看的？还不如看看大红名伶杨翠喜。"

"就是就是，"李钟岳连忙附和道，"还不赶快谢谢徐大人，给我速速滚回去！"

徐方诏不放心，担心尹氏姐妹会添乱惹麻烦，于是吩咐在一旁的两个衙役："把他们押送出去！别给我们添乱。"

于是，两个衙役持枪押送着尹氏姐妹向监狱大门走去。

刚拐过一道甬道，两头都阒无人迹，远远的灯光照着青石板路，泛着古铜般的冷光。晚来的穿堂风凉飕飕地吹过，尽管时值炎夏，也感到透心的冰凉。

尹锐志想，完全可以将此二衙役杀掉，然后躲藏到一个隐蔽的地方，等徐方诏查监结束带兵出去了，再想办法营救秋瑾。

但是，监狱的格局除了甬道就是公堂、监房和狱卒看守房，简单而又一目了然，毫无藏身之地。即便杀了这两个衙役，尸体也无处掩藏，容易被发现。一旦被发现，营救秋瑾的计划落空不说，姐妹俩自己也难以脱身，还连累了李钟岳一家。这些问题，尹氏姐妹都已经考虑到了，于是，不敢轻易下手。

尹维峻在想，迟迟不见姐姐出示事先约定的手势，主要是考虑敌人防范太严，成功的希望十分渺茫。

尹氏姐妹在两个衙役的押送下，走出长长的回廊，从院墙脚下的一条青石板路走向监狱大门。明朗的月光从高高的院墙之外投下鱼白色的清辉。两个衙役对眼前尹氏姐妹“这两个纨绔子弟”感到一百个不满意。

一衙役说：“有书不好好念，还跑到监狱来，这不是送死吗？”

另一个衙役接茬说：“刚才要不是县太爷求饶，差点吃炮子上西天了。你们爹妈就白养了你们这些个讨债鬼。”

尹氏姐妹没有吱声。尹锐志见高墙旁有一棵大树，树干足有两人合抱之围，认为这是个可以隐藏衙役尸体的地方，如果将身后那两个衙役干掉，就可以藏在那大树的背后，月色朦胧，不容易被发现……

正在尹锐志准备向妹妹出示行动暗号时，“呼啦啦”一道黑影遮住了月光，同时两声沉闷的响声落到了两个衙役的后脑勺，两个衙役应声倒地。

一个压抑的声音说：“我是王大哥，快！把他们藏到那大樟树下。”黑影大侠就是王金发，他说着就一手挟起一个衙役的尸体，就往旁边的大树下跑。

王金发将两具尸体扔在大树的背后，就动手扒清兵的衣服。尹氏姐妹见状心领神会，立即动手扒清兵的衣服。尹锐志说：“我们姐妹俩穿上他们的衣服，拿着枪，躲起来……”

“等查监的官人领着大兵走了，我们就去救秋瑾。”未待尹锐志说完，尹维峻抢白道。

“对，你们太聪明了。”王金发说，“你们把秋瑾带出来，我暗中保护你们，要不惜一切代价，救出秋瑾！”

尹氏姐妹不约而同地回答道：“好！”

“谁？谁？”远远有人在吆喝，“谁？再不吱声我就开枪了！”

这时，两个衙役的衣服还没扒下来，就被远处一巡逻狱卒发现了。由于距离太远，无法投掷飞镖，王金发和尹氏姐妹只好放弃原定计划，及时攀着钩绳翻墙逃离。

“来人啦！来人啦！”狱卒大喊起来，同时响起了枪声。

此刻，月光下的监狱大院内黑影绰绰，子弹射向那棵大樟树。公堂的大鼓也被敲响了。

眨眼间，山阴监狱被清军包围得水泄不通。

清兵战战兢兢地靠近那棵大樟树，透过朦胧的月光，隐隐约约看到大樟树后面俯卧着人，实际上是两个衙役的尸体。于是，清兵便向那两具尸体开火。

一阵密集的枪声过后，监狱里显得死一般宁静。清兵走近大樟树，用灯笼一照，躺在地上的两个衙役已是满身弹孔、血肉模糊。

李钟岳已吓得脸色煞白，知道这一定是那两个少年惹的事。

徐方诏倒不怎么怀疑是尹氏姐妹干的，因为在他记忆里，尹氏姐妹是两个不谙世事的毛头男孩，怎么可能进得监狱来闹事呢？谅他们吃十个豹子胆也不敢。他怀疑监狱内有奸细，有乱党分子。当下乱党无孔不入，渗透新军，还混进了监狱。

他突然转过身来，犀利的目光就像两把钢刀，盯着李钟岳看，半晌不说话。李钟岳被他那带着金属锋利的寒光刺得快要崩溃了。

“李县令，”徐方诏说着又顿了顿，拍了拍李钟岳的肩膀，“这监狱里，一定有乱党！切勿掉以轻心哪！”

李钟岳被徐方诏一拍，脑子“嗡”地轰鸣起来，知道自己已经完蛋了，必将株连九族，所以连徐方诏说了什么都没听清楚。

“你说呢，李县令？”

李钟岳连连说：“我该死，我该死。”

徐方诏见李钟岳如此坦荡敢担责任，口气变得缓和了一些：“这监狱里出了奸细，你当然有责任，但罪不该死。”

李钟岳一听，心中暗喜，连连致歉说：“监狱里有奸细，我是有不可推卸的责任！”

徐方诏说：“赶紧给我包围起来，搜！”

李钟岳也跟着说：“搜搜搜！”李钟岳当然明白自己无权向杭州来的清兵发号施令，就冲着衙役和狱卒叫道：“赶快给我搜！”

刚一说完，心里就犯愁，这两个小孩到底走了没走？

于是，清兵和衙役、狱卒打着灯笼火把，在监狱内翻箱倒柜地搜查，企图在某个旮旯里找出几个革命党人来。

王金发和尹氏姐妹翻墙逃出监狱之后，立即到了会党联络点，同竺绍康、周亚卫等革命党人，连夜商讨营救计划。

王金发说：“现在东窗事发，监狱戒备更加森严了，我估计不会等到明日午时三刻，就会下手。”

尹锐志说：“我认同王大哥的看法，官府担心夜长梦多，不如趁早下手，以免后患。”

尹维峻说：“会不会现在就下手呢？”

大家一致认为，马上处死秋瑾不大可能，因为监狱里刚刚发生骚乱，黑夜茫茫，官府担心夜幕之中还有不少埋伏。一致认为翌日天一亮，秋瑾就会被押上斩刑之路。

王金发说：“我们务必在天亮之前做好埋伏，不惜血本，半路抢人！”

大家都说：“好！不惜血本，半路抢人！”

绍兴知府贵福得知山阴监狱发生骚乱，连夜赶来山阴县衙，对徐方诏说：“我看最好是马上除掉这个女匪！速战速决，以免夜长梦多，后患无穷。一旦乱党攻城劫狱，那就麻烦大了。”

徐方诏认同贵福的意见，他们心里明白，无论发上什么闪失，都无法向皇上交差，不如快刀斩乱麻，一刀了断。

于是，贵福命令李钟岳立即处死秋瑾，并特派心腹监督执行。

次日凌晨3时，“哐当当”门锁打开的声音，将秋瑾从昏睡中惊醒。女子监房的门突然打开了，李钟岳打着灯笼走了进去，凄凄地对秋瑾说：“出来吧，上路了！”

李钟岳看了看身边无外人，就含着泪水说：“我本欲救你一命，但上峰必欲杀你，我已无能为力。我位卑言轻，杀你非我本意，你明白否？”旁边的吏役也动了恻隐之心。

秋瑾说：“公祖盛情，我深感戴，今生已矣，愿图报于来世，今日我惟求三件事：一、我系一女子，死后万勿剥我衣服；二、请为备棺木一口；三、我欲写家信一封。”

李钟岳当即全部答应了秋瑾的要求。

天将微明，江南古城绍兴的上空晦暝如墨，被酷刑摧残的鉴湖女侠秋瑾，身上的白色衬衫已是血迹斑斑，她穿着一双棕色的皮鞋，拖着铁镣，沉重地踩过青石板路，缓步来到山阴监狱门前。狱卒将大门打开，然而，遍体鳞伤的秋瑾，已经无力跨过这道齐膝高的门槛。她试着提起脚来跨过去，可是沉重的镣铐限制了双脚之间的幅度，而无法跨过。两个人高马大的清兵把她提起来，扔出了门槛。

秋瑾努力地迈着沉重的步伐，那双半大脚在丈量着生命中最后的光阴。跟在后面的一群凶神恶煞的清兵，对于秋瑾那迟缓的步伐极不耐烦，不停地推搡着秋瑾。

秋瑾打起精神前栽后仰、摇摇晃晃地向着轩亭口刑场走去。

在生命的最后一刻，她举目环顾，深情地眺望灾难深重的家国苍生。晓风残月、黑暗无边，她想在黎明即将来临的时刻，最后看一眼桑梓绍兴，可是一切都隐没于昏暗的夜幕之中，只闻得绕树昏鸦和着天地万籁的悲鸣……

（节选自2014年《小说月报》长篇卷一《姊妹镖》）

真　相

那个夏日的黄昏，我像个梦游者晃晃悠悠地走在深圳街头。天空下过一场雨，地上湿漉漉的，缤纷的彩灯在地面上投下的光影，斑斓而闪烁。整个大街像一条漂浮着花瓣的河流。

我总觉得这样的阴雨过后的傍晚，一定会有什么不祥的事情发生。

雨后的街头，车马稀疏，我在那座当时号称东南亚第一高楼的帝王大厦附近的一根电线杆上，看到了一张写着“高薪招聘私家侦探”的白纸，照着上面的电话号码，我拨通了。接电话的是一个女人，声音饱含着一种年轻的甜润，她打了个呵欠，懒洋洋地问：“你干过这行吗？会功夫吗？你有多高、多重、多大年纪……？”

我一一回答了女人的提问，女人最后又打了个呵欠说：“好吧，你现在在哪里？在帝王大厦？那好，你听着，朝北走到摄影大厦，在右边的一个地道口等我，我十分钟后就到。”女人用命令的口吻吩咐着我，看来这女人对深圳的路况了如指掌。我放下电话，心里隐隐生出一种莫名的奢望：十分钟之后，有一个年轻的女人（没准是个美人）驾着轿车来接我，说不定还是个财色兼收的美差呢。

我来到摄影大厦门前，那地道口在玄秘的夜色中像魔鬼张开的黑洞洞的大口。突然，一辆黑色的奔驰轿车停靠在我身后，两侧的玻璃都贴着水银纸，使外面的人无法透视车内。我想一定是那个打着呵欠的懒洋洋的女人来接我了，我准备用一种极酷的姿势与之见面：背朝着车，等她下车了，我来个蓦然回首45度侧视……没等我往下细想，突然几道车门同时打开，车里钻出几个穿着黑色T恤的壮汉。在远处路灯的幻照下，我分明看见那些人的发型都十分另类，要么光头，要么扎着马尾巴，要么后脑勺编着一根筷子般粗细的小瓣，而且头发都染得五颜六色。其中一个光头冲我问道：“你在等人？”

“对，等人。”

“那就上车吧！”

“不，我等的不是你。”

“我就是来接你的。”

“不不，你一定是搞错了，我等的是一位小姐，我们刚通过电话……”

“你他妈的，哪有这么命好，小姐来接你，给我上车！”

不由分说，几个大汉架着我的胳膊，把我塞进了轿车。轿车像一颗出膛的子弹，迅疾穿过这个华灯初上的城市中心，向市郊的滨海大道疾驰。

车里的人个个面相凶恶，我的心里一直打着紧鼓，一种落入圈套的恐惧感包围着我。我开始后悔踏进了这个吉凶未卜的陷阱。

那是一段不堪回首的往事，经过了一场人生的炼狱之后，生存迫使我重新择业。我像一只饿疯了的无头苍蝇，在这座浮华的城市不倦地扑腾着，不放过任何一个求职的机会。

将那段日子里所发生的一切如实道来，定会令人咂舌，也会被人所诅咒和不齿。

袒裸自己卑劣的灵魂是需要足够的勇气的。

在夜幕中，轿车就像冲进了死亡隧道，窗外影影绰绰的陌生的景致，纷纷掠过。我说："这是去哪？"

可是没有人吭声，我前后左右的人都像是青石罗汉，缄默不语。我想，此行凶多吉少。

下了车，路边的草丛中有蟋蟀和一些不知名的昆虫的叫声，幽静得令人毛骨悚然。

我被黑衣汉子们领到一个网球场，几盏小太阳灯光照得球场白晃晃的，跟白天一样明亮，以至让场上那些凶神恶煞的嘴脸展露无遗。没等我来得及多环顾一眼周围，我那下垂的手掌，突然感到热乎乎的，我条件反射地低头一看，我的手正被一只大狼狗舔着，那两颗尖利的獠牙匕首般泛着寒光，在我的掌心和手背上磨蹭着，猩红的舌头像清洁工的抹布一样在我的手上殷勤地揩拭着。我只好把双手插进裤袋，狼狗惹不起躲得起。

我一直在寻找一个女人，那个和我打电话的女人。可是球场上全是男人没有一个女人，那些男人躺在逍遥椅上喝啤酒、聊天、侃女人、说粗话。我们一进来便鸦雀无声了。我在心里诅咒那个招聘私家侦探的女人，真他妈的瞎胡闹，有什么冤情可以报警，让警察去摆平嘛，干吗非得这么作贱人！

光头打通手机说：“周小姐，人到了，看上去不错，你来看看再说吧。”

我想他说的“周小姐”一定是那个打着呵欠和我打电话的女人，这个女人一定来头不小。光头打完电话，把手机塞进牛仔裤袋里，然后，双手把指关节弄得咔咔作响，就像武打片中过招前常出现的情景。

一位三十来岁的女人走进球场，后面跟着两个鼻青脸肿的年轻人。几条黑衣大汉就像鱼儿见了诱饵似的涌上前去，“周小姐，就这人，刚到的。”

周小姐说：“把这两个送去看看医生，再打发他们走。”

见到这两个眼睛和鼻子肿得像西红柿一样的家伙，我顿觉背心里刮过一阵冷风，凉了大半截子。我想我接下来的命运也好不到哪儿去。我真想开溜，但我明白，这鬼地方就是让我跑都跑不出去，你没见那狼狗、铁门、电网，可不是形同虚设。我开始责骂自己糊涂，惹上这个麻烦事。说心里话，不是为了生计我才不干这行当。人常说“艺高人胆大”，我知道我的武艺并不高，只是凭着四年的体育学院武术专业底子，壮壮胆子，硬着头皮搏一回。这世界，没什么比生存更重要。

周小姐的双眼皮，看上去有着明显的人工痕迹，她睡意蒙眬地斜视着我说：“怎么称呼你？”“我姓林，”我回答说，“我叫林川，叫我阿川就可以了。”周小姐打了个呵欠，眼里漾着泪水，把我从头到脚打量了一番，最后目光停留在我那被牛仔裤裹得绷紧的某个部位。我的神经下意识地抽搐几下，有点不自在。周小姐穿着一袭普兰色镶白羽边的连衣裙，领口开得很低，一条清晰的小沟将她那胀鼓的胸脯一分为二，远看上去酷像那孩儿的光屁股蛋。

“这样吧，先试试你的身手如何。”周小姐说着后退了几步，她那丰腴的胸脯也随之颤动了几下。没等我的目光从周小姐的胸沟里爬出来，左腮被重重地一击，我趔趄了几步，栽倒在地，疼得我牙根酸疼、脖子抽筋。原来，站在我旁边的络腮胡趁我不备，飞起一脚把我踢倒。

接着，一个刀疤脸走到我跟前蹲下来，像拳击台上的裁判一样冲着我数秒：“一、二、三……”我一跃而起，十分恼怒地说：“数什么数？偷袭算什么本事？”

周小姐用一种怜悯的目光看着我：“林先生，你要知道干这行，讲的就是出其不意，不择手段，无所不用其极！”我最怕人们（尤其是女人）用这种同情或怜惜的目光对待我。我咬了咬牙，“那好，再来吧。”我说着用眼睛的余光警觉地注视着周围突如其来的拳脚，以便随时躲闪，避实击虚。

络腮胡一阵连环腿都被我避让过去。我发现对方下盘防范松懈，猛地一个低侧踹，击中了他的右腿膝关节，络腮胡发出杀驴般的号叫，应声倒地。

这时，刀疤脸一个箭步冲上前来，频频使出刺拳、勾拳、摆拳朝我发起一阵猛攻，都被我灵巧的步伐和机敏的闪身所避过。我知道我只要挨上刀疤脸一拳，不背过气去，也得伤筋动骨。那家伙天生一副拳击家的身板，壮实得像前世界拳王泰森一样，颈短脖粗、肩宽胸厚，身上每一块腱子肉都会跳舞。可想而知，这种人的抗击打能力真是了不得的，除非你朝他的禁击部位进攻，否则，很难对他构成威胁。刀疤脸一阵组合拳徒在空中挥舞，只在我的胳膊上擦了几下，便有点恼羞成怒。我原以为刀疤脸只擅长拳击，没想到他拳脚并用，虚实结合，四面开弓。在一连跳过了他的两招连环扫堂腿时，我防不胜防，他的一个长拳打在我胸脯上，幸亏我身子向后仰闪，避其锋芒，否则，他的拳头只要往里吞进一寸，我就惨了。严格说来，我一直都处于防守之中，轻易不敢出招，只是想了解对方的路数，在防守之中打反击。正因为如此，对方想不到我会突施撒手锏，我的腿闪电般地在刀疤脸跟前挥舞，一连两个虚招使刀疤脸措手不及。就在他犹豫的刹那间，我使尽气力，一个腾腿踢在刀疤脸的小腹上，刀疤脸立马捂着肚子摇晃了两下。我紧接着又是高鞭腿踢中刀疤脸的面门，刀疤脸倒在地上，不停地呕吐起来。

眼前的情景让我害怕，我担心我下腿太狠给光头造成了过重的伤害，从而结下江湖仇怨。我只想平平安安地生活，现在看来已经不可能了。我想，从此刀疤脸肯定与我结下了不解之怨。刀疤脸曾经荣获过什么散打比赛亚军，在这个城市里可以说是声名赫赫。如今败在我这无名小辈的腿脚之下，对他来说简直是奇耻大辱。他当然不会善罢甘休。我知道唯一能保护我的是周小姐，我真想让周小姐把我送走，让我连夜离开这个莫测的城市。

我说："周小姐，看来，事情闹大了，我不干了，我得赶紧离开这里。"周小姐脸上立时荡漾起一种轻蔑的微笑，"林先生，看你的身手像头狮子，而你的胆子却像只兔子。"她眼睛又习惯性地盯着我被牛仔裤绷得紧紧的某个部位，温柔而又暧昧地说："没你的事，一切都包在我身上。"

周小姐把我领到了海滨别墅的一间房里，"林先生，你先洗个澡，休息休息。你就别想那么多了，明天见，晚安！"

可想而知，这个夜晚我是不安的，总是无法入眠。我困得实在支撑不住了一闭上眼睛，便见一群黑衣大汉挥举着牛角刀追杀我，把我砍得满身是血扔进海里，一群嗜血的鲨鱼追逐着我……

到了下半夜，海风大起来了，海边的涛声如远天隐雷般荡来，百叶窗帘敲打着玻璃，总让我感觉有人敲门。我几次从梦中惊醒，猛然操起挂衣柱如临大敌般地守候在门边，半晌才回过神来……

翌日早晨，周小姐把我请到香江大酒店喝早茶。周小姐穿的是紫罗兰旗袍，胸脯处绣着一朵精致而鲜嫩欲滴的玫瑰，玫瑰上还别着一只铂金镶着红宝石的蝴蝶，随着她脚步的移动、胸脯的颤动，蝴蝶的翅膀也翕张着，扑腾着。

今天的周小姐俨然一副淑女打扮，和我昨夜看到的领口开得很低的周小姐判若两人。这使我想起这年头，淑女和妓女是没有什么明显的区别，只是包装问题。

“我叫周芬。”周小姐向我介绍道，“我表妹，范君。”范君是个十五六岁的女孩子，她那背带裙，那齐眉的刘海儿，那明净的眸子，无处不透出一种童真和稚气。

范君说：“林先生，我表姐说你是个帅哥，我表姐也是个靓女喔，你看她，靓不靓？”我佯作仔细地端详了一下周小姐，连连应道：“靓！靓！”我发现，在我和周小姐对视的当儿，周小姐的脸颊泛起了红晕。我觉得周小姐今日和昨日判若两人，现在的周小姐全没有昨天那种有钱有势的女人的颐指气使，倒像一个准淑女。我自作多情地想起一句古语：“女为悦己者容。”

与其说喝茶倒不如说是相亲，快嘴利舌的范君一会儿说：“你们俩真是帅哥配靓女哟。天生一对，地配一双呢。”一会儿又说：“我表姐谈到你，真是激动死了，说你酷得迷死人喽。”

周小姐故意说：“小丫头，别乱说。”我知道，其实周小姐心里是十分渴望范君营造这种气氛。

范君看了看挂在脖子上的心形电子表，说要去上学。她出去时顺手把门带上了，小包房里就剩下我和周小姐。我们沉默了一会儿，我回想起昨夜的刀光剑影、今晨的眉来眼去，这种罗曼蒂克，令我不禁哑然失笑，真是人生如戏！

我总觉得与其说周小姐招聘私家侦探，倒不如说是招聘男朋友。我说：“周小姐，咱们就谈谈私家侦探的事吧。”

为了保持矜持，周小姐说：“我正准备和你谈呢，告诉你吧，你是我的最佳人选。”

我心里在问：她说的“最佳人选”是指做她的私家侦探呢，还是情人呢？我说：“你对我这么有信心？”对方温存地点了点头。

“不过说实话，刑警学院一毕业我就干这行，素质上是绝对没问题的。”我开始瞎吹了，因为我想起了一句俗语：爱情往往使人变成猪。这会儿，周小姐已经开始变成猪了，我就得做好一个猪倌。

“这我相信，你是科班出身，素质肯定不错。”她说着，眼睛直直地看着我。我是用眼睛的余光觉察到的，待我将目光和她对视的当儿，她慌乱地将目光避开，低头打开她的鳄鱼皮小坤包，从中掏出一张名片，递给我，“随时和我联系。”

这是一张十分别致的名片，黑底白色烫金字，只印着“周小姐”（连名字都没有）、手机号以及电子信箱；上面没有写任何头衔，也没有地址、邮编和固定电话。

我得意地认为眼前这个女人已被我迷住了，我得使出欲擒故纵、若即若离的战术，故作深沉地审视着名片：“OK，保持联系。不过，我可能会去一家跨国公司做安保部经理。”

周小姐有些急了，怔怔地注视着我说：“林先生，人活世上，除了钱财，还有道义。对吗？”

“说得好！”我蜻蜓点水似的吻了一下这张名片，“道义，道德和正义！就凭这‘道义’两字我愿跟着你干！”我说着将名片装进了上衣口袋里。

此刻我发现，周小姐胸脯上的那只小蝴蝶颤动了几下，目光温柔中蕴含着欲火，极其母性地看着我，“你能谈谈你的履历吗？”周小姐说，“主要是你干这行的经历，比如，你办的一些成功的、精彩的个案。”

我故作神秘地说：“我可以向你大致地介绍一下我自己。我大学毕业之后的经历就连我的爹妈都不得过问，这是出于某种特种职业保密的缘故，我无可奉告，十分抱歉。”我说着递上我的身份证，上面赫然写着住址：××区公安分局宿舍。她万万想不到凡是公安局家属成员都可以拥有这样的身份证。周小姐看着看着连连说：“不错，不错，果然是行家。”

周小姐说：“你是1971年的，我1972年的，我比你小一岁。”我心想，你比我大几岁差不多，这种年龄的女人最爱骗自己，最爱扮纯情，最爱生活在虚幻的年华里。但是，我还是违心地恭维道：“看不出来，真的看不出来，看上去你比我小多了。”

周小姐欣喜地说：“是吗？谢谢你！”

谢什么谢？好像我这么一恭维，就真的让她年轻了几岁似的。自恋狂！

周小姐当然不知道我在心里骂她，她兀自对着旁边柱子上的镜子端详了一下，“我比你小多了？我怎么不觉得呢？我倒觉得你比我滋润得多。”她的心中有着一种按捺不住的喜悦，为了掩饰这种虚荣，立刻岔开话题，“林Sir，说说吧，你有什么要求。”周小姐说着从小坤包中又掏出两张彩色照片。

我说：“我想知道我的具体工作内容。”

“你先看看这两张照片。”她说着又从坤包中掏出一份打印材料，“这就是这个人的资料。”

我一看，上面写着这个人的姓名、常用化名、别名、年龄、籍贯，他拥有的几所别墅地址、几家公司的地址，他常用车辆的型号、颜色、车牌号码，他身边随从的几个人及其关系，他常去的场所，他曾相好过的女人的名字、地址……我快速浏览一下资料，“周小姐，恕我冒昧，这个人和你是什么关系？现在需要我帮你做什么？”

周小姐用几根纤指挡在嘴前，打了个呵欠，我怀疑她有毒瘾，或曾经有过吸毒史。周小姐打过呵欠之后，眼里噙着泪花，她说：“这个人是我丈夫，分居已经快两年了，我只想抓住他的生活作风问题的把柄，和他离婚。”

“哦，你过去发现他有什么不轨的行迹吗？”

“没有，这个人城府很深。”周小姐说，“一年以前，我就开始雇请私家侦探，但都一无所获，有的跟踪他半年多还是捕风捉影，连蛛丝马迹都没有掌握。”

“周小姐，我下面要问的问题，你如实回答我，好吗？”我认真地审视着眼前这张保养得不错的女人脸说。她连连点头应允。我觉得这个时候的周小姐最温驯、最听话、最乖巧。

“你先生温有良，过去和你在一起时，房事是否正常？”

“正常，那时我觉得他的需求还是比较强烈。”

“你们有孩子吗？”

“没有。”

“你们分居之后，有过房事吗？”

“没有，从来没有过。”

“能保证以后的两个月内不和他同居吗？”

“没问题，以后永远也不会了。”

“对于性，你的生理和心理是否有障碍？”

我的话音刚落，周小姐脸色突然一沉，我知道自己玩得有点过火，因为这个女人是个十分精明而思维敏捷的女人。周小姐眼中含着一丝不易察觉的愠怒。她从包里摸出一只火柴盒大小的精致的小纸盒，上面用英文写着：香妃牌薄荷香口纸。她从中抽出一张薄如蝉翼柔如绸缎的纸片，在鼻子跟前饶有兴味地闻了闻，接着说：“这个问题，我想你问得有点偏离主题吧？”

“不会，我只是想通过这个问题，间接地了解你们分居的原因，假如你认为这是涉及个人隐私的话，你可以保持沉默，有权拒绝回答。”

“好吧，我可以告诉你，本小姐无论生理还是心理都非常健康，不过，我倒想问问林Sir，你刚才问我和我先生分居之后，是否有过房事……”

对方话音未落，我马上接茬道：“只是想了解你丈夫外遇的可能性。试想，假如你丈夫性功能正常，又与你长期分居，他的身边没有女人，可能吗？”

周小姐的脸色渐渐由阴转晴，由她身上散发出来的淡淡硝烟味也渐渐消失了。但她陷入深深的沉思之中，她也知道，实际上这个问题是一箭双雕的，不仅仅是针对她的丈夫，同时也针对她。她又用那种温柔中杂糅着欲火的目光，极母性地看着我，“林Sir，对于你的能力，我没有丝毫的怀疑。”周小姐说，“我只想知道你有什么要求。”

说实话，这才是我的目的所在。我没有直接回答她的问题，我突然想起周小姐第一次和我通电话时问我是否会功夫，我想这里面一定暗藏杀机，假如在这一行动中有生命危险的话，提什么要求都是白搭，这世界还有什么比生命更重要的呢？我再次审视了一下摆在餐桌上的照片，那人面相温和，但看上去挺结实，我想那人也许身手不凡，也许有保镖侍卫左右。我本想问周小姐她的丈夫是否会功夫，是否随身带着保镖。但一想这么问会显得自己怯懦，于是我换了种方式问道：“平时他都有些什么防范措施？”我又担心这么问过于含蓄，她听不明白，于是补充道：“比方说，他是不是一般都有司机、秘书、随从什么的，习惯带着防暴枪……？”

“哦，这你放心，他平时都是自己开车，独来独往，神出鬼没；也不带什么防身自卫的东西，不过，他的卧室里倒是长年挂着一把东洋宝剑，而且他的剑法确实了得。”周小姐说到这里认真地看了看我的表情。我的心一紧，天哪，你这不是明摆着把我往剑刃上推吗？难怪人们常说最毒妇人心。我装出一副成竹在胸的样子说："哦，这倒没有什么了不起，剑法对我来说也只是个小儿科。我只是想了解一些情况，有备无患嘛。"我顿了顿又说："周小姐，你希望我把事情办到什么程度才达到目的？是把他的姘头做掉，还是把他那东西阉了？……"我故意用黑社会的口吻说着。

"哦，不不不……"

"不什么不，干我们这行的，杀个人不就跟宰只鸡差不多？"我在他面前故意装出一副不怕死的滚刀肉、杀人不眨眼的刽子手的德行。

"别别别，千万别乱来……"

"别什么别呀？"我青着脸说，"干我们这行的，就是要不择手段、无所不用其极！俗话说：'人要肉吃，猪拿命换！'"

周小姐大惊失色："你……你千万……千万别冲动！你没有理解我的意思……"

我打岔道："我知道你的意思，别把人做掉，挑脚筋、挖眼珠、卸胳膊……"

周小姐结结巴巴地说："不不不，不是这个意思，我只要得到一张……一张他和那些臭女人幽会、上床的照片，或者在他们鬼混的现场，捉奸拿双。做到这个份上就够了，他们的一根毫毛我们都不要碰，千万不要碰！"

"你是说，只要我向你提供他幽会和媾和的照片，或者及时给你提供他们在某地鬼混的可靠情报就可以了？至于捉奸这事儿你自己去打理，我不管。对不对？"

“对！只要做到这点，你的任务就完成了。”

“好，周小姐，我现在可以给你提条件了。”

“你说吧。”

其实，从表面来看，周小姐的企图是十分明显的，无非是抓住丈夫某些不光彩的把柄与之离婚，然后尽可能多拥有一些财产，至于幕后还有什么潜台词，那就不得而知了。

我说：“第一，给我一辆250型摩托；第二，给我一台德国产的徕卡牌专业相机，配上长镜；第三，……”

“给你一支手枪！”周小姐打岔道。

“不不，我不用这玩意，带着身上嫌麻烦，因为没持枪证，一旦被搜查还得背上个非法持枪的罪名。”我伸出右手的拇指和食指相互磨蹭了几下说，“第三呢，My money。”

“你开个价吧。”周小姐说话总是给人一种爽快干脆的感觉。

“一个月之内交货6万，20天之内交货8万，10天之内交货10万。”我以一个行家的口吻和她“讲数”。

“你提出的要求我都接受。”周小姐说，“真是行家一出手，便知有没有。过去我请的那些笨蛋，就不知道这么装备，都是背着个傻瓜照相机，跟在人家屁股后头瞎盯梢，一旦发现了情况就搭着的士，屁颠屁颠追上去。到头来都是鸡飞蛋打一场空。”

“你是说，过去打草惊蛇了吗？”

“鬼知道他们怎么弄的，今天说发现目标和一个女人开车前往小梅沙方向，明天说发现目标和一个女人开车进了高尔夫花园……然后就向我报销的士费。”

“我最关心的是是不是打草惊蛇了，一旦你丈夫发现有人盯梢或跟踪他，那我的工作难度就大多了！”其实，我是在故意强调我的工作难度，让她不好意思压我的价码。

“这我就不知道，他是个城府很深的人，不管有没有发现我派人盯梢他，他都不会向我表露出来。”

我叹息了一声说：“你怎么会请这么些侦探呢？”

“嗨！你别提啦，来应聘的时候，都带着这个证那个证，有的还有苏联克格勃特种情报人员训练基地的什么证，证件上全是俄语，我一个字母都不认识，他这么说我也就这么信了。加上那些家伙都长得高高大大，标标致致，而且还会几下拳脚，看上去像那么回事儿，我就收下了，每月给他们几千块钱工资。现在想来那帮家伙没准就是一些游手好闲的小瘪三、酒囊饭袋，或专吃软饭的货色，有的说不定犯有前科。这个城市鱼龙混杂，好人坏人都一窝蜂地跑来淘金捞银，天使和魔鬼谁也分不清。”

周小姐说得有点激动了，从坤包里掏出一支金光闪闪的派克宝珠笔，开了一张10万元人民币的支票递给我：“林Sir，你先把摩托车和相机买好，我安排大杜开车送你。记住，你所做的一切，只有你我两人知道，对别人必须守口如瓶。”

我接过支票说：“这是职业道德，我自有分寸。”但我心里想，这女人爽快得有点不真实，难道她就不怕我携款逃跑？这张支票会不会是空头支票呢？

直到我把支票兑换成人民币的时候，才深深地为周小姐的豪气所折服。

那天傍晚，周小姐说要带我去熟悉一下地理环境，并叮嘱我带上摄影包。

周小姐没有驾着她的红宝马，而是要我驾驶新买回来的250型“大黑鲨”摩托车。我们都戴上头盔，骑着“大黑鲨”，幽灵一般在这个不夜城里穿行，在人海车流中穿行。为了显示我非凡的车技，我当然趁机露了一小手，闯红灯、放飞镖、猛掉头、急刹车、擦身过……无不圆熟到家、惊心动魄。周小姐一次又一次地被我那有惊无险的招式镇住，嘴里不时地发出尖叫声。不知道她是出于对我的钦佩还是她真害怕，反正，她已经把我的腰抱得铁实。

起初，她不停地叮嘱我车速放慢点，大概她对我的车技不了解。后来她也不说慢点了，每到惊险之时，她的两条胳膊如水蛇般把我缠得铁实。此刻，不知道她是睁着眼还是闭着眼，反正她就像一个背囊一样贴在我背上，我们俨然一对浪漫的情侣在飙车兜风。

此后的日子里，周小姐几乎隔三岔五地晚上给我安排节目，要么去皇宫乐园跳舞，要么去维也纳钢琴酒吧喝酒，要么去明星大剧院观看芭蕾……都被我一一谢绝。

古人说的“色字头上一把刀”，用在这个女人身上，我想是再贴切不过了。

一日夜晚，周小姐约我到情人岛度假村去游泳、冲浪。我说：“现在我没完成任务，心里总是不踏实，没有兴致玩，我想尽快把这事儿搞定，你要去哪我都奉陪到底。”

其实，那天晚上8点钟，中国散打和美国拳击对抗赛在广州天河体育中心进行，广东卫视对此赛事将现场直播，我是个拳迷，自然不会错过这次机会。周小姐表情里显示出一种失望的神色，“既然这样，我就去金枝玉叶夜总会，请钟点情人陪我一块儿去。”她有点赌气地上了车，车门关得比以往更响一些。

“请钟点情人？”你请“鸭子”去都不关我事，你当我是你老公不成？自作多情！我在想，这个女人真是令人不可理解。据我这段时间对周小姐的丈夫的观察，他应该是一个正人君子，至少他在我的视野里暂时没有出现什么不轨之举。我觉得，周小姐夫妻感情破裂，不一定就是因为其丈夫另有新欢。

看完这场拳赛，我又背起摄影包，驾着“大黑鲨”摩托，又去盯梢“目标”的行踪。

凌晨一时许，“目标”出现了，他从自己的住所走进停车场，开动了他那辆奔驰600型轿车。我紧随其后，一直跟到这座城市郊外的一个叫桃花园的大酒店停下来，“目标”把车停在停车场，进了电梯，我随后也挤了进去，站在一个角落里，目光注视着不锈钢壁板照着的“目标”的表情。我戴着红墨镜，“目标”也没有留意我，一出电梯，便闪进了1203号客房。他在敲门时说了一句话，我感觉里面有一个女人也说了一句话，之后才开门。我立即下楼到酒店总台，查看了1203房的旅客住宿登记，上面写着：“周芬（或‘周芳’，因为‘周’字后面这个字写得潦草，看上去，既像个‘芬’字，又像个‘芳’字）”、“生于1970年”、“从上海来”、“出差”等字样。真巧，那女人也姓周，其实周小姐到底叫什么名字，我都不记得了。我马上拨打周小姐的手机，可是她的手机已关机，一连拨了十几次都是关机。我本想让她来这儿捉奸，这样我就不用拍照了。

我观察了这酒店的环境，附近没有一座楼房有十层，无法通过对面窗口拍照，再说，那些窗户的窗帘都拉得严严实实。

我终于贿赂到了值下半夜班的客房部服务员。服务员姓李，她正一个人坐在办公台前没精打采，我便坐在她旁边陪她聊天，和她套近乎。我把我那写着“公安分局宿舍”字样的身份证亮给服务员看，“哇，你是警察！”服务员有点肃然起敬，我要求她到了凌晨三点左右开一下1203号房门。她起初说什么也不答应，后来我骗她说我这是执行公务，是为了革命工作，希望她能尽力配合。

小李终于动摇了，后来她犹豫说：“我这么做，一旦被客人投诉了，我会被炒掉的，还要罚扣工资。”

我问她多少钱一个月。她说：“包吃包住600。”

我说：“不管会不会被发现，我给你2000块，现在就给。”我说着从钱匣子里掏出20张粉红色的百元大钞给小李。

“别这样，真的别这样，我不要你的钱。我担心，我担心被发现就麻烦了。”

我把这2000元折叠起来塞进了她的工衣口袋里，我安慰道："如果被发现了，有我在他们不敢拿你怎么样，你即使被这酒店解雇了，我也可以把你介绍进市内工作。"

我担心一旦事情败露，使小李无辜受牵连。我告诉她："我一拍完照就走，即使客人醒过来了，他也不知道刚才的闪光是不是拍照，你就说你听到那房间里有哗哗的水声，就开门进来关好，本想开灯，又怕打搅你们睡觉，于是又马上关了灯。对客人多说几声对不起，就行了。"

凌晨三点，一切按照计划进行，当小李轻轻把门锁打开时，房间的角落里还亮着一盏落地灯，床上的男女都裸着身子，睡得很沉，女人枕着男人的胳膊，男人的一只手掌怜香惜玉地捂着女人浑圆的胸脯，俨然一对交颈而栖的鸳鸯。镜头中的画面很清晰，男人是正面，女人是侧面。我没有打闪光灯，调好光圈、感光度，延长曝光时间，双手端稳相机，连拍了好几张，其中有两张是两人的头部特写镜头。拍完之后，我们溜出房间，床上的男女还在打呼噜，沉浸在春梦之中。

我跨出桃花园大酒店的大门，心快要从喉咙里蹦出来，眼看着这8万元就唾手可得了，本该庆幸。可是，我心里沉甸甸的，我这几张照片一旦从照相馆冲印出来，意味着一个家庭破裂，一桩婚姻终结……

我完全明白，我这种行为侵犯了别人的隐私权，是个伤天害理的事。但是为了生存，还是朝着那条晦暝的道路走下去。而且为了那笔不菲的酬金，无所不用其极，以顽强的理智抵御了周小姐的红粉攻略，确保不至于“杨白劳”。

这种愧疚是短暂的，想到那8万元酬金，我又渐渐释然了。我骑上“大黑鲨”，默默告诫自己，驾车小心点，别出车祸。人在好日子到来的时候，总是把生命看得比过去任何时候都重要。

我回到观海居的住所，天开始蒙蒙亮了。我兴奋得没有合过眼，一直沉浸在成功的喜悦中，庆幸自己命真好，竟是那么的顺利和完美。我按捺不住内心的喜悦，每隔几分钟就给周小姐打一次电话。本想向她报喜，可是她的手机一直关着。

第二天下午，照片冲洗出来了，我一看吓得冒了一身冷汗。天哪！原来照片里的那个和“目标”宽衣共眠的女人竟是周小姐。我忽然从希望的云端坠入失望的谷底。这个女人真可恶，明明和丈夫分居不分床，却偏要骗我说分居之后从没同居过，害得我瞎猫捕鼠似的空折腾了半个多月。难怪打她的手机一直关机。

午后，晶亮的阳光照在那几张背景光线灰暗的照片上，看到那个女人光着身子，像个喝足了奶水的婴儿一样酣睡在男人的怀里，却背地里雇人拍照捉奸陷害丈夫，我就感到恶心，感到她真是阴险无比！可想她是何其歹毒！

看来这照片还是别给周小姐看，这样让她的隐私曝光她会承受不了的，甚至会暗算我，找人把我干掉。于是我掏出打火机准备把这些照片烧掉，我把装相机的纸袋点着之后，又马上吹灭了。我觉得没有必要急于毁掉这些照片，它的存在至少能说明两个问题：一是我能把这些照片拍到手，说明我的敬业精神和专业水平是无可挑剔的；二是足以说明我过去一直在忙活，尽管是徒劳的，但责任不在于我，而在于周小姐。

我想尽快向周小姐告辞，尽快离开这个卑鄙、险恶、歹毒的女人，离开这个诡异叵测的城市和那些不可捉摸的人。

我终于拨通了周小姐的手机，周小姐说她正在回家的路上，五分钟之后面谈。

我站在阳台上猛吸烟。果然，几分钟之后门铃响了，我站着没动，我不想去开门，“林Sir，开门，是我！”

周小姐一进门就急不可耐地问：“有什么好消息？快说。”

“好消息？你想会有什么好消息？”我深吸了一口烟，继而向空中吐出一团白色的烟雾，“周小姐，一切都结束了，我该回去了，请你现在把我送到机场。”

“林Sir，我不明白你这是什么意思，你这个决定太突然了！是不是出了什么事？”

我把那照片袋子递给周小姐：“你好好看看吧！”

周小姐一看那几张春光毕露的照片，“哇！”的一声号啕大哭起来，双手疯也似的抓扯着自己的头发。

我突然胆寒起来，我知道周小姐无法面对自己的隐私暴露于光天化日之下（至少在我的眼皮底下），我担心自己的人身安全受到威胁。随着周小姐的哭声和悲伤程度的加剧，我心中的恐惧也越来越加剧，我开始后悔刚才没有把那几张照片烧掉，现在落在这个毒妇手中，可能会成为这个女人把我置于死地的根源。这个阴毒的女人一定会怀疑我另外私藏了一套她的裸照，以后作为要挟她的依据。

我毛骨悚然了，我提起我的手提箱，“我走了，周小姐，别这么难过，我是看了照片之后才知道的。照片全在这儿，请相信我，否则，你可以检查我的箱子和我的口袋。”我说着就去开门，周小姐把我拦住了。我真想把她拉开，强行冲出去，然后搭一辆的士到机场去。可是一想，这种地方压根儿见不着一辆的士；再说，周小姐手下这么多马仔，我能往哪跑呢。在这个陌生的城市里，我犯不着这样，听天由命吧。

周小姐背靠着门，掏出手机，纤指在键盘上灵巧地拨了拨，对着手机说话了。

我们下了楼，只见楼下停着一辆迷彩色的“沙漠王子”越野车，车边站着光头和几个戴墨镜的理着寸板头的威猛男子，个个都一身横肉、满脸恶相。我只认得光头，其他人我不认识。光头手中提着一个十分精致的密码箱。我用狐疑的目光打量他们，似乎他们手里都没有拿什么凶器，不知道那密码箱里装的是什么东西。

周小姐让我坐上她那辆红色的宝马轿车，光头拉开车门把我请进了前排右座，周小姐坐在左座驾车。后面坐着光头和一位三十岁左右的大个子男人。

我向光头要求换个位子，光头十分礼貌地赔笑着说：“林先生，您坐前面，您坐前面，别客气。”光头死活不换。

周小姐驾着宝马走在前，“沙漠王子”紧随其后。我心里一直不踏实，我担心我后面的那个大块头男人，随时可能用一根尼龙绳或钢丝突然把我的脖子套住，狠命地往后拉，直到我气绝身亡，最后把我装进麻袋，抛进大海里或山沟里。过去这种案例太多了，我总是惶恐不安，尤其是当车行驶在荒无人烟的地方时我更是惊惧不堪。我这个位置是看不到反射镜里的情况的，我有一种被蒙在鼓里的感觉。我的命似乎捏在我背后那两个人的掌心里，生死只在刹那之间。其实，我也有防备，一旦后面有什么动静，在他们出手的同时，我迅速用我手中的那只钢化塑箱子朝后砸去……

直到过了荒凉的山道，红宝马渐渐靠近机场，我心里恐怖的阴云渐渐散去。但我依然处于高度警惕和戒备状态，因为我一直不知道周小姐葫芦里卖的是什么药。直到我办理登机手续时，周小姐从光头手中接过密码箱递给我，“林Sir，你的任务完成得很出色，这是我给你的酬金，20万，请你收下，这是钥匙，密码888。”

我一听呆了，我想这箱子里一定装着定时炸弹或放射性毒物，企图以此来谋杀我，要么就是装着毒品想陷害我。我说：“打开箱子看看！”

周小姐说：“看什么看哪！难道不相信我？”

站在周小姐旁边的大个子帮腔道：“周小姐是最讲义气的。”

我哆嗦着：“哦，不……不是不相信……”

光头说：“请您把身份证给我，我帮您办登机手续。”

我说：“我自已来吧。”

周小姐说：“没事没事，你就让他办吧，我们聊聊。”

“好吧好吧。”

我想在不明了这箱子里到底是什么东西的情况下，我应该把箱子交还给光头，让他办理行李托运。如果安检部门发现箱子里有问题，他们将罪责难逃。于是，我将箱子递给光头，“这箱子，你办理托运吧。”

光头说：“好嘞！”

周小姐说：“不行，随身带着吧？箱子不大，带着带着。”

我就说：“周小姐，你的心意我领了。这箱子我就不要了，你拿回去吧！”

周小姐皱了皱眉头，犯难地说：“怎么能让你白干呢？拿着拿着。”

我极力将箱子推给了光头。

周小姐凝视着我的眼神说：“林Sir，你好像有什么心事？”

“哦，没……没……没什么，可能昨晚没睡好吧。”

“我刚才哭了，失态了，你别往心里去！”

“不会不会。”

…… ……

从办理登机手续台到安检口，我一直魂不守舍，不记得和周小姐说了些什么。

我经过安检，向候机楼走去。我回过头来用惊疑的目光看着他们在向我频频挥手。

我恍恍惚惚地走进候机室，找了个位子坐下，心里一直不踏实。照片上明明是她和自己丈夫同床共枕的情景，根本就不能作为和其丈夫离婚的依据，也就是说，我并没有完成任务，可是她却说我“任务完成得很出色”，还给我20万元酬金？怎么可能呢？我越想越糊涂，想必其中一定隐藏着不可告人的东西。

法国空中客车平稳地降落在家乡的机场，我侥幸自己逃过了一大劫难。这些日子，我是对人性做了一次近距离的隐秘性的刺探。我的手机开机不久，就接到了周小姐的来电：“喂，林Sir，我是周芬，你这样的话，我只能再次向你说声感谢了。其实，这酬金是我应该给你的，可是你却不收……”

“谢谢你，周小姐，无功不受禄。”

“林Sir，怎么说你无功呢？你大大的有功！”

“那几张照片能说明什么问题呢？”

“最起码，这对狗男女就没法抵赖了。”

“你……你说谁……谁抵赖？”

“当然是温有良和周芳喽。”

“周芳是谁？”

“周芳是我的同胞妹妹呀……”

我一听说周芳是她的同胞妹妹，“当”的一声，手机从我手中滑落在地上……

（刊于2016年第3期《华文百花》）